강영숙

1998년《서울신문》신춘문예에 단편소설 「8월의 식사」가
당선되며 작품 활동을 시작했다. 소설집 『흔들리다』『날마다
축제』『아령 하는 밤』『빨강 속의 검정에 대하여』『회색문헌』,
장편소설 『리나』『라이팅 클럽』『슬프고 유쾌한 텔레토비 소녀』
『부림지구 벙커X』가 있다. 한국일보문학상, 백신애문학상,
김유정문학상, 이효석문학상 등을 수상했다.

라이팅 클럽

라이팅 클럽

강영숙
장편소설

오늘의
작가 총서
32

민음사

차례

글짓기 교실

중요한 건 의지가 아니라 테크닉이다. 지금도 그렇지만 생각해 보면 그때 나는 다른 사람의 마음을 사로잡는 테크닉이 부족했다. 그런 걸 키워 주는 약이 있었다면 나는 아마 내 몸을 팔아서라도 그 약을 사 먹었을 것이다. 그랬다면 내 인생은 좀 더 흥미진진해졌을지도 모른다.

물론 나는 겨우 열일곱 살밖에 안 된, 또래들보다 키가 크고 체구가 큰 매력 없는 여자애일 뿐이었다. 팔꿈치에 구멍이 날 정도로 낡은 검정색 스웨터에 김 작가가 입다 버린 검정색 바지만 사계절 내내 입었고, 제대로 읽어 본 적도 없는 스피노자나 니체 얘기를 하면서 세상에서 가장 리버럴한 척, 온갖 남자 경험을 다 한 여자애처럼 굴곤 했다. 하지만 그때의 내 일상이란 사실 말할 수 없이 지루했다.

잉게보르크 바흐만의『삼십 세』를 들고 다니면서 서른 살이 되면 자살할 거라고 떠들었고 아무리 오래 살아도 예수의 나이는 넘기지 않겠다고 큰소리쳤다. 어디 나만 그랬겠나! 유치하고 진지한 성품의 문학청년들은 다 그랬다. 그런데 사실 바흐만의『삼십 세』만 해도 30대라는 연령이 책 전체에 배경으로 깔려 있을 뿐, 자유와 정치, 세계의 종말과 인간의 미래를 예언하는 철학적 에세이여서 내가 떠들고 다닌 것과는 내용이 상당히 달랐다. "나는 살고 있다. 살아 있는 것이다.", "새로운 언어 없이 새로운 세계는 없다."라는 식의 난해한 문장으로 가득한 아주 골치 아픈 작품이었다.

바흐만의 서른 살이야 어찌 되었건 남들보다 더 빠른 속도로, 더 의미 있게 살아야 했기 때문에 무엇보다 급한 게 남자 경험이었다. 하지만 남자의 성기가 내 몸속을 헤집고 들어오는 상상만으로도 부끄러워져 혼자서 얼굴을 가렸다. 그리고 그런 일이 실제로 일어난 것은 아주 한참 뒤의 일이었다. 어쩔 줄 몰라 하다가 눈을 마주치게 된 순간이었다. 나는 남자애에게 "넣은 거니?"라고 묻기까지 했다. 그 정도로 내 첫 경험은 싱겁기 짝이 없었다.

봐서 괜찮다고 생각하는 남자애가 있으면 겁도 없이 편지를 보냈다. 그러고는 커다란 갈색 탁자가 놓인 찻집에서 만난 남자애에게 거의 한 시간 넘게 철학 강의를 한 뒤 맨

마지막에 "너와 사귀고 싶어."라고 덧붙이는 식이었다. 그러면 남자애들은 핏기라고는 없는 얼굴로 시험공부를 해야 한다거나 성경 공부 하러 교회에 가 봐야 한다며 뒤도 안 돌아보고 나가버렸다.

나중에 소개를 해 줬던 친구들에게 물어보면 '재수 없다'는 평이 들려왔다. 그래서 한동안 철학 강의 따위는 하지 않고 침묵으로만 버텨 보려고 애썼다. 그러나 그런 나에게 돌아온 것 역시 '몹시 부담스러운 애'라는 일관된 평이었다. 그래서 나는 친구도 별로 없었지만 남자 친구는 더더욱 없었다.

나는 태어날 때부터 늘 혼자였다. 내가 혼자였던 이유는 김 작가가 내 인생에 도통 관심이 없었기 때문이었다. 그녀는 엄마이면서도 내가 함께 뒹굴 가족을 만들어 주지 않았다. 그게 아니었다면 내가 가족에 얽매이지 않고 좀 더 자유롭게 살기를 바라는 거창한 의도가 있었는지도 모르겠다. 그러나 그건 어디까지나 지금에 와서야 내릴 수 있는 해석일 뿐이다.

왠지 내 주변에는 그 흔한 사촌 형제도, 만만해서 방심해도 되는 이모나 고모, 거들먹거리는 삼촌도 한 명 없었다. 사방을 둘러봐도 도무지 나라는 유전자의 기원을 알 수 없었다. 나 혼자 떠받치고 있는 무겁고 불가해한 지구라는 행성과 도무지 사회성이라고는 없는 철부지 김 작가,

그 두 가지가 나를 감싼 세상의 전부였다.

그녀는 열아홉 살 때 나를 낳고 그 이후로는 아이를 낳지 않았다면서 "믿거나 말거나."라는 야릇한 말을 덧붙였다. 하지만 그 점만큼은 의심의 여지가 없다. 저 자신밖에 모르는 사람이 할 일이란 뻔했기 때문이다. 태아 단계에도 이르지 못한 배아라고 해도 누울 자리를 보고 발을 뻗는 법, 김 작가의 자식으로 태어나느니 다음 생을 기약하는 게 옳았다. 그런 면에서 나는 위대한 모험가였다.

내 인생에 김 작가라는 존재가 나타난 것도 사실은 중학교 2학년 때였다. 어릴 때 나는 어느 지방 도시에 있는 김 작가의 친구 집에서 살았다. 걸어도 걸어도 논과 밭뿐인 그 동네는 늘 조용했다. 옛날부터 실연당한 여자들이 자살 장소로 자주 이용했다는 저수지는 물빛이 몹시도 푸르렀다. 아이들은 주로 저수지 근처에 모여 놀았지만 나는 깊은 물이 무서워 그 근처에는 가지도 못했다.

다행히 김 작가의 친구와 그 가족들은 친절했다. 언어폭력을 포함한 정신적 학대, 성적 학대, 가혹한 노동 등 그 어떤 종류의 학대도 하지 않았다. 그럼에도 늘 차가운 강물 한 줄기가 내 몸을 가로질러 흘렀다. 그 긴 시간 동안 김 작가가 어디서 뭘 했는지 나는 잘 모른다. 물어본 적도 없고 친절하게 말해 준 적도 없으니까.

우리가 굳이 맞춰야 할 퍼즐이 있다면 바로 그 부분이

었다. 나는 상상하곤 했다. 인신매매로 어딘가 끌려갔던 거겠지? 아님 돈 많은 할아버지 시중들러 갔었거나! 정말 뭘까? 그러나 그 퍼즐판을 쉽게 다 맞췄다면 내 인생은 더 이상해졌을지도 모른다. 세상에는 꼭 알지 않아도 되는 일도 있는 거니까.

머릿속이야 수많은 작은 블록과 슈퍼 블록들이 격자로 얽힌 도시 설계도처럼 복잡했지만, 공식적으로 나는 다른 사람 앞에서 입을 잘 열지 않는 덩치 크고 과묵한 아이였다. 내가 글을 쓰게 된 이유가 그 차가운 공백기 탓인지 아니면 나의 의지 때문이었는지 솔직히 잘 모르겠다. 그러나 어쨌든 내 인생에 구멍이 뻥 뚫린 듯한 그런 시간이 있었던 건 사실이다.

우리 두 사람이 계동에 살기 시작했을 때부터 사람들은 엄마를 김 작가라고 불렀다. 그래서 나 역시 그녀를 엄마라 부르지 않고 김 작가라고 불렀다. 또 계동이라고 하지 않고 꼬진 계동, 후진 계동, 짜증 나는 계동이라고 부르고 다녔다.

말이 작가였지 그녀는 그냥 서울 사대문 안쪽의 좁은 골목길에 자리 잡은 성냥갑만 한 작은 글짓기 교실의 작문 선생이었다. 계동 사는 내 친구가 자기 아버지가 한 말이라면서 "사대문 안에 산다고 다 같은 서울 사람이라고 생각해서는 안 된다."라는 말을 진지한 표정으로 전하기는 했지만, 어쨌든 우리는 당당히 사대문 안에 살았다.

그녀를 찾아오는 어떤 사람도 나에게 "아버지 이름이 뭐니?", "아버지는 뭐 하는 사람이니?", "아버지는 어디 가셨니?" 따위의 질문은 하지 않았다.

보통의 엄마들이라면 그 작은 가게에 떡볶이집을 열거나 옷 가게를 열었겠지만 그녀는 원래 그런 것들에는 재주가 없었다. 빨래나 요리는커녕 심지어 라면조차 끓일 줄모르는 사람이어서 도무지 기대할 게 없었다. 나야말로 학비를 대 주는 조건으로 고용된 가정부나 다름없었다. 그녀는 타자기를 두드리며 글을 쓰다가 내게 묻곤 했었다. "떡볶이는 고추장으로 양념하니, 간장으로 양념하니?", "찹쌀 옹심이의 원재료는 뭐지?"

처음 보는 길을 걷듯, 처음 와 본 동네를 탐색하러 다니듯, 이방인처럼 걷고 있다.

종로구 계동. 작지만 세련되고 모던한 외양의 화랑, 개성있는 물건들을 잔뜩 모아 놓은 앤티크 숍들, 한정식을 파는 요릿집들, 인도 요가 학원, 외국인 전용 게스트 하우스가 보인다. 정오가 가까워지는 오전 시간의 긴장이 살아있는 계동. 지금도 좋지만 밤의 계동은 더욱 좋다. 정장을입은 커플들이 천천히 골목을 오가고, 야트막한 한옥에서뿜어져 나오는 환한 불빛들이 무정형의 반딧불처럼, 스팽

글처럼 방사형으로 퍼져 나간다.

얼굴을 찌르는 듯한 차가운 겨울 바람. 헛기침을 하며 비질을 하는 할아버지들, 유모차에 아기를 태우고 불룩한 기저귀 가방을 어깨에 멘 채 외출하는 여자들, 다닥다닥 붙은 골목에서 벌어지는 주차 실랑이 소리, 대문 앞에 앉아 정수리로 떨어지는 햇빛을 즐기며 옷에 붙은 실밥을 떼어 내는 할머니들, 기왓장 너머에서 들려오는 서툰 바이엘 피아노 멜로디까지.

현대건설 사옥을 지나 헌법재판소와 북촌 한옥 마을 쪽으로 움직이는 내내 시선을 끄는 건 누드 공법으로 리모델링한 멋진 커피집이다. 짐 자무시의 영화 「커피와 담배」 속에 등장하는 조금은 맛이 간 인물들처럼, 그동안 내가 줄기차게 해 온 일이라곤 하루도 빠짐없이 커피를 마신 것뿐이다. 커피를 여러 잔 마시는 것 말고는 하루 종일 아무것도 한 일이 없는 날도 많았다. 앞에 놓인 커피가 식어 가는 동안 세포는 늙고 기억력은 떨어지고 주름은 늘어 간다. 커피를 함께 마신 상대만 바뀐 채, 아무것도 쌓아 놓은 것이 없는 시간. 요약하면 내 인생은 그렇다.

"에스프레소 도피오에 더운물을 컵의 반만 부어 주세요." 어딜 가나 주문해 마시는 나만의 독특한 커피. 어, 당신 전문 용어 쓰네! 커피 좀 마셔 봤나? 주문을 받는 여자의 표정이 딱 그렇다. 먼지도 들어가고 침도 튀고 때로는 수입한 지 오래된 원두를 갈아 주기도 했겠지만, 다 괜찮다. 만일 커피가 없었다면 어떻게 목숨을 부지하고 살았을까. 커피의 신맛을 머금으며 창밖으로 눈을 돌린다.

아침이면 다섯 평이 될까 말까 한 글짓기 교실 탁자에 앉아 우유를 마셨다. 아침밥도 안 먹는데 계속해서 살이 쪘다는 건 사실 미스터리다. 욕망이 살을 찌게 만드는 걸까. 흥미진진하게 살고 싶다는 욕망과 나날이 찌는 살의 상관관계를 언젠가 꼭 소설로 써 보겠다는 생각에는 변함이 없다.

집주인 할머니와 할아버지가 살던 안채는 언제나 어항 속처럼 고요했다. 그러나 꼬맹이들의 등굣길이자 욕을 하며 축구공을 차는 비좁은 골목은 꽤나 부산스러웠다. 김 작가가 밤새 읽다 만 두꺼운 소설책들, 메모가 가득한 스프링 노트, 가끔씩 얼굴을 비춰 보는 손거울, 모서리가 잔뜩 부푼 낡은 국어사전, 심이 부러진 연필 여러 개가 굴러다니는 방 안. 흰색 레이스 커튼으로 가려진 작은 방은 치울 수도 없이 어질러져 있었다.

"나 커피 좀 주라, 커피 마시고 싶어." 이른 새벽에 잠이 든 김 작가는 아침이면 눈도 못 뜬 채 겨우 몸을 돌려 쥐치포처럼 벽에 달라붙었다. 나는 교실 한쪽 벽에 설치된 가스레인지에 커피 주전자를 올리고 물이 끓기를 기다렸다.

물이 팔팔 끓으면 김 작가가 가르쳐 준 대로 커피 잔에 더운물을 반쯤 부어 잔을 먼저 덥혔다. 잔을 비운 뒤 인스턴트커피를 몇 스푼 넣은 다음 더운물을 붓고 스푼으로 잘 저었다. 그리고 무슨 보약처럼 흰 우유를 조금 넣어 또다시 잘 섞었다. 냄새가 고소했다. 그렇게 텁텁하고 진한 커피 향내를 입속에 담은 채 흰 커튼 너머의 방 안으로 커피 잔을 넣어 준 뒤 학교에 가는 것이 나의 아침이었다.

글짓기 교실은 계동의 버려진 한옥들 중 한 곳에 차려졌다. 거세게 불어온 개발 바람 때문에 계동에 빈집들이 조금씩 생겨나고 있었다. 그 덕분에 양철 대문으로 꽁꽁 막아 놓은 한옥 바깥쪽의 가겟방을 싼값에 얻을 수 있었고 김 작가와 나는 함께 살기 시작했다.

이삿날, 꽝꽝 얼어붙은 다섯 쪽짜리 양철 대문을 하나씩 떼어 낸 뒤 덜컹거리는 유리문을 밀고 안으로 들어갔다. 그 순간 우리가 본 것은 겨울 추위에 얼어 죽은 뻣뻣한 쥐들이었다. 가겟방 천장은 거미줄투성이였고 방에 깔린 장판지는 발을 딛자마자 우두둑 소리를 내며 금이 갔다. 치워도 치워도 먼지는 가시지 않았고 벽이며 천장에 낀 얼룩도 지워지지 않았다. 가까이 다가서서 들여다보니 시멘트 벽면이 저 혼자서 조금씩 허물어지며 먼지를 떨어뜨리고 있었다. 항복! 우리는 집을 깨끗이 하는 것을 포기했다.

그러나 며칠 후 글짓기 교실은 입술만 짙게 바른 여자처럼 변신했다. 번쩍거리는 비닐 색지를 붙인 유리창은 회색 기왓장을 얹은 한옥들 한가운데에서 낭만적이다 못해 섹시하기까지 했다. 김 작가는 자신의 이력을 써넣은 색종이를 오가는 사람들이 잘 볼 수 있는 곳에 여러 장 붙였다. 사실 이름도 생소한 어떤 에세이 잡지에 글을 보내 산문 하나를 발표한 경력이 다인 그녀는 그 색종이에서만큼은 실력 있는 작가로 부풀려졌고, 그 에세이가 실린 잡지는 자신의 저서인 양 소개되어 있었다. 오늘날처럼 키보드 한번 두드리면 웬만한 정보가 다 드러나는 세상이었다면 어림도 없을 일이었다. 그 골목을 오가는 사람들에게 미안한 마음이 들기는 했지만, 누구나 먹고살아야 하니까.

글짓기 교실의 문을 열고 두 달 정도의 시간이 흘렀다. 새 탁자에 턱을 괴고 앉아 무심한 얼굴로 책을 읽기는 했지만 나는 글짓기 교실에 누군가 찾아오기를 김 작가만큼이나 기다렸다. 바람 소리만 크게 들려도, 수세미나 비누를 파는 잡상인이 문을 살짝 밀고 들어와도 둘 다 벌떡 일어나 고개를 숙여 인사할 정도였다.

지금도 눈을 감으면 글짓기 교실의 유리문이 드르륵 열리는 소리가 들리는 것만 같다. 사선을 그으며 떨어져 내리던 굵은 여름 빗방울, 축구하던 아이들의 까르륵거리는 웃음소리, 그곳에 드나들던 온갖 구질구질하고 우울한 인간들, 그들이 몰고 들어온 먼지 입자들과 값싼 술 냄새, 그리고 대책 없는 자기 폭로, 두고 찾아가지 않은 물건들, 라이터, 담배, 스타킹, 립스틱, 서류 봉투, 한 페이지씩 파르르 떨며 되살아나는 여러 종류의 책들. 왜 그때 만났던 허접한 인간들에 관한 기억은 시간이 갈수록 점점 더 선명해지기만 하는 걸까.

오후가 되면 오전 수업을 끝낸 꼬맹이들이 몇 명 몰려와 받아쓰기 준비를 하거나 글짓기 숙제를 했다. 글짓기 교실을 연 지 거의 두 달이 지난 봄부터 꼬맹이들이 찾아오기 시작했다. 주로 글짓기 교실 바로 옆이나 그다음 골목 안쪽에 사는 어린애들이었다. 나는 그 애들 틈에 앉아 책을 읽다가 화장실 이용이 서툰 꼬맹이들을 데리고 자존심을 구겨 가며 화장실 에스코트까지 해야 했다. 코를 흘리면 코도 닦아 주고 장갑을 놓고 가면 장갑까지 챙겨서 집에 갖다 주었다. 오줌을 흘려도 똑바로 싸라고 머리 한 대 때릴 수 없는 소중한 고객들이었다.

누가 뭐래도 가장 허접한 인간은 김 작가와 그렇고 그런 소문이 있었던, 글짓기 교실에 다니던 한 초등학생 남자애의 아버지였다. "김 작가님, 그동안 안녕하셨습니까?" 다들 호칭 없이 대충 부르거나 영인 엄마라고 부르는 사람들 틈에서 그 남자애의 아버지만은 유독 꼬박꼬박 '작가님'이라는 존칭을 붙였다. "저도 한때 문학청년이었습니다만, 먹고사느라 바빠서 문학의 꿈을 접었죠." 아들은 가방을 어깨에 두르고 코를 후비면서 아버지가 나오길 기다리고 있는데 부모라는 사람은 김 작가를 붙들고 쓸데없이 말이 많았다.

김 작가는 얼굴에 환한 빛을 띠고 두 손을 맞잡은 채 하나마나 한 말들을 내뱉었다. "그럼요 먹고살아야죠. 먹고 사는 일만큼 중요한 일이 어디 있겠어요. 그래, 어떤 작가를 좋아하셨어요? 감동받은 작품이 궁금하네요." 나는 김 작가의 뒤로 돌아가 엉덩이를 꼬집으며 꼬맹이가 기다리고 있다고 눈짓을 했지만 그들은 수작질을 멈추지 않았다. 그러나 김 작가는 그 남자와 그 정도 이상의 관계는 아니었다. 말만 그렇지 예상 외로 김 작가는 고독을 잘 견디는 체질이었다. 물론 그 체질도 얼마 지나지 않아 변해버렸지만.

그때부터 시작해 그 꼬맹이의 아버지 말고도 수많은 남자들이 문턱이 닳도록 글짓기 교실에 드나들었다. 활자라고는 밥 사 먹는 동안 식당에서 읽는 신문이 다고, 책이라고는 어린 시절에 학교에서 읽었던 전래 동화 몇 권이 전부인 인간들이 책깨나 읽은 사람인 양 거짓말을 해 댔다. 직업의식 때문인지 김 작가는 그런 남자들 모두에게 공평하게 친절했고 그럴 수밖에 없는 것이, 생각해 보면 김 작가는 그때 겨우 서른 후반의 팔팔한 나이였다.

그렇다면 나는?

열일곱 살이 될 때까지 지치도록 남자애들에게 프러포즈를 했지만 결과는 모두 다 실패였다. 내 첫 경험의 상대가 되어 줄 용감한 녀석은 한 명도 나타나지 않았다. 나는 저 남태평양 한가운데 있는 이스터섬, 그 섬을 지키며 해안가에 우뚝 서 있는 거대한 석상처럼 굳건히 나 자신을 지켰다. 섹스는커녕 그 흔한 키스 한번 못 해 봤다면 누가 믿을까. 이론과 현실의 괴리는 정말이지 참기 힘들었다. 고3을 앞둔 그해 겨울 나는 결국 중대 결심을 할 수밖에 없었다. 연애 상대를 남자가 아닌 여자로 바꿔 버렸다. 모든 전위가 그렇지만 일단 머릿속은 말할 수 없이 시원했다.

그때 만난 R은 정말이지 이상한 여자애였다. R은 학교가 끝나고 나면 종로 길거리에 붙박이처럼 혼자 서 있었다. 온몸이 꽉 끼는 바지에 헐렁한 체크무늬 셔츠를 입고 앞뒤 길이를 똑같이 자른 단발머리를 한 채 나른한 표정으로 종로서적 건물 벽에 기대서 있다가 지나가는 사람들 뒤로 침을 찍찍 뱉었다.

R이 서슴없이 면도칼을 씹는다는 소문은 나를 흥분시켰다. "지난 주말에 종각에서 한판 했는데, 면도칼을 씹어 상대 애들 얼굴에 좍 뿌렸다는데. 거기 있던 애들이 오줌을 싸고 다 쓰러졌다잖아." R이 지나갈 때마다 애들이 수군거렸다. 그런데 정작 그런 엄청난 일을 했다는 R의 얼굴은 노란색으로 들뜬 채 한없이 나른하고 고요하기만 했다.

상상만으로도 치명적이었다. R은 내가 원하는 화끈한 상대임에 틀림없었다.

그때 내가 R에게 보낸 편지들은 온갖 과격하고 유치한 단어들의 모음집이었다. "내 심장에 너의 입에서 나온 면도칼을 넣어 줘. 가슴이 뛴다. 아, 면도칼이라니. 나는 면도칼을 원해! 면도칼을."

밤새 쓴 편지는 다른 애들이 교실에 도착하기 전에 R의 책상 서랍 안에 넣어 두어야 했다. 매일매일 편지를 쓰느라 예습 복습 할 시간도 없었고 잠은 늘 부족했다. 평일은 평일이어서, 주말은 주말이라는 이유로 더 긴 편지를 써야 했다. 불량 학생들은 선생님들이 감시하기 쉽게 늘 앞자리에 앉도록 했는데 그 때문에 나는 하루의 반 이상을 R의 뒤통수만 쳐다봤다. 뒤통수만 봐서는 정말 면도칼을 씹는 불량 학생인지 알 수 있는 단서가 전혀 없었다. 복도에 서 있을 때 저만치서 키가 큰 R이 걸어오면 온몸이 굳고 긴장이 되어 나도 모르게 옆에 서 있는 친구들에게 마구 욕을 했다.

한 달 동안 거의 매일 끊임없이 편지를 전달해도 아무런 반응이 없었다. 기다리다 지친 나는 불안해졌고 결국 짜증이 났다. 그래서 어느 토요일 오후 종로 거리에 서 있는 R의 앞으로 뚜벅뚜벅 걸어갔다. 그리고 입을 열어 말했다. "널 사랑해." 세상에서 가장 아름다운 말, 언제나 하고 싶었던 말을 내뱉은 순간, 종로 거리의 그리 높지 않은 빌딩들이 비현실적으로 우르르 무너져 내리는 것 같았다. 막상 입에 담기는 했지만 너무나 창피했다. 말을 하기 전에는 눈물이라도 펑펑 흘릴 것 같은 충만한 감정 상태가 되어 있었는데 하고 보니 되레 불쾌했다.

여러분, 내 열렬한 구애의 대상인 R을 보라! 주변을 휘 돌아보더니 입김을 세게 내어 얼굴에 달라붙은 머리카락을 불어 올렸다. R의 입술에 힘이 잔뜩 들어갔고 순간 나는 눈을 질끈 감았다. 나는 얼굴로 날아와 박힐 면도칼 조각을 기대했다. 날아와라, 얼마든지 받아 주마. 그러나 R은 피식 웃으며 한마디 했다. "너 사이코지? 미친년." 그리고 그녀는 건물 안으로 유유히 들어가 버렸다. 사이코라니, 한 달 동안 줄기차게 편지를 보내고 들은 말이 겨우 그게 다였다. 하긴, 정상과 비정상의 경계가 어딘지는 모르지만 R의 말처럼 그때 난 분명 정상은 아니었다. 지금도 그렇지만.

사랑이란 늘 서로 다른 상대를 바라보기 때문에 문제가 된다. R에게 당한 실연의 상처를 어쩌지 못하고 병든 강아지처럼 떨고 있을 때 천사 같은 얼굴을 하고 다가온 사람이 있었다. 반에서 키가 제일 작고 늘 머리를 양쪽으로 단정하게 묶고 다니는 K였다. 내가 K에 대해 아는 것이라고는 언니가 여러 명 있다는 것과 아버지가 의사라는 것뿐이었다. 물론 아버지가 의사니까 집에 돈이 좀 있겠다는 것도 짐작 가능했다. 얼굴이 발그레하고 예쁜 건 사실이었지만 어떤 의미에서 K는 정말이지 내 눈에 차지 않는 상대였다.

그러나 다시 시작된 편지질. 내가 R에게 했던 것처럼 K가 내 책상 서랍 속에 몰래 넣은 편지를 펼쳐 읽은 순간의 수퍼 울트라급 충격이라니. 하인리히 뵐의 소설 『그리고 아무 말도 하지 않았다』에서 제목을 딴 전혜린의 에세이 한 구절을 인용해 쓴 그 편지는 내가 R에게 보냈던 그 허접한 편지들과는 차원이 달랐다. 나와 한 팀이 되어 피구를 했던 체육 시간의 감격을 묘사하는 부분에는 생기 넘치는 표현들이 가득했다. 단둘이 한 팀이 된 것도 아니고 60명을 30명씩 두 팀으로 나눈 것이었는데도 말이다.

죽음, 고통, 우울 따위의 표현만 줄기차게 해 대던 나와 달리 그 애는 기쁨과 환희를 묘사할 줄 알았다. 정말 고수를 만난 기분이었다. 글을 쓸 줄 아는 사람은 따로 있었다. 친구들과 시시껄렁한 얘기를 하며 화장실에서 걸어 나오는 나는 언제나 유쾌한 농담을 날릴 줄 아는 센스 있는 사람으로 묘사되어 있었다. 또 내가 책을 읽는 도서실은 단지 내가 그곳에 있다는 이유만으로 적당한 침묵과 열기가 뒤섞인 근사한 곳으로 묘사되었다. 무엇보다 "너는 지적이고 유머 있고 감동적인 존재야."라는 표현은 대단했다. 볼

품없고 쓸모없는 존재로 여겨 온 나 스스로를 괜찮은 존재로 재인식하게 만들었다.

다른 사람이 된 기분이었다. 어쩌면 내가 지금껏 만난 사람 중에 오직 K만이 나를 진심으로 사랑했는지도 모른다. 어떤 때는 강렬한 끌림보다 고마움이나 미안함이 사랑의 출발이 되기도 한다. 그래서 나는 마음을 크게 먹었고 K를 받아들이기로 결심했다. K를 만나기 시작하면서 책도 더 많이 읽었고 전보다 더 많은 편지를 썼다. 그해 봄부터 시작된 연애는 성인이 된 후 어느 시기까지 계속되었다.

우리는 같은 책을 정해 같은 날부터 읽기 시작했다. 동성애자였다는 토마스 만이 쓴 『마의 산』 같은 난해하고 긴 작품들일수록 감상을 나누고 토론하기에 좋았다. 우리는 그 소설의 공간인 황량한 결핵 요양소 새너토리엄의 단골 고객이었다. 우리는 늘 외국 문학작품들만 선택했고, 말이 토론이지 무조건 훌륭하고 감동적이라고 치켜세우기 바빴다.

주말엔 남산도서관에 가서 나무 칸막이 너머로 얼굴을 훔쳐보며 책을 읽었다. 매점에서 국수를 사 먹고 해가 내리쬐는 담벼락 아래 서서 끝말잇기 놀이를 했다. 어두운 열람실 한구석에 서서 십진법 기호대로 분류된 노란색 카드를 한 장씩 뽑아 읽으면서 시간을 보냈다. 서로가 아는 작가의 책 제목을 찾아내면 노트에 옮겨 적고 그중에서 꼭 읽어야 한다고 생각하는 우리들만의 독서 목록을 만들었다. 정작 해야 할 시험공부는 안 하고 매일 책만 읽은 셈이었다. 입시가 코앞인데 현실성이라고는 없이 저 먼 유럽의 고풍스러운 도시에 있는 대학 이름들이나 나열하면서 몽상만 키워 갔다.

한번은 수업 시간에 책을 읽다 들켜 버렸는데 선생은 성적이 괜찮은 K는 가볍게 머리를 한 대 쥐어박고 끝냈지만 상대적으로 불량기가 있고 성적이 좋지 않은 나는 누가 봐도 심하다 싶을 정도로 때렸다. 미안하지만 그때, 학생들을 쓸 만한 인간으로 키우겠다며 구타를 일삼던 선생님들은 너무 심하셨다. 손목시계를 푸는 선생의 표정은 정말이지 끔찍했다. 나는 희생양이라도 된 심정으로 이를 앙다물었다. 선생의 동공에 비친 나는 이미 여학생이 아니었다.

같은 책을 읽다가 걸렸다는 기쁨도 잠깐, 두들겨 맞은 몸은 해진 샌드백처럼 너덜너덜해졌다. 표현이 심하다고? 심하지 않다. 절대로. K는 그 상황을 내가 자신을 위해 대신 맞아 준 거라고, 희생한 거라고 표현했다. K는 나보다 훨씬 성숙하고 좋은 애였다. K 덕분에 나는 심리적인 안정감을 찾았고 남은 시간을 그럭저럭 보낼 수 있었다.

고3 1년이 빨리 지나갔다. 동네 꼬맹이들 글짓기 지도나 하던 김 작가는 그즈음 바라던 대로 정말 데뷔라는 걸 했는데 어느 문학잡지의 신인 작품 공모에 글을 보내 신인상인지 뭔지를 받았다. 내가 보기에는 도무지 새로울 것이라고는 없는, 미혼 여자들의 낭만적인 연애 이야기에 시럽을 약간 바른 듯한, 비늘도 없는 도루묵의 끈적끈적한 알을 씹는 듯한 느낌의 아주 못 쓴 글이었다.

굵직한 목소리의 남자가 전화를 해 온 그날, 김 작가는 정말이지 전화기를 두 손으로 꼭 잡은 채 허공에다 대고 몇 차례나 절을 하면서 '감사하다'는 말을 반복했다. 결국 그 데뷔는 원고료나 상금은커녕 오히려 에세이가 실린 잡지를 몇십 부 구입해 주는 것으로 완성됐다. 나는 그게 무슨 데뷔냐고 따졌지만 이성을 잃은 김 작가는 좋은 잡지 몇 부 사 주는 게 무슨 문제냐며 잡지사를 두둔했다.

그리고 그때부터 김 작가는 꼬맹이들 글짓기나 가르치는 동네 글짓기 교실 선생이 아니라 진짜 작가가 된 것처럼 행동했다. 어떻게 된 건지 실제로 동네 꼬맹이 손님들도 더 늘어났고 동네 아줌마들조차 꼬박꼬박 '김 선생님' 혹은 '김 작가님'이라는 호칭을 썼다. 누군가 김 작가를 위해 좋은 소문을 내고 다니는 게 분명했다. 어쩌면 그것도 김 작가의 수완이고 직업 정신이라 할 수 있었겠지만.

김 작가의 밤 외출이 잦아지기 시작했다. 튀는 옷차림에 화장도 짙어졌다. 그 잡지사에서 하는 시상식인가에 다녀온 뒤로는 전화도 많이 걸려 오고 낯선 사람이 더 많이 찾아왔다. 그럴수록 청소며 빨래며 집안일은 모두 다 내 차지가 되었다. 김 작가는 딸이 대학 입학시험을 앞두고 있다는 사실 따위에는 관심도 없었다. 집 안은 나날이 지저분해져서 커튼만 하나 들추면 쓰레기 하치장 같은 방이 고스란히 드러났다. 김 작가와 나는 다투는 일이 점차 많아졌고 한 번씩 싸울 때마다 서로 말을 걸지 않는 냉전 기간도 조금씩 길어졌다.

같은 잡지 출신의 동인이라는, 나이도 성별도 들쑥날쑥인 사람들을 여러 명 데리고 와 좁아터진 글짓기 교실을 선술집으로 만들면서 김 작가와 나는 거의 얼굴도 안 쳐다보는 사이가 되고 말았다. 무슨 동인 모임이 맥주병 따는 것으로 시작해 맥주병을 수십 개는 쓰러뜨리고 나서야 끝이 났다. 초반엔 문학 얘기도 하는 것 같았지만 그건 토론도 무엇도 아니었다. 시간이 지나 술잔이 돌고 나면 아무나 하는 흔한 인생 타령, 신세타령, 사랑 타령으로 이어졌다.

이미 취했으면서 그것으로도 모자라 술은 술집에 가서 마셔야 한다며 또 종로로 몰려 나갔다. 그러고는 자기 집은 어쩌고 몇 명은 또다시 글짓기 교실로 돌아왔다. 술에 잔뜩 취해 들어오면서도 여자들의 핸드백 속에는 책 몇 권씩이 들어 있었고 남자들의 손에도 책이 든 누런 대봉투가 들려 있었다. 사실 핸드백을 열어, 대봉투를 열어 그 책들을 보고 싶었다. 그 책들은 도대체 어떤 내용이었을까.

오징어 다리며 땅콩 부스러기, 지저분한 재떨이와 쓰레기통을 치우고 설거지를 하는 일은 당연히 모두 내 차지였다. "글짓기 교실이고 뭐고 다 문 닫아 버려. 이게 뭣들 하는 짓이야. 나한테 정말 너무하는 거 아냐?" 아무리 잔소리를 하고 항의를 해도 김 작가는 들은 척도 안 했다. "너도 언젠간 날 이해하게 된다니까, 지지배." 김 작가의 대답은 늘 그런 식이었다. K의 위로가 아니었다면 나는 아마 그때 갈등의 진원지인 글짓기 교실을 폭파해 버렸을지도 모른다.

K와 나는 대학 입학시험을 치른 날 첫 키스를 했다.

김 빠져 밍밍한 이온 음료 맛이었다. 굉장히 어색했지만 날이 날인지라 이벤트가 필요했다. K의 큰언니 방에서 언니 옷을 모두 꺼내 입고 한바탕 패션쇼를 하고는 이불 속에 다리를 넣고 앉아 책을 읽고 있을 때였다. 뭔가 부족한 느낌인 게 사실이었다. 그러나 그날, 그 시간에 우리가 할 수 있는 일이라고는 키스뿐이었다. 우리는 어정쩡하다 할 만한 키스를 나누고 죽을 때까지 헤어지지 말자고 약속했다. 할 수만 있다면 할리우드 배우들처럼 어깨에 문신을 하거나 혈서를 쓸 수도 있었을 것이다.

내 연애가 정점을 향해 치달아 갈수록 김 작가와 나의 불화는 걷잡을 수 없어졌다. 날씨가 추워지자 동인이라는 작자들이 술에 취해 집에 가지도 않고 비좁은 방에 붙어

혼숙을 하는 날이 많아졌다. 자다 시끄러워 눈을 떠 보면 배가 산만 한 아저씨가 옆에서 코를 골며 자고 있어서 소스라치게 놀라기도 했다. 그때부터 글 쓰는 인간들은 내가 세상에서 제일 경멸하는 족속들이 되고 말았다. 나는 결국 "더러운 인간들을 더 이상 보고 싶지 않아." 하고 극언을 했고, 화가 난 김 작가는 빗자루와 걸레를 마구 집어 던졌다. 참다못한 나는 결국 입학시험이 있는 며칠 후 집을 나와 버렸다.

김 작가의 지갑에서 훔친 돈으로 미장원으로 가 머리 스타일부터 바꿨다. "아줌마 냄새 확 나게 해 주세요." 내 말에 원장은 눈을 크게 뜨고 진심이냐는 듯 되물었다. "정말? 학생, 정말 아줌마 머리를 원해?" 두 시간이 지나 보기 좋게 파마 컬이 나왔다. 동양의 소녀 마이클 잭슨 탄생! 커다란 내 덩치와 아줌마 파마는 제법 어울렸다. 그러나 생각보다 파마 비용이 비싸 2만 원이 부족했다. "돈 없으면 여기서 머리카락이라도 쓸고 수건이라도 빨아." 나는 할 수 없이 원장님이 째려보는 가운데 K에게 전화를 했고 K는 채 30분도 안 되어 미장원으로 달려왔다.

K는 내 얼굴을 가만히 쳐다볼 뿐 아무 말도 하지 않고 서 있다가 입을 열었다. "정말 괜찮니? 너무 걱정된다. 그냥 우리 집으로 가자." 나는 말없이 K의 손을 잡고 있었다. 의사 선생님의 딸로 태어나 공주 침대에서 인형이나 끼고 앉

아 과자나 먹으며 자란 K가 내 상황을 이해하기에는 한계가 있었다. 또 개인적인 가정사 따위를 구질구질하게 얘기하는 건 나처럼 자존심 강한 아이에게는 맞지 않는 일이었다.

나는 가능하면 계동에서 먼 곳, 사막 같은 완전히 먼 곳으로 가고 싶었다. 미장원에 취직을 할까, 공장에 취직을 할까, 여러 가지 생각을 했다. 그러다 우연히 찾아간 곳이 충무로 근처의 생맥줏집이었다. 덩치 때문인지 나이를 속이는 건 아주 쉬웠다. 사장과 면접을 했고 쉽게 채용이 되었다. "살인 강간범만 아니면 우리 가게에서는 누구나 다 일할 수 있어. 난 다 받아. 심지어 북한 사람이라고 해도 받는다." 사장이 호탕하게 웃으며 말했다.

밤에는 같이 일하는 언니들 집에 가 자면서 혹독한 사회생활을 경험했다. 내 몫의 방세를 내야 했고 나이 든 언니들의 다리도 밟아 줘야 했다. 다리 밟아 준 수고비를 달라고 해도 언니들은 대꾸도 안 했다. 정작 내 다리는 통통 부어오르고 잘 먹지 못해 뱃가죽은 등에 붙었다. 고달프고 지루한 시간이었다. K의 이름을 수없이 부르며 편지만 계속해서 썼다.

꼬불꼬불하던 파마 컬이 조금 풀리고 몸이 힘든 것과 상관없이 다시 살이 붙어 오를 정도의 시간이 흘렀다. 보통은 가출을 하면 집에서 식구들이 찾아와 머리채를 잡아

끌고 가는 게 상식이었다. 가장 친하다고 믿고 연락했던 친구가 스파이가 되어 집에 전화를 하고 갑자기 부모들이 들이닥쳐 머리채를 잡고, 그런 맛에 울며불며 끌려가 반성문도 쓰고 결국은 외출 금지를 당하는 게 순서였다. 그런 걸 기대하면서 가출도 하는데 나는 아무도 찾아오는 사람이 없었다. 늘어나는 건 K에게 쓰는 편지와 저임금에 시달리는 맥줏집 종업원이 쓰는 노동 일기뿐이었다.

흰 눈이 펑펑 내리는 어느 날 아침 나는 그냥 제 발로 걸어 집으로 돌아갔다.

한 해도 빼놓지 않고 꼬박꼬박 찾아오는 설 명절이 너무 싫었다. 우리는 설 명절이면 밀린 빨래를 하거나 집 안 대청소를 하고 동네 분식집으로 가서 떡국을 사 먹었는데, 떡국 맛은 정말이지 매번 이상했다. 그러나 그해에는 마주 앉아 식사를 함께하지 않은 지 오래였기 때문에 분식집 떡국도 생략했다. 김 작가는 혼자서 맥주를 마셨고 나는 라면을 끓여 먹었다. 밤에는 라디오에서 나오는 유행가를 들으며 각자 손에 든 책을 읽었다. 전화기도 울리지 않았고 찾아오는 사람도 없었다. 싫어하는 사람들이 비좁은 공간에 함께 있어야 한다는 것만큼 힘든 일은 세상에 없었다. 빨리 지나가! 김 작가가 왔다 갔다 할 때마다 중얼거렸다. 얼마나 싫었으면 내 눈앞으로 지나가는 것조차 참기 힘들었을까.

참다못한 나는 밤이면 집 밖으로 나갔다. 비원 담벼락 아래에 쌓인 눈 더미는 단단하게 얼어붙어 발로 차도 무너지지 않았다. 기와집 처마에 매달린 고드름도 밤이면 더 커다랗게 보였다. 앙상한 나뭇가지에 매달린 까치집도 겨울이 깊어 갈수록 크기가 더 커지는 것 같았다. 반면 강추위가 찾아올수록 계동 골목의 집들은 점점 더 작게 몸을 웅크려 추위를 견뎠다.

그 무렵부터 혼자서 커피를 마시러 다녔다. 헌법재판소 쪽으로 건너기 직전, 큰길 옆에 작은 커피숍이 있었는데 밤이면 한 여자가 스웨터를 입고 안경을 쓰고 앉아 책을 읽거나 뭔가를 썼다. 늘 같은 창가 자리였다. 나도 한 번쯤은 앉고 싶은 자리였는데 늘 그 여자가 먼저 차지하고 있어 기회가 쉽게 오지 않았다. 거리 쪽을 내다보며 풍경을 즐기는 것도 아니면서 왜 꼭 그곳에만 앉는 걸까. 매번 그게 불만이었다.

그즈음 나는 편지를 쓰는 일에 조금은 지쳐 있었다. K와의 관계가 안정되면서 반복되는 얘기만 오가는 느낌도 없지 않았다. 편지라는 형식이 갖는 한계를 알아 버린 것이었다. 그래서 김 작가가 쓰던 원고지를 들고 그 커피숍으로 가 소설이라는 걸 쓰기 시작했다. 왜 시가 아니고 소설이었는지 그건 잘 모르겠다. 그냥 내 몸속에 흐르던 차가운 강물이 시킨 일이었다고밖에는 설명할 수가 없다.

원고지 50매쯤 되는 소설이었는데 내가 일하던 충무로의 생맥줏집이 배경이었고, 악독한 사장과 시골에서 올라와 취업한 종업원들이 주요 등장인물이었다. 차별 대우와 저임금에 시달리는 종업원들이 작당해 창고에 사장을 가두려는 이야기였다. 사실 맥줏집 사장은 그리 나쁜 사람이 아니었다. 할 말이 아주 많을 것 같았는데 막상 쓰고 보니 할 얘기가 없었고 별로 재미도 없었다. 경험만으로는 글을 쓸 수 없다는 것, 그것이 교훈이라면 교훈이었다. 말도 안 되는 이야기였지만 그 소설은 어쨌든 내가 쓴 최초의 소설이었다.

어느 날 김 작가가 책 한 권을 들고 들어와 호들갑을 떨었다. "야, 봐 봐, 이 여자 봐 봐. 그 유명한 J 작가잖아. 어제 요 앞에서 사람들 만나다 봤거든. 이 동네에 오래 살았다네. 내가 이 여자 소설 얼마나 좋아하는데, 진짜 미친다. 내가 얼마나 좋아하는 작간데." 나는 분명 시큰둥한 얼굴로 김 작가가 들이민 사진을 들여다봤을 것이다. 그러나 막상 사진을 마주한 순간, 나는 내 눈을 의심했다. 밤마다 동네 커피숍에 앉아 차를 마시는 그 후줄근한 여자였다. 매우 멋질 거라고 예상했던 작가라는 사람이 후줄근한 스웨터 차림에 고등학생인 나도 가는 커피숍에 앉아 책이나 읽는다니 솔직히 실망스러웠다.

그러나 나는 다시 눈을 동그랗게 뜨고 그 여자가 썼다

는 책 제목들을 오래 들여다봤다. 그렇게 후줄근한 사람의 머리에서 나온 글은 어떤 것일까 궁금했다. 읽어 본 결과 최소한 그 작가의 소개 글 안에는 내가 아는, 내가 쓰는 쉬운 단어들은 하나도 없었다. 사막, 빙하, 한밤의 드라이브, 주홍빛 물고기 등등. "이 여자도 멋진 글을 쓰는데 난 얼마나 한심하니. 아직 제대로 데뷔도 못 하고." "왜 데뷔를 못 해, 지난번에 했잖아." 그날 밤 김 작가는 뭐가 괴로운지 J 작가의 사진이 실린 책을 들고 혼자서 연거푸 맥주를 마셨다.

며칠 후 드디어 올 것이 왔다. 시험 점수가 나온 것이다. 내가 가고 싶은 대학은 꿈도 못 꿀 점수였다. 대학만 아니라면 세상 어디라도 갈 수 있는 점수였다.

K와 나는 종로에서 만났다. 많은 사람들 사이에서 문득 울고 싶었다. 누군가 몇 대 때려 줬으면 싶었다. K의 얼굴 역시 나처럼 좋지 않았다. 우리는 해가 지도록 종로 거리를 뱅글뱅글 돌았다. 지방 대학이라도 가게 되어 집을 나갈 수만 있다면 더 바랄 것이 없었다. 그러나 김 작가에게는 돈이 없었다. 나는 왜 그런지 그 시간에 K와 함께 있고 싶지 않았다. 자기 학대가 필요한, 뭔가 힘든 일이 있을 때는 좀 더 터프하고 세상의 그늘진 구석을 좀 아는 친구가 필요한 법이었다. K는 슬픈 얼굴로 돌아갔고 나는 늘 R이 서 있곤 하던 종로서적 건물 앞에 그림처럼 서 있었다. 그리

고 한 시간쯤 뒤에 거짓말처럼 예쁜 패딩 점퍼를 입은 R이 껌을 씹으며 나타났다. 나를 본 그녀가 빵빵해진 볼에서 바람을 빼며 말했다. "씨발, 머리꼴하구는."

R은 그날 나를 아주 멀리까지 데리고 갔다. 버스를 두 번이나 갈아탔고 시장통과 상가가 밀집해 있는 낯선 길을 통과했다. 그리고 그때까지는 전혀 상상할 수 없던 아주 멀고 험한 곳인 동시에 매우 흥미로운 곳에 도착했다. 예사롭지 않은 분위기의 계단을 내려갔다. 청량리역 광장 쪽에 있는 나이트클럽이었다.

수많은 사람들이 불빛 아래 벌레처럼 모여 서 있었다. 들어간 지 한 시간쯤 되었을 때부터 나는 사실 정신을 차리지 못했다. 술 때문이었다. 거기 있던 그 순간만큼은 평소보다 몸이 가벼웠고 천장 위에 붙은 조명들이 눈부시게 예뻤다. 누군가의 생일 파티가 벌어져 고함 소리가 요란했고 쿵쾅거리며 음악이 흘러나왔다. 남자애들에 둘러싸인 R이 저 멀리서 나를 넘겨다보며 불이 붙은 담배를 입안으로 넣었다 뺐다 했다. "바보 같은 것, 촌스러운 것, 얘들아 저기 뚱뚱하고 한심한 고삐리 좀 봐라." R은 그렇게 말하고 있는 게 분명했다. 그러니까 R은 소문처럼 면도칼을 씹고 유흥업소에 다니는 진짜 불량 학생인 것이었다. 그러나 막상 그 현장을 본 나는 서서히 정신을 잃어가는 중이었다.

그 당시에 가장 인기 있던 여가수가 무대 위로 올라와 눈을 까뒤집으며 신나게 춤추고 노래를 불렀다. 나비처럼 가벼워 보였고 고생이라고는 하나도 모르는 사람 같았다. 한동안 가수 생활이 뜸하던 그 여가수가 오랜 시간이 흐른 뒤의 어느 날 텔레비전에 나왔다. 나는 늙어 있는데 그 여가수는 그때 그 나이트클럽의 무대 위에 있을 때 모습 그대로였다. 저 사람들은 대체 뭘 먹길래 저렇게 그대로인 걸까. 난 혼자서 중얼거렸다. 세상엔 내가 모르는 것들이 너무 많았다.

건물이 뒤집히고 바닥이 들어 올려졌다. 어느 한순간부터 머리를 쳐들지도 못하고 바닥을 기기 시작했다. 화장실도 기어서 다녀왔고 나이트클럽 정문도 기어서 나왔다. 택시도 기어가서 탔다. 어떻게 집에 왔는지 기억나지 않았다. 술 취한 사람들 목소리, 쌩쌩 달리는 자동차 소리, 몸에 묻었던 차가운 바람기가 잠깐씩 떠오르기도 했지만 완벽하게 아무것도 기억나지 않았다.

"웬 날라리 같은 지지배가 널 데려왔더라." 김 작가가 잠에서 깨어 막 머리를 쳐드는 순간 내게 말했다. "정말 날라리 같았어?" 내가 김 작가에게 물었다. 그제야 내가 R의 무릎에 얼굴을 묻은 채 웩웩거리던 모습이 토막토막 떠올랐다. 내비게이션이 있던 때도 아닌데 R이 어떻게 우리 집을 찾았을까. 진짜 신기했다.

그 후로도 며칠 동안 내 머릿속에서는 쿵쾅거리는 나이 트클럽 음악 소리가 떠나지 않았다. 나는 지독한 두통에 시달렸다. 그때 깨달았어야 했다. 내 몸속에는 알코올을 분해하는 성분이 전혀 없다는 걸. 그러니까 내 부모 중 한 쪽은 술을 마실 줄 모르는 사람이고, 그게 아버지 쪽일 수 있다는 걸 아주 나중에야 알았다. 그걸 깨닫게 되기까지 얼마나 많은 시간을 바닥에서 기어야 했는지, 난 정말 바보 중의 바보였다.

러시아의 겨울보다도 혹독한 겨울이었다. 어느 날 글짓기 교실 너머의 유리창이 통째로 환해지며 검은 스웨터를 입은 키가 큰 남자가 문을 밀고 안을 들여다보기 전까지는. "실례합니다." 얼마나 멋진 말이었는지. 아무도 글짓기 교실의 문을 열면서 그런 말은 하지 않았다. 그는 글짓기 교실 안으로 들어왔고 큰 키 때문에 글짓기 교실 천장이 아주 낮아 보였다. 방 안에 있던 김 작가는 부스스한 머리를 만지며 나오다가 금세 화사하게 표정을 바꿨다. "아, 어떻게 오셨어요? 날씨도 추운데 들어오세요. 얼른 들어와 앉으세요." 남자는 머리를 긁적이며 의자에 앉았고 별로 볼 것도 없는 실내를 천천히 둘러봤다.

나는 김 작가가 시키지도 않았는데 가스레인지에 커피 주전자를 올리고 불을 켰다. 타닥거리며 파란 불꽃이 일고 이내 붉게 변한 불꽃이 스테인리스 주전자 아래 표면으로 삽시간에 퍼졌다. 수납장에서 커피 병을 내리고 커피 잔을 더운 물로 헹궈 냈다. 그 모든 일을 하는 내 손등이 파들파들 떨리고 있었다.

글쓰기 모드

그는 늘 터틀넥을 입었던 것 같다. 터틀넥을 입은 깔끔한 마스크의 현직 교사. 매우 바람직한 인상이었다.

1970년대, 잘생긴 얼굴을 이용해 수많은 여자들을 강간하고 죽인 미국의 전설적인 연쇄 살인범 테드 번디도 터틀넥을 즐겨 입었다는 글을 읽은 적이 있다. 그는 살인에 몰두하는 자신의 건강을 몹시 염려해 죽인 사람들의 내장을 꺼내 소금 간을 한 뒤 잘근잘근 씹어 먹었는데, 그때도 터틀넥을 벗지 않았다고 한다. 믿거나 말거나.

내가 기억하는 사람 중에 터틀넥이 가장 잘 어울리는 사람은 영화 「참을 수 없는 존재의 가벼움」에서 무거움과 가벼움을 동시에 상징하는 캐릭터였던 바람둥이 의사 토마스였다. 끊임없이 여자를 바꾸는 이유를 '우리에겐 단

하나의 삶이 있기 때문'이라고 당당하게 말했던 남자. 잘생긴 얼굴 때문에 뭘 입어도 잘 어울렸겠지만 그가 바로 터틀넥이 가장 잘 어울리는 영국 출신의 배우 대니얼 데이 루이스였다.

대니얼 데이 루이스와 S 선생님. S 선생님은 초록색, 검정색, 회색으로 색깔만 바뀔 뿐 늘 장식이 없는 깔끔한 터틀넥 스웨터를 입었고 그 위에 입는 코트도 늘 같은 검정색이었다. 그의 첫인상은 그랬다. 대니얼 데이 루이스와 비슷했지만 부담스럽지 않았고, 절대 나쁘지 않았다.

"근처 학교에서 애들을 가르치는데, 더 늦기 전에 제 글을 좀 써 보고 싶어서요." 그는 말을 하고 나면 입가를 손으로 비비며 몽상가처럼 시선을 위쪽으로 향했다. 그러면 김 작가와 나도 그를 따라서 쳐다봐야 아무것도 없는 위쪽을 올려다봤다. 순간, 김 작가와 내 눈에서 동시에 뿜어져 나온 강력한 스파크가 허공에서 타다닥 소리를 내며 저희들끼리 부딪쳤다. 전쟁이 시작된 것이었다.

분위기 있는 젊은 남자, 그것도 현직 교사라는 사람이 제 발로 계동 글짓기 교실로 찾아왔다. 학부모의 입장에서 자기 애들의 글짓기 지도를 부탁하는 것도 아니고 본인이 직접 뭘 써 보고 싶다고 했다. 몹시도 길고 지루한 겨울에 일어난 혁명적인 사건이 아닐 수 없었다.

"여러 번 혼자 뭘 좀 써 보려고 했는데 잘 안 되더군요."

그런 질문이라면 할 얘기가 엄청 많은 김 작가의 얼굴은 자부심으로 가득 차 이내 터질 지경이 되었다. 그가 한쪽 볼을 비비며 수줍게 말했고 김 작가가 당연하다는 듯, 모든 걸 이해한다는 듯 고개를 끄덕이며 의자를 바싹 앞으로 끌어당겨 앉았다. "뭘 쓴다는 게 굉장히 어려운 일이죠." 경험 많은 선배의 말에 신참의 얼굴이 하얗게 변했다. 정말이지 점입가경이었다. "대학 때는 시를 쓰고 싶었습니다." "우리 세대가 다 그렇죠." 김 작가는 조금도 틈을 두지 않고 그의 말에 바로바로 반응했다. 나이도 모르면서 단번에 같은 세대로 규정해 버려 친밀감을 강조하는 자세 또한 훌륭했다.

그때 내가 읽다 말고 탁자 위에 올려 둔 책은 프랑스의 노동운동가이면서 철학자인 시몬 베유의 『노동 일기』였다. 사실 뭘 알고 샀던 건 아니었다. 단발머리에 수척한 얼굴, 안경 너머로 엿보이는 따뜻하고 선한 눈빛, 칼라 깃이 둥근 블라우스를 입은 저자의 모습이 철학적이고 멋져 보여서였다. 책을 고르는 이유라는 건 특별한 게 아니었고 겨우 그런 거였다.

문이 열리고 그가 들어오기 전까지는 한 글자씩 천천히, 포도주 맛을 음미하며 삼키듯 집중해 읽던 책이었는데 단 한 문장도 더 읽을 수가 없었다. 그래도 조금 전까지 읽던 곳으로 되돌아가 밑줄을 그으며 다시 읽기 시작했다.

3시 45분부터 5시 15분까지 레옹과 함께 종이에 싸인 강철 덮개에 리벳을 박는 작업. 윗부분에 접시형 구멍이 뚫린 쇠고리를 연결시키는 것만 주의하면 된다. 공장에서 요구하고 있는 속도, 즉 쉴 새 없는 속도로 일을 했다. 하지만 처음에는 여섯 개의 제품 중에서 네 개의 합격품이 나왔다. 시간당 평균 2.88프랑. 아무런 사고도 없었고 그다지 고통스럽지도 않았던 하루였다. 무뚝뚝한 조정공과의 무언의 우애. 아무와도 말을 나누지 않았다. 말을 해 봤자 크게 유익한 것은 없다.

페르사주 — 제품에 구멍을 뚫는 일 — 작업을 하고 있는 어떤 여공은 망이 쳐져 있었는데도 머리털이 기계에 걸려서 몽땅 뽑혀 버리는 바람에 머리에 커다란 반점이 나버렸다. 사고는 오전 작업이 거의 끝나 갈 무렵에 일어났다. 그녀는 몸도 아프고 아직 겁에 질려 있었지만 오후에 다시 일을 하러 나왔다. 이번 주는 굉장히 추운 데다 공장의 위치 때문에 기온 차가 심하다. 심지어는 연장이 너무 차가워서 작업의 속도가 늦춰지는 곳도 있다.

시몬 베유는 페르사주인지 뭔지 하는 작업에 하루를 바치는 공장 노동자로 일하며 마른 빵으로 끼니를 때우고 밤마다 세상을 바꾸려는 의지에 불타 글을 쓰는데, 나는 한심하게도 앞에 앉은 정체 모를 남자만 쳐다보고 있었다.

그는 김 작가가 만들어 복사한 조악한 신청서를 오래 읽었다. 그러고는 달랑 이름과 주소만 적었다. "다른 것들은 차차 서로 알아 가죠, 뭐." 순간 그가 김 작가를 쳐다보며 좀 느끼하게 웃었다. 김 작가가 그에게 물었다. "그런데 여길 어떻게 아셨어요? 사실 성인반을 만들어 달라는 분들이 많았는데 제가 거절했거든요. 저도 글을 쓸 시간이 있어야 하니까요." 김 작가의 말은 다 새빨간 거짓말이었다. 내가 아는 한 그런 제의를 한 정신 나간 사람은 한 명도 없었다.

그는 탁자 위에 손을 얹고 의자에서 일어나며 확신에 찬 얼굴로 말했다. "계동에서 김 작가님이 얼마나 유명한지 모르셨나 보군요. 재색을 겸비한 분으로 소문이 자자한걸요. 본인만 모르고 계셨군요." 김 작가는 그 말을 듣고 정말이지 깔깔거리며 웃었고 그는 머리를 숙여 인사했다. 순간 나는 탁자 위를 짚은 그의 손을 봤는데 피부가 정말 하얬다.

아주 오랜 시간이 흘러 언제 그런 인간이 있었는지, 그가 남긴 모든 아우라가 머릿속에서 통째로 사라진 뒤의 어느 날 갑자기 그 손이 생각났다. 그때 나는 미술사학자인 앙리 포시용의 『형태의 삶』이라는 책을 머리맡에 두고 읽고 있었다. 부록인 「손을 예찬함」이라는 마지막 글을 읽을 때 글짓기 교실 탁자 위에 올려져 있던 그의 손이 불쑥 떠올랐다. 어두운 무대의 아래쪽에서 떠올라, 숨죽이며 무대 위를 쳐다보는 아이들의 입에서 탄성이 쏟아지게 하는 인형을 조종하는 흰 손. 아니, 내 옷 앞단추를 후두둑 떨어뜨리고 내부로 돌진해 들어오는 손. 어쩌면 김 작가도 나도 그의 흰 손에 정신을 잃었는지 모르겠다. 그렇게 희고 고운 손을 가진 남자가 나쁘면 얼마나 나쁘겠니! 나쁜 일을 하면 얼마나 하겠어.

김 작가는 낮에 오는 꼬맹이들의 글짓기 수업은 대충대충 했다. 애들이 떠들어도 떠들게 그냥 놔두고 과자를 먹어도 야단도 안 쳤다. 아이들의 학습 능력 향상 따위에는 관심도 없고 적당히 정해진 시간만 때웠다. 받아쓰기 연습할 때 문제를 불러 주는 것도, 채점을 해서 다시 돌려주고 틀린 문제 복습을 시키는 것도 다 내가 했다. 이놈의 꼬맹이들은 너무나 멍청해서 틀리는 글자를 매일 또 틀렸다. 나는 재수를 해야 할지 취직을 해야 할지 아무것도 결정하지 못한 데다가 달리 갈 곳도 없었다. 게다가 이미 중학교 때 다 치른 여드름 전쟁이 다시 시작되어 하루 종일 우울하기 그지없었다.

꼬맹이들이 돌아가고 골목 주변의 침침한 음지가 드러나는 오후 3~4시경이 되면 김 작가의 컨디션은 눈에 띄게 좋아졌다. 두 팔을 번쩍 들어 기지개도 켜고, 평소엔 춥다느니 주인집 노인네들 마주치기 싫다느니 하며 잘 가지도 않던 안채 샤워실로 가 샤워를 했다. 얼굴에 마사지 크림을 잔뜩 바르고 손가락에 힘을 주어 문지른 뒤 스팀 타월까지 만들어 뒤집어쓰는, 상상도 할 수 없었던 행동을 했다.

더욱 놀랄 일은 커튼만 걷어 젖히면 쓰레기 전시장이나 다름없던 방을 김 작가가 직접 치웠다는 사실이다. 물론 치운다고 해 봐야 방 안쪽 벽에 붙어 있는 옷장 문을 열고 지저분한 물건들을 다 끌어다 넣어 두는 정도였지만 그것만 해도 놀라운 변화였다. 뭔가를 치우고 정리하는 손이 어쩌면 그토록 서툰지 한심하기까지 했다.

지금 같으면 너무 유치해서 감히 할 수도 없는 일이지만 나는 S 선생님을 '장(Jean)'이라고 불렀다. 전혜린의 일기에 나오는 이름을 그대로 카피한 것인데 그런 이름을 붙인 것만 봐도 제정신이 아니었다. 그러나 그게 아무리 어릴 때부터 물든 사대주의적 발상 때문이라고 하더라도 그의 본명인 '영철 씨' 혹은 '영철'이라고 써서는 아무런 멋도 없었다.

그때까지만 해도 내 소원은 하인리히 뵐의 소설 『그리고 아무 말도 하지 않았다』의 주인공이 하는 말처럼 "더 이상 끔찍한 가난의 숨결"을 느끼지 않는 것이었다. 그 소설은 책장을 넘길 때마다 가난에 대한 통렬한 인식이 강도를 더해 가며 드러났다. 나도 가난하게 살고 싶지는 않다고 여러 번 기도를 했었다. 가난에서 조금만 벗어나게 된다면 앞으로 다 잘하겠다고 다짐도 했고 기도도 했다. 그러나 아무런 변화가 없었던 걸 보면 세상 그 어느 신도 내 기도를 듣지 못했던 것 같다.

늘 방 안을 떠도는 흐릿한 연탄가스 냄새는 가을부터 늦은 봄까지 계속되는 생존의 기본 조건이었다. 죽지 않을 만큼 살짝 연탄가스를 맡고 어지러움을 느끼는 아침이면 할머니네 집에서 얻어 온 동치미 국물을 마셨다. 그건 그렇더라도 책 한 권 사기에도 부족한 용돈은 또 어떻고. 그건 정말 참을 수 없는 일이었다. 김 작가가 동전을 넣어 두는 작은 항아리에 손을 넣어 동전을 훔칠 때마다 얼마나 자존심을 구겨야 했는지.

어릴 때, 김 작가와 떨어져 시골에서 살 때 나는 절대로 남의 물건을 훔치지 않겠다고 다짐했었다. 같은 반 친구 집에 놀러 갔다가 밤늦게 돌아온 적이 있었다. 그 친구가 다음 날 나더러 자기 엄마의 지갑에서 동전을 훔쳐 갔다며 돌려 달라고 했다. 훔쳐 가지 않았다고 거짓말을 했지만 그 친구는 막무가내였다. 누가 도둑인지 밝혀내지 못하면 엄마가 자기와 오빠를 심하게 때리고 결국은 교회 반성실로 보내 통성 기도를 시킨다면서 하루 종일 나를 따라다니며 괴롭혔다.

심각하게 고민했다. 그리고 다음 날 아침 깊고 깊은 재래식 화장실 속에 바지 앞주머니에 넣어 가지고 다니던 은색 동전을 과감히 던져 버렸다. 그 섭섭함과 허전함이라니.

몸을 일으켜 네모나게 뚫려 있는 화장실 벽면으로 태평하게 흘러가는 바깥세상을 내다봤을 때 너무 억울하고 화가 났다.

돈이 필요했던 것도 아닌데 왜 그걸 훔쳤는지 잘 모르겠다. 벽에 걸린 친구 엄마의 옷 속에 지갑이 있었고 그 주둥이가 활짝 열렸다. 사실이 그렇더라도 그걸 내가 한 일이라고 무조건 확신하는 그 친구가 죽이고 싶도록 미웠다. 몇 시간 후 그 친구 집으로 한달음에 달려갔다. 골목을 그냥 지나가는 척하면서 내가 아는 세상의 모든 욕설을 적은 편지를 우편함에 찔러 넣고 돌아왔다.

조마조마한 마음이 없지는 않았다. 그런데 막상 그 친구의 엄마가 딸과 아들을 대동한 채 내가 살고 있던 김 작가의 친구 집으로 찾아왔을 때는 굉장히 긴장했다. 식식거리던 친구 엄마의 모습은 그때까지 내가 본 중년 여자들의 얼굴 중에 제일 무서웠다. "근본도 모르는 애를 데려다 키우는 이유야 내가 알 바 없지만 이 편지 좀 보라구. 이게 어린애가 쓴 편지인지, 어른이 쓴 편지인지. 이건 사탄이 쓴 편지라니까. 이런 심한 욕지거리는 정말 생전 처음 봐."

김 작가의 친구 부부는 두 장짜리 편지를 한 장씩 읽고 또 한 장씩 바꿔 읽었다. 읽고 난 뒤 친구 엄마에게 날씨 얘기며 동네 사람들 얘기를 마구 늘어놓기 시작했다. 김 작가의 친구는 무서운 그 아줌마가 돌아갈 때 집에서 만든 두부 몇 모를 들려 보냈다. 그들이 가고 난 뒤 김 작가의 친구 남편이 그윽한 얼굴로 내게 말했다. "야, 너 글 잘 쓰더라. 어떻게 그렇게 편지를 길게 쓸 수 있지? 난 길게 쓰는 거 진짜 힘들던데."

그 사건 때문에라도 나는 정말 성인이 되어서도 동전 따위나 훔치는 짓은 하고 싶지 않았다. 그러나 그때 김 작가의 친구 남편이 나에게 했던 말이 내 운명을 이 지경으로 만든 최초의 칭찬이었던 건 사실이다. 칭찬이 사람을 우매하게 만들기도 한다.

어쨌든 김 작가가 내 일기장을 보게 될 재난을 대비해서라도 일기를 쓸 때 닉네임을 써야 했고 일기장은 철저하게 감춰야만 했다. 장을 만나고 나서부터 소원이라고는 딱 한 가지뿐이었다. 일기장을 안전하게 보관할 나만의 방을 갖고 싶다는 것. 사랑을 나눌 밀실보다 더 절실한 것이 일기장을 보관할 방이었다.

내친김에 여관 갈 돈이 없는 가난한 연인들 사이에 "사랑을 나눌 우리들만의 방이 필요해."라는 말을 유행시킨 폴란드의 소설가 마렉 플라스코의 『제8요일』이라는 소설을 들고 다니기까지 했다. "방이 필요해, 방이 필요해."라고 떠들고 다니는 게 왠지 근사해 보였던 것 같다. 아무 대책 없는 청춘 남녀에겐 사랑을 나눌 방이 필요했다. '8요일'은 현실에는 존재하지 않는 날인 동시에 그들이 사랑할 수 있는 날인 것이다. 두 사람이 바르샤바의 이곳저곳을 떠돌며 그려 내는 며칠 동안의 사랑 이야기, 세상과의 싸움에서 진 청춘 남녀의 이야기였다.

난 아직 어려서 그와 동침할 방까지는 생각할 처지가 아니었다. 단지 내 방, 나만의 공간, 그게 아니라면 안전한 금고나 열쇠가 달린 책상 서랍이라도 있다면 감지덕지할 판이었다. 아니면 급할 때 일기장을 넣어 허공에 띄워 보낼 수 있는 애드벌룬이라도 있었으면 더 바랄 게 없을 것 같았다. 사랑은 언제든지 감추고 싶을 때 감출 수 있어야 했다. 꺼내 보고 싶을 때 꺼내 볼 수 있게.

처음에 그는 일주일에 두 번 정도 왔다. 글짓기 교실의 문을 밀고 손에 든 군고구마나 과자 같은 것을 높이 치켜들고 우리에게 보여 주곤 했다. 마치 못된 어른이 못된 짓을 하기 전에 어린애들에게 과자를 주는 것과 비슷했다. 그래도 그가 글짓기 교실에 들어오면 좁고 어둡던 실내가 급속히 환해지며 주변의 칙칙했던 벽마저도 하얗게 변하는 느낌이 들었던 건 사실이다.

시간이 지나면서 그는 일주일에 세 번도 왔다. 그러다 얼마 안 가서는 거의 매일 밤 와서 글짓기 교실의 저녁 강습 시간을 독차지했다. 그가 드나들기 시작하면서부터 김 작가와 나의 생활 리듬이 달라졌다. 나의 하루는 그가 찾아오는 순간에 시작되어 그를 생각하며 일기를 쓰는 한밤중에 정점에 달했고 다시 그가 오는 저녁이 되어서야 새날이 시작됐다. 아마 그때 누군가 하늘 위에서 계동 골목을 사진으로 찍었다면 작은 글짓기 교실이 있던 골목 쪽에만 붉은 열기가 모여 한껏 달아올라 있는 걸 봤을지도 모른다.

내가 그를 처음 의심하기 시작한 건 늘 손에 들고만 있고 글씨는 쓰지 않는 볼펜 때문이었다. 그는 늘 아무것도 적지 않은 흰색 노트를 펴 놓고 파란색 볼펜을 든 채 김 작가와 얘기를 나눴다. 어쩌다 그가 종이 위에 점을 찍고 뭔가를 쓰려고 하면 나는 눈에 힘을 주고 그의 노트를 응시했다. 그러나 그는 언제나 아무것도 쓰지 않고 볼펜을 얌전히 내려놓았다. 노트에 적는 글씨체를 보고 싶어 안달이 난 내 욕망을 그는 좀처럼 채워 주지 않았다. 만약 그가 실제로 문맹이었다면 계동스러운 촌스러운 러브 스토리보다는 상상력을 자극하는 훨씬 멋진 얘기가 등장했을지도 모른다.

그날도 나는 장을 기다렸다. 오랜만에 꺼내 입은 얇은 블라우스 때문에 오들오들 떨면서 시몬 베유의 책 아래에 그에게 줄 편지를 숨긴 채 우두커니 앉아 있었다. 그런데 아무리 기다려도 장은 오지 않았고 약속이 있다고 외출한 김 작가도 돌아오지 않았다.

한참 만에야 그들이 밖에서 따로 만나고 있을지도 모른다는 생각이 들었다. 믿고 싶지 않았다. 그런데 자꾸 온몸에 힘이 빠지고 가슴이 아팠다. 호흡이 거칠어지고 어깨와 허리에 힘을 줄 수가 없었다. 정말 누가 내 가슴을 여러 차례 때리기라도 한 것처럼 욱신거리며 아팠다.

낮은 회색 담장을 따라 계동의 골목길을 걸었다. 파란색 눈발이 날렸다. 몹시 기분 나쁜 파란색이었다. 파랗게 젖은 듯한 하늘을 올려다보며 어둠을 따라 걸었다. 흐린 불빛이 새어 나오는 한옥들 사이의 허공으로 피아노 소리가 울려 퍼졌다. 창을 가리지 않은 집들 앞에 가 서서 발뒤꿈치를 들고 안을 들여다봤다.

뿌연 창을 통해 작은 밥상을 가운데 놓고 모여 앉은 사람들이 보였다. 책상에 앉아 공부하는 남학생의 뒷모습, 그 뒤에 내복을 입은 채 멍하니 앉아 텔레비전을 보는 할아버지의 얼굴도 보였다. 창에 얼굴을 대고 입김을 한껏 불어넣었다. 창이 한순간 동그랗게 환해졌다. 문제집을 풀고 있던 학생이 놀라서 획, 얼굴을 돌려 나를 쳐다본 것 같아 뒤로 물러섰다. 어떤 집 창문으로는 아무것도 보이지 않았다. 후우, 입김을 불었다. 갓난아기 여럿이 와글와글 떠들고 있었다. 그중 한 아이가 이쪽을 쳐다보더니 나를 향해 입을 벙긋거렸다. 바보!

걸어 나오다 보니 큰길 쪽이었다. 분식집 앞에 걸어 놓은 커다란 솥 위에서 흰 김이 피어올랐다. 뭔가에 들떠 큰 목소리로 얘기를 나누는 회사원들이 어깨를 나란히 하고 내 쪽으로 걸어왔다. 너무 추워서 몸이 자꾸 떨렸다. 어딘가 적당한 곳으로 들어가 커피라도 마시며 장에게 쓴 편지를 읽고 싶었지만 그날따라 돈도 없었다. 세상의 모든 것들이 나를 향해 등을 돌린 채 자기네들끼리 즐겁게 웃고 자기네들끼리 좋아 죽겠다고 즐기는 것만 같았다. 그때 내가 가진 건 삭이지 못하는 분노와 불안, 그리고 가난뿐이었다.

낮게 가라앉은 계동 골목을 걷고 또 걸었다. 그러나 답답한 내 마음을 풀어 주기에 계동 골목은 너무 아기자기했고 심지어 정겨웠다. 걸어도 걸어도 한숨만 나왔다. 발이 자꾸 미끄러지고 숨이 거칠어졌다. 담벼락에 쌓인 눈을 맨손으로 뭉쳤다. 이 눈덩이를 어디에 던지면 세상이 끝장날까? 나는 눈을 뭉쳐 아무 곳으로나 마구 던졌다. 앞으로 고꾸라지기도 하고 옆으로 자빠지기도 하면서 계속해서 눈을 뭉쳐 던졌다. 한참을 던졌다. 손은 시렸지만 분노는 조금 누그러지는 것 같았다.

이불집이 있는 골목 코너를 돌았을 때부터 글짓기 교실에서 뿜어져 나오는 열기가 감지됐다. 책도 낸 적이 없으면서 자기들끼리 김 작가, 이 작가, 정 시인, 김 시인이라고 부르는 이들이 모여 술판을 벌이고 있었다. 그 누구의 얼굴도 보고 싶지 않았다. 그래서 나는 글짓기 교실 앞문으로는 들어가지 않았다. 대문을 통해 할머니, 할아버지가 사는 안채로 들어갔다. 거실에 놓은 연탄난로 위에서 보리차 주전자가 뚜껑을 들썩이며 끓고 있었다. "할머니, 주전자 내려놓을까요? 막 끓는데." 덜컹거리며 열린 마루문 사이에 대고 말했지만 인기척이 없었다.

방문을 살짝 열었다. 텔레비전만 혼자 지직거렸다. 할아버지는 목침을 베고 잠들어 있었고 할머니는 할아버지 발끝에 모로 누워 팔에 머리를 괸 채 자고 있었다. 둘 다 마치 죽은 것 같았다. 나는 방으로 살짝 들어가 할머니의 얼굴 밑에 깔린 노트를 꺼내 접었다. "할머니, 똑바로 자." 할머니는 굼뜨게 몸을 돌려 옆으로 누웠다. 이불을 꺼내 할머니의 허리께를 덮어 주고 형광등을 껐다. "손이 왜 그리 차냐. 마루에 있는 보리차 좀 마셔라." 힘없는 할머니의 목소리가 들려왔다.

주전자를 내리고 마루 한 켠에 놓인 작은 상 위에서 컵을 가지고 와 보리찻물을 가득 따랐다. 배도 고프고 목도 말랐다. 컵을 두 손으로 들고 물을 한 모금 마시는 순간 캑, 하고 기침이 쏟아졌다. 가까스로 컵을 마루에 내려놓으려는데 나도 모르게 눈물이 왈칵 쏟아졌다. 보리차가 지나치게 뜨거웠던 것이다. 그 순간 입에서 나도 모르게 욕이 터져 나왔다.

글을 쓰고 싶은 순간엔 그 특유의 모드가 있는 것 같다. 그 모드에 접속하려고 아무리 노력해도 안 되는 때가 있는

가 하면 자기도 모르게 저절로 모드가 바뀌는 순간도 있다. 바로 그날이었다. 내가 처음 글을 쓸 수 있는 상태에 있다고 느꼈던 순간. 안채 할머니의 마루에서 뜨거운 보리차에 입안을 데었던 바로 그 시간이었다. 홧홧거리는 입안의 통증과는 관계없이 몸에서 약간 힘이 빠지며 몽롱해진 한 순간 오히려 정신이 말짱해졌던 것 같다.

글쓰기 모드의 필요조건이라는 게 있을까. 금방 생각나는 건 일단 날씨가 너무 더우면 안 된다는 것이다. 도스토옙스키의 작품들이나 보리스 파스테르나크가 쓴 『닥터 지바고』의 유리 지바고를 상상해 보면 좋겠다. 날씨와 소설은 누가 뭐래도 상관관계가 있다. 그리고 너무 배가 불러도 안 되고 너무 배가 고파도 안 된다. 배가 부르면 문제의 식을 상실하고 배가 고프면 꼬르륵거리는 소리 때문에 글쓰는 데 집중을 못 한다.

그리고 이것 또한 순전히 개인적인 취향이지만 혼자 있을 때보다는 공공장소에 있을 때 더 잘 써진다. 누군가 글을 쓰는 나를 보고 있다는 생각을 할 때 척추를 똑바로 하고 노트북을 뚫어져라 노려보게 된다. 북 카페에 나와 앉아 있는 수많은 사람들 속에서 익명의 한 사람이 되는 것은 특별한 느낌을 준다. '어쭈!' 다만, 디스크 예방에 좋은 의자가 있고 노트북 도둑만 없다면 북 카페, 도서관, 아이스크림 가게까지 모두 다 괜찮다.

그다음 조건은 좋은 의자보다 더 중요하다. 깊고 깊은 내장 속까지 복수심, 배신감, 허무 따위의 복잡한 감정들이 꽉 들어차야 한다는 것이다. 만성 정맥 기능 부전 현상처럼 혈관 여기저기가 커다란 슬픔으로 꽉 막혀 있는 것도 도움이 된다.

이렇게 한두 시간은 복수심으로, 또 한두 시간은 슬픔을 이기기 위해, 또 한두 시간은 다른 사람이 글 쓰는 나를 보고 있다는 걸 자각하면서 세 날의 칼을 교대로 갈아 내면 글은 써진다. 써지긴 개뿔! 누군가 거짓말 말라고 투덜거리는 소리가 들리지만 그러거나 말거나.

그때, 할머니네 집 마루에서 뜨거운 보리차에 혀를 데었을 때 나는 처음으로 하나의 문장이 저절로 떠오르는 기쁨을 맛보았다. '칼에 벤 듯 아픕니다. 내 상처는 파랗습니다. 나의 영원한 자 — 앙.' 그 문장을 여러 차례 곱씹고 허공에 대고 발음하고 또 일기장에 옮겨 적었다. 고통이 스스로 변화를 일으켜 다른 감정으로 전이된 것 같았다. 나는 가슴 저 밑바닥에서부터 올라오는 떨림에 몸을 맡긴채 거듭 다짐했다. 글을 쓰리라! 글을 쓰리라! 죽어도 쓰리라. 그 문장이 좋은 문장인지 나쁜 문장인지 알 수 없었지만 글이 저절로 떠오르는 순간이 존재한다는 것을 발견한 기쁨은 매우 컸다.

김 작가에게 알아보고 싶은 건 여러 가지였지만 그중 꼭 물어보고 싶은 것은 장과 진도가 어디까지 나갔는가 하는 점이었다. 어느 날 글짓기 교실에 온 장은 김 작가와 마주 보고 앉는 것이 아니라 옆자리에 나란히 앉았다. 놀라운 건 장이 김 작가가 마시던 커피 잔을 자연스럽게 가져가 김 작가와 번갈아 마셨다는 것이다. "선생님, 소설은 좀 써 보셨어요?" 내가 물으면 그는 그냥 대답 없이 웃었다. "요즘 은 어떤 책 읽으세요?" 또 물어도 그냥 웃기만 했다. 그럴 수밖에 없는 것이 그는 사실 책을 전혀 읽지 않는 인간이 었다.

김 작가는 장의 터틀넥에 묻은 실밥을 떼어 손가락에 들고 그에게 보여 주며 헤헤 웃었다. 도무지 어떻게 돌아가 는 일인지 알 수 없었지만 김 작가가 뭔가 화사해진 것 같 아 나쁘지는 않았다. 그러나 솔직히 표현하면 그게 나쁜 건지 좋은 건지도 판단할 수 없을 만큼 내 마음은 복잡했 다. 난 시작조차 하지 못했으니까.

결단이 필요했다. 글짓기 교실이 끝나고 집으로 돌아가 는 그를 불러 세웠다. 그리고 내가 그동안 쓴 편지를 모은 두툼한 봉투를 건넸다. 그는 봉투를 받고는 애매한 표정을 지으며 나에게 무슨 말인가를 하려고 했다. 나는 그의 입 을 막으려고 그냥 돌아서 뛰었다. 그가 집에 도착해 봉투 를 열어 스무 장이나 되는 편지를 보고 경악하지 않을까.

그가 편지를 읽는 모습을 상상하자 온몸이 오그라드는 것 같았다. 그러나 어쨌든 게임은 시작되었고 누가 이길지는 두고 봐야 아는 일이었다.

장에게 완전히 미쳐 있는 사이 K에게 전혀 신경을 쓰지 못한 건 사실이었다. 그 애가 글짓기 교실의 문을 밀고 들어오는 순간 내가 얼마나 무심했던가를 알 수 있었다. 한 동네 사는 남자한테 팔려 사랑하는 사람을 나 몰라라 하다니.

K는 내가 보낸 편지 봉투에 적힌 주소를 들고 집을 찾았다고 했다. 한 손에는 진분홍색 케이크 상자가 들려 있었다. 머리카락 끝을 공주처럼 안으로 도르륵 만 K는 너무 귀엽고 사랑스러웠다. 아무리 봐도 K는 정말 사랑스러운 사람이었다.

마침 김 작가는 입이 찢어져라 하품을 하며 늘어질 대로 늘어진 파자마를 입은 채 방에서 나왔다. 그리고 K를 찬찬히 봤다. "넌 아주 예쁘게 생겼구나. 니가 쟤랑 친구라니 고맙다, 얘." 입을 열어 하는 말이란 게 겨우 그런 식이었다. "니네 엄마? 작가님이라는?" K가 목소리를 낮추며 묻고는 벌떡 일어나 김 작가를 향해 인사를 했다. "안녕하세요, 작가님." "싹싹하기도 하지. 넌 가정교육을 잘 받았구나. 어딜 봐도 넌 쟤 친구 하긴 아깝다." 김 작가는 온갖 산통 깨는 얘기들은 다 하며 입 냄새가 풀풀 나는 줄도 모르고 우리 옆에 바싹 붙어 있었다. "가서 일 보세요, 김 작가님." 내가 싫은 티를 내며 말해도 김 작가는 재미있다는 듯 K와 나를 번갈아 쳐다봤다. 그러다 깔깔 웃으며 한마디 했다. "고목나무에 매미네. 하하하 하하하. 재밌어라."

인스턴트커피를 한 잔씩 마시며 이런저런 얘기를 하기 시작했다. "난 대학에 안 가기로 했어." K가 말했다. "넌 안 가는 거고 난 못 가는 거고." 나는 김 작가가 들었으면 해서 큰 소리로 말했다. "그럼 앞으로 뭐 해?" K가 큰 눈을 치켜뜨며 물었다. "글쎄, 공장이나 가려구." "진짜? 나도 너 따라 공장 갈래." K는 눈을 크게 떴다. "어떤 공장?" K가 또 내 말을 믿는 눈치여서 기대를 저버릴 수 없었다. 나는 무심코 대답했다. "시계 공장, 필름 공장, 안 되면 김치 공장이라도. 넌 뭐 할 건데?" 내가 K에게 물었다. "아빠가 병원에 와서 간호 보조나 하래. 다른 건 다 괜찮지만 그 흰색 유니폼은 정말 참을 수가 없어. 입으면 꼭 누에고치 같다니까. 그래서 생각 중이야."

아무리 친한 사이라고 해도 내가 사는 꼴을 더 이상 세세하게 보여 주고 싶지는 않았다. 그렇다고 계동까지 온 K를 그냥 돌려보낼 수는 없었다. K를 데리고 밖으로 나갔다. 우리 글짓기 교실에 오는 꼬맹이들이 모여 놀고 있는 문방구, 열쇠 수도 전기 통합 수리점, 목욕탕, 떡집, 수예점 앞을 천천히 걸어 나왔다. 정독도서관 쪽으로 넘어가는 완

만한 북촌 언덕길은 지나가는 사람도, 달리는 차도 많지 않아 이상하리만치 고요했다. 어쩌면 나는 해가 지는 순간의 북촌의 평화로운 기운을 K에게 느끼게 해 주고 싶었는지도 모른다.

우리는 정독도서관으로 갔다. 봄이 되면 흐드러지게 꽃을 피울 벚나무, 장미나무들이 추위와 바람을 견디며 굳건하게 서 있었다. 도서관 건물에서는 추위에도 아랑곳하지 않고 책장 넘기는 소리가 들려오는 것 같았다. K와 나는 손을 잡고 도서관 1동 아치 기둥 너머로 펼쳐진 해 질 녘의 북촌 풍경 앞에 한동안 서 있었다. 자판기에서 커피를 뽑아 들고 분숫가를 한 바퀴 돈 후 벤치에 앉았다. 그리고 생전 처음으로 김 작가와 나, 그리고 글짓기 교실에 대해서 털어놓았다. 사실 누구에게도 가족 얘기를 한 적이 없어서 최초로 털어놓은 것이나 마찬가지였다. 그런데 내 얘기를 듣는 K의 얼굴은 왠지 딴생각으로 가득 차 있는 것 같았다. 맞장구를 치지도 않고 고개를 끄덕이지도 않고 질문도 전혀 없었다.

엄마답지 못한 김 작가의 패악스러운 성격을 폭로하고 있을 때였다. K가 머리를 푹 숙이며 손으로 얼굴을 가리고 울기 시작했다. 이상한 울음소리였다. 꺽꺽거리며 웃는 것 같기도 하고 목에 뭔가 걸려서 그런 것 같기도 하고 뭐라고 표현하기 힘든 소리였다. 한 계단 아래로 내려가 K의 얼굴을 두 손으로 감싼 채 말했다. "무슨 일 있니? 울지 말고 나한테 얘기해 봐." K의 손은 눈물로 미끈거렸다.

도서관 중앙 출입문으로 사람들이 쏟아져 나왔다. 사람들이 흘깃거리며 우리를 쳐다봤지만 K의 울음은 그칠 줄 몰랐다. K를 데리고 어디로든 가야 했다. K를 부축한 채 정독도서관을 빠져나왔다. 그 와중에도 나는 중요한 질문을 빼먹지 않았다. "너, 돈 가진 거 있니?" K는 울면서도 활기차게 고개를 끄덕거렸다.

약간 방황하다가 안국동 윤보선가를 지나 별궁길로 나가는 좁은 골목에 있는 작은 커피숍을 발견했다. 한 남자가 와서 우리를 쳐다보며 뭘 마시겠느냐고 물었다. 고개를 숙이고 앉아 있던 K가 갑자기 고개를 번쩍 치켜들고는 앞에 서 있는 사람에게 소리를 질렀다. "보면 몰라요? 지금 사람이 울고 있잖아요. 여기 커피 말고 또 뭐가 있다고 말을 시키는 거예요?" 나는 너무 놀라 자리에서 벌떡 일어나 사장인지 종업원인지 알 수 없는 사람을 데리고 주방 쪽으로 갔다. "죄송해요, 정말. 제 친구가 많이 아파요." 그 남자는 입속에 바람을 잔뜩 넣어 머리칼을 불어 넘기더니 나를 보며 말했다. "친구예요? 딸인 줄 알았는데." 마음 같아서는 커피숍에 불이라도 지르고 싶었지만 상황이 상황인지라 '이 집 다시는 안 온다' 정도의 결심만 하고 순순히 K에게 돌아갔다.

K가 갑자기 소란을 떨며 왼쪽 코트 소매를 올리고 손목 안쪽을 보여 줬다. "이걸 보라구. 이걸 보란 말이야." K는 탁자 위를 오른손 주먹으로 탕탕 내리치면서 연극배우처럼 소리를 질렀다. K의 희디흰 손목 위에 작고 붉은 지렁이가 달라붙어 있는 것처럼 여러 개의 칼자국이 나 있었다. "너 왜 이랬니?" 나는 침착하게 물었다. 상처는 아직 아물지도 않은 상태였다. 일이 벌어진 지 며칠 되지 않은 것 같았다. "니가 연락을 끊었잖아." K는 입술에 잔뜩 힘을 주고 말했다. 배신감에 몸을 떨고 있다고 얼굴에 써 있었다. "그렇다고 이런 짓을 하니? 넌 할 일이 그렇게 없니?" 난 정말 어이가 없어서 피식, 웃기까지 했다. "넌 사랑을 이해 못 해." K가 그 말을 하고는 흑흑흑 소리를 내며 더 큰 소리로 울었다.

같은 말만 반복하고 있는 K를 멍하니 쳐다봤다. 그런데 정말 어이가 없는 건 K가 그 난리를 치고 있는데도 내 눈은 통유리에 비친 내 몰골에 집중하고 있었다는 사실이다. 남자가 했던 말에 마음을 다친 게 분명했다. 내가 봐도 난 정말 거의 40대 아줌마처럼 보였다. 가출했을 때 했던 파마머리는 부스스하게 풀려 마이클 잭슨은 온데간데없었다. 검은 바지에 검은 스웨터, 약간 부은 눈두덩과 여드름이 우툴두툴한 이마, 정말이지 외모 하나는 절묘했다.

"그렇게 힘들었다면서 파마는 언제 했니?" 화제를 좀 돌리고 싶었다. "널 만나러 오니까. 너한테 예쁘게 보이고 싶었어." 그러면서 K는 오른손을 들어 공주처럼 머리채를 뒤로 넘기고 다시 왼손을 들어 반대쪽 머리채도 뒤로 넘겼다. 그 순간 나도 모르게 척추 부근으로 싸한 냉기가 흐르는 게 느껴졌다. 내가 사람을 잘못 봤을 수도 있다는 생각이 들면서 앞에 앉은 귀여운 K가 몹시 부담스러웠다.

침묵이 흘렀다. K는 미동도 하지 않고 창밖만 내다봤다. "갈까?" 지루해진 나는 K의 눈치를 보며 물었다. 그러자 K가 또 질질 짜기 시작했다. "부탁이 있어." K는 울음을 멈춘 채 눈을 똑바로 뜨고 날 뚫어져라 쳐다봤다. 나는 눈을 감으며 그냥 고개를 끄덕거렸다. "키스해 줘." K는 나를 향해 상처 난 손목을 내밀었다. 자세히 보니 붉은 지렁이 여섯 마리가 흰 살에 파묻혀 있었다. 나는 장중하게, 아주 천천히 K의 손목을 내 입술 쪽으로 끌어와 머리를 숙여 키스했다. 찝찔한 땀내가 났다. "그건 키스가 아니고 그냥 접촉이지." K가 입술을 내밀고 툴툴거렸다.

나는 잠깐 생각이라는 걸 했다. 그리고 본능적으로 키스와 뽀뽀의 차이점을 알아채고는 다시 K의 손목을 내 쪽으로 끌어왔다. '그냥 지렁이를 먹는다고 생각하자.' 내 마음은 그랬다. 그리고 언젠가 학교 생물 시간에 배웠던, 환형동물인 지렁이는 매우 깨끗하다는 말을 떠올렸다. 혀를 대고 숨을 쉬는 순간 알싸한 소독약 냄새가 콧속으로 밀려들었다. 그 냄새를 맡는 순간만큼은 진심으로 K를 이해하고 싶었다. K의 구구한 설명보다 소독약이라는 그 디테일이 나를 더 감동시켰다.

어쨌든 이 일은 훗날 내가 영어 학원에 다니면서 '내가 지금까지 했던 경험 중에서 가장 이상한 일'이라는 주제로 얘기를 나눌 때마다 공개하는 단골 에피소드가 되었다. 그러나 막상 그런 질문을 한 외국인 강사들은 파트너와 얘기하게 시켜 놓고는 지루해 죽겠는 얼굴로 시계를 보거나, 그랬어? 그랬구나! 할 뿐 별다른 코멘트를 하지 않았다. 영어라는 언어 장벽이 있어 공감하기 어려웠겠지만 나는 이상하게도 이상한 경험 얘기만 나오면 앵무새처럼 그 얘기를 반복했다.

K는 그날 집에 가지 않겠다고 했다. 같이 있고 싶다고 떼쓰는 어린애처럼 내 팔에 매달려 온갖 애교를 떨었다. "다시는 헤어지지 말자." 협박 또한 빼놓지 않았다. "또 그어 버린다." 나는 도저히 그 애를 막을 방법이 없었다. "우리 집엔 내 방이 따로 없어." 내가 아무리 설명해도 K는 막무가내였다. 『제8요일』 얘기로 분위기를 바꿔 보려고도 했지만 쉽지 않았다. "글짓기 교실로 가서 얘기나 더 해. 난 아직 하고 싶은 말의 반도 못 했어." 그때까지 실컷 얘기해 놓고는 또 할 말이 남았다니, 나는 도저히 K의 정신세계를 이해할 수가 없었다.

항복. 난 K에게 두 손 두 발 다 들고 말았다. 편지로 읽는 K의 글은 지적이고 합리적이고 우아했지만 어리광, 아니 어린애처럼 땡깡을 피우는 K는 전혀 그렇지 않았다. 글과 사람은 같다, 같지 않다? 전혀 같지 않았다. 그러나 그런 와중에도 자신의 심경을 표현하는 말들은 순간순간 정곡을 찔렀다. 글을 잘 쓰는 사람들의 성격은 그런 건가, 울고불고 하는 와중에도 K의 언어 구사 능력은 빛을 발했다. "널 만나니까 드디어 세상이 평화로워졌어." 그때까지만 해도 나에게 평화란 분쟁 지역의 갈등 종식을 위한 교황의 신년 메시지에서나 쓰는 단어였지 개별적인 연애 관계에서 쓰는 단어는 아니었다.

우리는 칸딘스키의 그림 한 점이 어정쩡하게 걸려 있는 풍문여고 골목의 분식점에서 라면을 먹었다. 집에서는 보통 라면 두 개 정도는 먹어야 배가 부르고 느긋해졌지만 하나로도 충분했다. K는 나와 데이트할 때마다 모든 경비를 혼자 지불했다. 미안하기도 하고 염치없기도 해서 기분이 몹시 언짢았다. 그러나 난 그때 정말 라면 한 그릇 살 돈도 없었다.

K와 같이 글짓기 교실로 돌아갔을 때 김 작가와 장은 글짓기 수업 중이었다. 우리가 들어오거나 말거나 관심도 없었다. 최소한 엄마라면 자식이 저녁 시간에 밥은 먹고 다니는지 체크했어야 하는데, 아예 그런 발상 자체가 불가

능한 두뇌를 가진 사람이었다. 장은 내가 준 편지를 읽었는지 안 읽었는지 표정만 봐서는 아무것도 알 수 없었다.

우리는 방으로 들어갔다. 방에 들어가자마자 김 작가가 걸어와 방문을 끝까지 닫아 버렸다. 나는 얼른 문을 밀어 조금 틈을 내었다. "왜 그래? 누구야?" K가 고개를 옆으로 내밀어 글짓기 교실 쪽을 쳐다봤다. "응, 동네 주민." 난 대충 얼버무리고 방구석에 깔린 이불 속으로 몸을 넣었다. K도 내 옆에 따라서 누웠다. 누워 있기는 했지만 내 몸은 글짓기 교실에 있는 장의 옆자리에 앉아 있었다. 두 사람이 소곤거리는 소리가 들려왔다. 바깥에서 들려오는 얘기에 너무 집중한 걸까. 바닥이 따뜻해서 금세 노곤해졌다. 둘 다 너무 지쳤던 것이다.

우리가 잠에서 깨어났을 때 글짓기 교실은 불이 꺼진 채 고요했다. 창밖은 어두웠고 안채 쪽에서 할아버지가 수화기를 들고 목청 높여 얘기하는 소리가 들려왔다. 가끔 걸려 오는 자식들 전화였는데 할아버지는 늘 "안 들린다, 난 안 들려."라는 말만 하고는 할머니에게 수화기를 넘겨 버렸다.

잠에서 깨어났을 때 온몸이 아팠다. 기분도 나쁘고 저혈압으로 머리를 쳐들 수도 없는 순간처럼 방 안이 온통 우울 천지였다. 모로 누워 자고 있는 K의 어깨에 이불을 덮어 주었다. 귀엽고 사랑스러운 애인임에 틀림없었다. 나를 찾아와 주고 얘기를 나눠 준 친구이자 애인이 바로 옆에서 자고 있는 게 아주 이상했다. 그것도 아무에게도 보여 주고 싶지 않은 글짓기 교실에서. 그러나 앞으로 K와 어떻게 지내야 할지, 여러 가지 복잡한 생각이 드는 것 또한 사실이었다. 얘야, 성질 좀 죽여라. K를 내려다보며 나는 혼자 중얼거렸다.

안채 쪽에서 할머니의 신발 끄는 소리가 들렸다. 할머니는 한 번도 우리 집 방문을 벌컥 연 적이 없었다. "홍시 갖다 놨다." 할머니가 다시 신발을 끌고 마당까지 가서 신발을 벗고 마루 위로 올라가는 소리가 들렸다. "네 할머니." 나는 문을 열고 홍시 두 개가 담긴 플라스틱 접시를 방 안으로 들여놓았다. 차가운 껍질을 손톱으로 떼어 내고 홍시 속살을 입안에 넣었다. 아무 맛도 나지 않았다.

무심코 쳐다본 할머니네 집 지붕 위 하늘이 온통 파란색이었다. 그 하늘에 김 작가와 장이 온몸을 끌어안은 채 둥둥 떠 있었다. 샤갈의 그림 속 연인들처럼. 그 환영은 내 마음을 통째로 무너뜨리고 말았다. 나는 방문을 활짝 열어젖히고 글짓기 교실을 내다봤다. 그곳은 그냥 무덤처럼 어두웠다.

다시 시몬 베유의 『노동 일기』를 펼쳐 들었다. 1934년 12월 4일에 공장에 들어간 뒤 3주째가 되는 수요일에 쓴 일기였다. 읽는 도중에 나도 모르게 눈물이 났다.

수요일 7시에서 11시까지는 일이 없었다. 11시에서 5시까지 로베르와 함께 중(重)프레스를 사용해서 금속 막대에 고리를 끼웠다. 봉 쿨레 —— 제작된 제품 개수에 따라 계산된 임금이 최저 임금보다 적은 경우.(시간당 2프랑, 고리 1000개에 2프랑 28상팀) 머리가 지독하게 쑤셨다. 작업을 하면서도 계속 눈물이 났다. 집으로 돌아오면서는 갑자기 울음이 터져 나왔다. 하지만 서너 개의 불량품을 제외하면 큰 실수는 없었다. 창고 계원이 충고를 해 주었다. 온몸으로 기계의 페달을 밟지 말고 한 손으로는 밀고, 다른 손으로는 고정시킬 것. 노동과 운동의 관계. 로베르는 내가 물건을 두 개나 망쳤다는 것을 알고는 엄격하게 대했다.

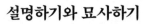

설명하기와 묘사하기

창덕궁의 서쪽에 있다고 해서 '원서동'이라고 불리는 곳. 내가 김 작가와 함께 살던 때까지만 해도 이 길에는 작지만 반듯한 개인 주택들이 많았다. 왠지 창덕궁 때문에 특혜를 받은 경관을 갖고 있는 동네라는 느낌이 강했던 곳.

드럼통을 개조한 커다란 군고구마 오븐이 길 한 켠에 서 있다. 2000원에 세 개를 주는 군고구마를 산다. "고맙습니다. 맛있게 드십쇼." 수염을 잔뜩 기른 고구마 오븐 주인이 머리를 숙여 인사한다. 봉지에 흐리게 인쇄된 이름과 주소가 보인다. 최근 5년 사이에 카드를 발급해 놓고 이용하지 않은 어느 백화점의 고객 명단인지도 모른다. 따뜻한 군고구마 봉지를 들고 하얀 햇빛이 똑똑 떨어져 내리는 계동

의 길 한가운데 서 있다. "올 겨울은 어째 이리 춥냐." 내가
서 있는 집 앞의 대문이 벌컥 열리고 한 여자가 거리로 나
서며 중얼거린다. 엉덩이를 실룩거리며 골목길을 걸어가는
여자의 뒷모습이 오리를 닮았다.

지금이나 그때나 창덕궁에 대해서는 별로 아는 게 없다.
눈이 오나 비가 오나 늘 완강하게 버티고 있다는 느낌. 나
무들이 뿜어내는 기가 너무 강해 궁 안을 걷기가 무서웠
다는 느낌. 정작 계동에 살 때는 못 가 보고 몇 년 전에 들
어가 몇 시간 둘러보고 난 창덕궁의 인상은 그랬다.

멍하니 서 있는 내 옆으로 동네 할머니 한 분이 지나간
다. "어느 나라 사람이유?" 지나가는 척하다가 편안한 우
리말로 물어보는 할머니의 한쪽 다리는 깁스를 한 상태다.
"할머니, 다리는 왜 다치셨어요?" 할머니가 허리춤에서 담
배를 꺼내 입에 물며 가까이 다가가려는 내 얼굴을 재빨리
훑는다. 환한 햇빛이 유독 할머니가 있는 곳만 내리쬔다.
"눈이 많이 와서 냅다 미끄러졌어. 저기 빨래터 올라가는
길도 여직 눈 천지잖아. 여긴 별루 볼 거 없으니까 가회동
으루 가. 거기가 하이라이트야."

손사래를 치며 담배 연기를 밀어내는 할머니는 내가 계
동에 살았던 그때도 여기 살았을까. 하이라이트라는 말
때문에 쿡쿡 웃는다. 외국인 관광객들이 그렇게 많이 오는
걸까. 그렇다고 이토록 자연스럽게 우리말로 어느 나라 사

람이냐고 묻다니. 정말 재미있는 할머니다. 누빈 바지를 입은 할머니에게 다가가 또 말을 시킨다. "담배를 하루에 얼마나 피우세요?" "밥은 안 먹어도 이건 태워야 살아, 난." 할머니의 손에 들린 담배 끝이 점점 짧아지는 걸 멍하니 쳐다보고 서 있다. "가회동으로 가라니까. 거기가 진짜야." 나는 엉거주춤 인사를 하고 다시 발걸음을 옮긴다.

고장 난 가전제품을 잔뜩 실은 리어카가 지나간다. 야채와 과일을 실은 작은 트럭도 지나간다. 롱 패딩을 입고 엄마 손에 매달린 채 학원으로 끌려가는 아이들의 볼따구니가 발갛다. 눈만 내놓은 옷차림으로 폐지를 줍는 남자가 나를 힐끔 쳐다본다. 왜 쳐다봤을까. 때로 길거리에서 마주치는 사람에게 그런 걸 물어보고 싶어질 때가 있다. 저를 왜 쳐다보셨나요? 제가 어떤 사람으로 보이나요? 저 약간 미친 거 같죠?

지금 나는 고구마 봉지를 든 채 시인 박인환의 생가라고 알려진 곳 주변에 서 있다. 창덕궁 정문 바로 왼쪽 골목으로 걸어 올라가 만나는 작은 골목, 거기서 왼쪽으로 가면 북촌길, 곧장 가면 창덕궁길이다. 그 북촌길과 창덕궁길이 만나는 원서동 한 모퉁이에 박인환의 어린 시절 집터가 있다. 여기서부터 도로 왼쪽에 펼쳐진 집들이 모두 원서동에 속한다.

핏기 없는 갸름한 얼굴에 눈을 약간 치뜨고 허공을 쳐

다보고 있던 시인 박인환의 흑백사진이 기억난다. 그리고 김 작가와 허접한 인간들이 술만 마시면 늘 읊어 대던 시도. "이제 우리는 작별해야 한다, 술병이 바람에 쓰러지는 소리를 들으며, 늙은 여류 작가의 눈을 바라다보아야 한다." 그리고 특히 다음 대목에서 자칭 작가들의 얼굴에 비장함이 깃들고 목소리가 커졌다. "인생이 죽고 문학이 죽고……."

관점이 달랐다고밖에는 표현할 수 없을지도 모른다. 아니면 시대가 달랐기 때문이라고 해야 할까. 바람에 술병이 쓰러지든, 숙녀가 목마를 타고 떠나든 말든 나는 김 작가와 그 무리들이 좋아했던 그 구절보다 그 시에서 정확히 두 번 나오는 이름, 버지니아 울프만 떠올렸다.

K와 내가 버지니아 울프의 『자기만의 방』을 읽었었나. 그건 기억나지 않는다. 다만 우리는 그녀를 '울프 여사'라고 불렀다. 무슨 이유에서인지 모르지만 서른이 넘어서 읽은 『댈러웨이 부인』을 더 많이 기억한다. "꽃은 자신이 직접 사겠다고 댈러웨이 부인이 말했다."로 시작되는 1920년대의 영국 소설. 댈러웨이 부인은 꽃을 사기 위해 집을 나와 런던 거리 구석구석을 걷고 또 걷는다.

어떤 경우 모조품이 진품의 가치를 더욱 빛내 주기도 한다. 이 소설의 리라이팅판이라고 해야 하나, 아니면 모조품이라고 해야 할까. 버지니아 울프를 소재로 쓴 소설

『디 아워스』를 토대로 만든 같은 제목의 영화에서도 현대판 댈러웨이 부인의 첫 대사는 같았다. "꽃은 내가 직접 살게." 내 나이 또래의 여자들은 소설보다 메릴 스트립과 니콜 키드먼을 통해 댈러웨이 부인을 기억하게 될지도 모른다. 늘 파리하게 떨리던 울프 여사의 몸짓이 떠오른다. 그것도 오리지널 소설을 읽을 때보다 더욱 생생히.

할머니는 한쪽 다리를 끌며 낡은 한옥집 안으로 들어가 버렸다. 나는 몸을 돌려 발끝을 올리고 담장 건너편의 창덕궁 안을 들여다보려고 애쓴다. 너무 높다. 그래서 이번엔 제자리에서 껑충 뛰어 본다. 그래도 아주 높다.

어차피 그때도 난 창덕궁 안쪽 궁궐의 삶 따위에는 관심이 없었다. 내가 관심 있는 것이라고는 창덕궁 담장 밖의 원서동, 그 어딘가에 있다고 추측되는 장의 집, 그것뿐이었다. 여러 차례 미행의 결과로 나는 그가 계동에서 나와 북촌길을 지나 창덕궁 담장을 따라 걸어서 집으로 돌아간다는 걸 알게 되었다.

처음에 그가 교사라고 했을 때 김 작가와 나는 그가 말하지도 않았는데 계동길 맨 꼭대기에 있는 중앙고등학교일 거라고 믿었다. 그러나 근사한 학교 건물 앞에 서서 아무리 기다려도 우리의 장은 나타나지 않았다. 그래서 나는 자동적으로 계동길 중턱에 있는 대동세무고등학교 앞으로 가 그를 기다렸다. 학교가 언덕 위에 있어서 학생들이 정문을 지나 아래로 내려와야만 얼굴을 제대로 볼 수 있었다. 하긴 그때 그가 근무하는 학교와 집을 알았다고 한들 뭘 어떻게 했을까.

아무리 그래도 그는 정말 예의 없는 인간이었다. 내가 그리 매력적인 사람이 아니었다는 건 인정하지만, 그래도 사람이 종이가 스무 장이나 되도록 무슨 말을 적어 보냈으면 읽었다거나, 바빠서 읽지 못했다거나 뭔가 반응을 보이는 게 예의라고 생각했다. 나는 혼자서 곧잘 중얼거렸다. "아니, 어떻게 사람이 그렇게 하기 힘든 얘기를 열심히 하는데 아무 대답도 안 할 수가 있어요?" 허공에 있는 장에게 시위하듯 말하는 연습을 여러 차례 했다. 그러나 긴 겨울이 다 가도록 그로부터는 아무런 대답도 들을 수 없었다.

그해 유난히 춥고 눈도 많이 내렸다. 언젠가 읽은 글쓰기 관련 책에서 쓰지 말아야 할 문장의 대표적인 예가 바로 지금 쓴 문장이었다. "그해 유난히 춥고 눈도 많이 내렸다." 그리고 "시간은 빠르게 흘렀다." 역시. 그래서 문장을 다음과 같이 바꾼다.

내가 보낸 가장 처절한 겨울이 흘러가고 있었다. 아우슈비츠가 따로 없었다.

K는 상태가 점점 안 좋아졌다. 우리는 만나기만 하면 한바탕 전쟁을 치렀다. 고집도 세고 정말이지 이기주의 그

자체였다. K를 만나고 나면 완전히 기진맥진해서 뭔가 잘
못되어 가고 있다는 느낌이 어깨를 짓눌렀다. 늘 빛나던
K의 언어 감각도 몹시 부담스럽고 평소와 달리 잘 와닿지
않았다.

참다못한 나는 어느 날 K에게 해서는 안 되는 말을 하
고 말았다. "병원 간호사는 꼭 졸업을 해야만 시켜 준대?
너 빨리 흰 옷 입은 간호사나 됐으면 좋겠다. 아빠한테 부
탁 좀 해 봐." K는 그날 날 죽일 듯이 노려보다가 결국 또
울음을 터뜨렸다.

나도 K처럼 차라리 아무 때나 울기라도 했으면 좋으련
만 왜 그런지 눈물도 잘 안 나왔다. 나는 K가 흰 옷을 입으
면 천사가 될 수 있다고 믿었다. 내 몸 안에서 뭔가 변화가
일어나고 있다면, 최소한 의리 때문에라도 K를 먼저 버릴
수 없다면 간호사의 흰 옷만이 K를 변화시킬 수 있을 거
라 믿었다. 나는 K가 안정되어 평화롭게 되길 바랐다.

우리 엄마에게는 왜 모성이라는 게 없을까. 계동에
살던 시절 내 고민의 주된 내용을 간단히 정리해 표
현하면 바로 그랬다. 내 엄마라면서, 나를 낳았다면서
김 작가에게는 왜 모성이라는 게 없는 걸까. 김 작가
에게는 정말 모성 비슷한 것도 없었다. 대부분의 엄마
들이 자식들을 위해 많은 걸 포기하고 살던 시절이었
다. 자식들이 아무리 속을 썩여도 참고 자식 잘되길

기도하는 게 엄마들의 본성이었다.

그런데 우리는 반대였다. 내가 김 작가의 작고 큰, 그 숱한 사고 수습만도 몇 차례를 했는지 기억하고 싶지도 않다. 따지고 보면 김 작가는 평생토록 제멋대로 살았다. 좋게 말하면 순수했고 나쁘게 말하면 머리가 아주 나빠서 한 치 앞도 못 보고 사고부터 치는 천치였다.

모성이라는 것이 자연법칙이 아니라는 것, 아이를 낳고 젖을 물리는 순간 저절로 여성의 신체 안에 부여되는 선천적 기질이 아니라는 걸 알게 되기까지 아주 오랜 시간이 필요했다. 성인이 되어 만난 내 가까운 친구들 중에도 모성이 없는 애들이 꽤 여러 명 있었다. 모성은 없지만 그들도 결혼은 해야 했고 아이는 낳아야 했다.

좀 배웠다는 여자들은 미국의 시인이자 여성 운동가인 에이드리언 리치의 저서 『더 이상 어머니는 없다』의 한 구절을 곧잘 인용했다. "여성이 여성으로 태어나지 않았듯이 어머니는 어머니로 태어나지 않았다." 그녀들에게 모성은 여성 억압의 가장 나쁜 이데올로기였다. 그녀들은 엄마 역할과 자아실현 사이에서 충돌하다가 가끔씩 흔들렸다. 그나마 이혼하지 않고 아이들이 좀 클 때까지 곧잘 버티던 친구들도 아주 우스운 일로 한순간 나쁜 엄마로 전락했다.

그중 정말 웃지 못할 사례도 있었다. 설 명절을 보내기 위해 시골에 내려간 친구 부부와 아들아이가 시부모님과 함께 텔레비전을 보고 있을 때였다. 시아버지가 재떨이를 가져와 담배를 피워 문 순간, 아이가 손가락으로 할아버지의 담뱃갑을 가리키며 한마디 했던 것이다. "저거 우리 엄마 약인데." 순간 분위기는 싸해졌다. 평소 얼마나 여러 번 꼬맹이한테 담배 가져오라는 심부름을 시켰으면 그랬을까. 그동안 회사와 가정 양쪽을 잘 꾸려 나가느라 동분서주했던 친구는 그 순간 지금까지의 노력은 온데간데없이 다 사라지고 담배나 피워 대는 나쁜 엄마로 전락하고 말았다.

엄마라고 다 모성이 있는 건 아니라고 할 때 그 대표 주자가 바로 우리 김 작가님이었다. "김 선생이랑 나랑 같이 살기로 했어." 무슨 봄바람에 꽃잎 날리듯이 한마디 툭 던지고는 커피 잔에 코를 박았다. "지금 뭐라고 했어?" 나는 김 작가에게 다시 묻지 않을 수 없었다. "같이 살기로 했다고!" 온몸이 부들부들 떨렸다. 얘기를 끝까지 들어 보려고 했지만 참기가 어려웠다. "뭐라구? 뭘 어쩐다구? 나한테 다시 설명해 봐." 내가 묻는 말에 대답도 않고 김 작가는 글짓기 교실 청소를 하며 콧노래를 불렀다. "둘이 그렇게 친해?" 나는 거의 눈이 뒤집힐 지경이 되어 김 작가의 스웨터 자락을 길게 잡아당기며 물었다. "그럼 넌 친하지도 않은 남자랑 살림 차리니?" 김 작가는 굉장히 자신만만했다. 사랑을 얻은 여자의 얼굴에 흐르는 여유와 자만을 그때 처음 보았다.

글쓰기 수업을 작파한 지는 이미 오래전이었다. 그들은 가르치고 배우는 대신 같이 라면을 끓여 먹고 귤을 까먹고 라디오에서 나오는 유행가를 들으며 수다를 떨었다. 희고 팽팽하던 내 얼굴은 그 둘의 사랑이 깊어 갈수록 깊은 그늘이 생겨 칙칙하게 변했다. 어느새 이마 위를 덮고 있던 여드름조차 자취를 감춰 버렸다. 몸 안에 있는 수분이 바짝바짝 마른다는 게 어떤 건지 알 것 같았다. 누군가 내 몸에 불을 그으면 금세 타 버릴 것처럼 황폐해졌다.

깊은 밤, 나는 잠에 곯아떨어진 김 작가를 쳐다보다가 머리 반쯤을 받치고 있던 베개를 확 잡아 빼 버렸다. 마음 같아서는 머리카락을 다 잘라 버리고 싶었지만 그렇게까지는 하지 못했다. 괜히 스타킹들마다 구멍을 내고 자주 바르는 립스틱은 반을 툭 꺾어 짓이겨 버렸다. 중요한 메모 노트라고 늘 끼고 다니는 푸른색 노트를 감추기도 했다. 그러나 사랑에 빠진 김 작가는 뭔가를 쓰겠다는 생각은 잊은 지 오래여서 그런 노트 따위는 찾지도 않았다. 일련의 내 행동들은 김 작가에게 전혀 충격을 주지 못했다.

이렇게 해도 저렇게 해도 나는 그들의 사랑에 균열을 낼 수 없는 어린 존재였다. 밤마다 계동 골목을 걸어 다니며 애꿎은 공중전화 부스만 발로 찼다. 시시티브이가 없는 게 얼마나 다행이었는지. 그것도 모자라 빛나게 닦아 놓은 남의 집 장독대를 향해 돌을 던졌다. 콩나물을 팔러 오는 야채 장수 아저씨와 괜히 싸우고 글짓기 교실에 찾아오는 잡상인들을 차갑게 내쫓았다. 어쨌거나 두 사람을 인정할 수 없다는 내 기본 입장에는 절대로, 절대로 변함이 없었다.

R에게서 전화가 걸려 온 건 정말 뜻밖이었다. "넌 나 아니었으면 그날 서울 시내를 박박 기어 다녔어, 지지배야. 그런데 나한테 고맙단 말도 안 하냐? 진짜 싸가지 없어." 조금은 허스키하고 방탕한 기운이 잔뜩 들어간 R의 목소리가 들려오자 왠지 온몸의 긴장이 풀리는 기분이었다. R은 당당하게 말했다. "3만 원만 갖고 나와." 나는 소년원에 들락거리는 애들이 주인공이라는 프랑스 소설책 『티보가의 사람들』을 사기 위해 모아 두었던 돈을 꺼내 들고 종로로 나갔다. 후회하게 되더라도 R을 만나고 싶었다.

"머리꼴하구는." R이 내 머리칼을 손바닥으로 비비며 말했고 나는 오랜만에 웃었다. "그러는 넌." R의 머리도 만만치 않아 보였다. 파마를 했다가 풀고 또 말고. 죽어나는 건 그저 여자애들의 머리카락인 셈이었다. "돈 가져왔니? 가자." 나는 또 R을 따라갔다. 오늘은 절대로 기어서 돌아오지 않겠다는 게 나의 유일한 소망이었다.

R과 나는 관철동에 있는 한 지하 레스토랑으로 들어갔다. 꽃무늬 소파가 놓인 레스토랑 안에는 딱 보기에도 고

등학생인 애들이 가득 들어차 있었다. 천장엔 담배 연기가 가득했고 예쁜 체하고 앉아 있는 여자애들의 몸에서 풍기는 싸구려 화장품 냄새가 코를 찔렀다.

R은 남자애들 둘이 의자 깊숙이 몸을 기대고 앉아 담배를 피우고 있는 안쪽 좌석으로 나를 데려갔다. "인사해." R이 인사를 시켰지만 남자애 중 누구도 내게 먼저 인사하지 않았다. "뭐냐, 지금 이거?" 한 남자애가 R의 의자를 발로 차며 말했다. "뭐긴, 소개팅이지. 소개팅시켜 달라며."

커다란 접시에 담긴 돈가스가 나왔다. 유독 나만 생선가스를 시켜서 다른 애들보다 속도가 떨어졌다. 내가 생선가스를 반쯤 먹었을 때 그 애들은 벌써 후식으로 커피를 마시기 시작했다. 배가 부른 남자애들은 기름기로 반들반들한 이마를 빛내며 레스토랑 안에 있는 다른 여자애들을 쳐다보느라 정신을 못 차렸다. 내 처지가 그런 일로 흥분할 때는 아니었지만 사람이 앞에 앉아 있는데, 해도 너무한다는 생각이 들었다.

바로 그때였다. "얘네 엄마가 작가잖아." R이 말했고 남자애들 중 하나가 푸하, 하며 입안에 있던 커피를 토해 버렸다. "아이씨, 진짜. 농담해?" 남자애가 R을 째려보며 냅킨을 꺼내 입을 닦았다. 나는 뭔가 분위기를 수습할 말을 하고 싶었다. R도 남자애들도 무안하지 않을 만한, 그리고 유머 있는 얘기를 하고 싶었다. "응, 뭐 쓸 일 있음 말해. 내가 도와줄게. 난 모든 문장을 다 쓸 수 있어." 내가 그 말을 하자 이번에 다른 남자애가 푸하, 하고 웃었다.

'모든 문장을 다 쓸 수 있다.'

사실 그 순간 나도 내가 한 말 때문에 굉장히 놀랐다. 무슨 대필 광고 문구도 아니고 어떻게 그런 말을 할 수 있었을까. 손이 떨렸다. 모든 문장을 다 쓸 수 있다니. 생각만 해도 얼굴이 붉어지는 일이었다.

어쨌든 레스토랑에서 밥을 먹고 말도 안 되는 농담을 몇 마디 주고받은 게 다인 애들끼리 삼청공원까지 갔다. 마을버스에서 내려 공원까지 올라가는 길이 제법 가팔라 숨이 찼다. 공원 입구로 들어가자마자 R과 한 남자애가 손을 잡고 산책로 쪽으로 올라가는 듯하더니, 울타리 옆의 검은 나무숲 속으로 사라졌다. 다른 한 남자애는 나무 밑에서 담배를 피우더니 담배꽁초를 허공에 날려 버리고 앞서서 걸었다. 나는 그 남자애를 따라서 걸어가야 한다는 걸 본능적으로 알아차렸다. 그때부터 머릿속에서 키스, 아니 섹스, 콘돔, 오르가슴 따위의 단어들이 마구 떠오르기 시작했고 지난밤에 무슨 꿈을 꾸었나 생각하게 됐다. 남자애는 데이트 나온 사람들이 제법 많이 지나다니는 큰길을 피해 삼청터널이 가까운 아랫길 쪽으로 걸었다. 아래로 내려가면 갈수록 자동차 소리가 더 커졌다.

제법 편편한 바위 위에 올라앉았다. 삼청터널 쪽으로 올라가는 자동차 불빛이 보였고 주변은 비교적 고요했다. 남자애가 머리 뒤로 팔짱을 끼고 바위 위에 벌렁 누웠다. 나도 누웠다. 갑자기 산책로 쪽 울타리 옆으로 걸어간 R의 안부가 궁금했다. 날씨가 점점 쌀쌀해지고 있었는데 시간이 가도 옆에 누워 있는 남자애는 아무 말도 하지 않았다. 그러더니 한참 만에야 남자애가 말했다. "주민등록증 있냐?" 나는 수첩에 있던 민증을 보여 줬고 남자애는 그걸 허공에 올린 채 라이터로 불을 켜고 오래도록 쳐다봤다. "별 보이지? 별 보자!" 민증을 돌려준 남자애가 말했다.

거기 몇 분이나 있었는지 모르겠지만 우리는 넷이 다시 만나 삼청동 길을 걸어 프랑스문화원 앞쪽으로 나왔다. 남자애들 둘은 앞쪽에, R과 나는 뒤에 서서 걸었다. 한국일보사 건너편에서 R에게 손을 흔든 뒤 헤어졌고 R은 남자애들과 어깨를 나란히 한 채 광화문 쪽으로 걸어갔다. 아주 기분이 나쁜 삼청공원 데이트는 그게 다였다.

일이 일어난 건 그날 밤이었다. 한 남자가 전화를 걸어왔다. 김 작가를 찾는 사람이려니 하고 대충 전화를 끊으려는데 그 남자가 내 이름을 말했다. 자기가 R의 아버지라고 했다. R이 집을 나가서 들어오지 않는데 연락이 되면 바로 전화를 달라는 것이었다. 집 나간 딸을 걱정하는 아버지의 다급한 목소리였고 순간 나도 남자애들과 나란히 걸어가던 R의 안부가 걱정스러워졌다.

나는 어떡하든 책을 좀 읽어 보려고 글짓기 교실에 앉아 있었다. 그런데 두 시간쯤 지났을까 남자애들과 같이 갔던 R에게서 전화가 걸려 왔다. 우리 집으로 오겠다고 했다. R은 정말로 글짓기 교실로 왔다. "오늘은 니네 집에서 자고 갈게. 니네 엄마도 없는 것 같은데." R이 당당하게 말했다.

순간 나는 첩보원처럼 민첩하게 행동해야 한다는 강박감에, R에게 라면을 사 오겠다고 말하고 집을 나왔다. R의 아버지는 전화를 받은 지 채 30분도 되지 않아 글짓기 교실 앞에 도착했다. 기름을 칠한 듯한 검고 빛나는 커다란 자가용을 타고서.

그 순간부터 R은 지금까지 내가 알아 온 담력 있고 멋있는 애가 아니었다. 아버지에게 잡힌 상태로 글짓기 교실 문짝을 꽉 잡고는 놓을 생각을 안 했다. 유리 문짝이 떨어질 듯이 흔들리고 R의 비명이 계동 골목을 꽉 채웠다. 결국 아버지의 힘에 못 이겨 차 안에 몸을 반쯤 구겨 넣은 R이 나를 향해 소리쳤다. "너도 타. 니가 타면 나도 타고, 너 안 타면 나도 안 타, 씨발." 순간 R의 아버지가 갑자기 상체를 굽히고 손을 비비며 말했다. "제발 같이 타라. 이러다 우리 애 죽이겠다. 제발 부탁이다."

R은 차 안에서도 입을 닫지 못했다. 발을 구르고 머리

카락을 쥐어뜯고 차 유리창을 탕탕 때리고 말이 아니었다. 난 글짓기 교실의 문을 열어 놓고 온 것 같아 계속 마음이 불편하면서도 조용히 운전을 하고 있는 R의 아버지 뒤통수를 쳐다보느라 넋을 놓고 있었다. 저게 아버지라는 사람들의 뒤통수로군. 한심하게도 나는 그런 생각에 빠져 R의 고통을 함께 나눌 여유가 없었다.

R이 부자 동네에서 왜 그 먼 안국동에 있는 학교를 다녔는지는 알 수 없었다. R은 자동차로도 꽤 시간이 걸리는 한강 다리 건너의 아주 넓은 아파트촌에 살고 있었다. 겉보기에는 스위트홈이 따로 없었다. "나 배고파." R이 소리를 지르듯 말했다. 가정부 언니가 차려 준 저녁상은 반찬 가짓수도 많고 재료를 알 수 없는 음식들이 대부분이었다. 무엇보다 집 안의 조명이 너무 환해서 몸 둘 바를 모를 정도로 불편했다. 그러나 우리는 식탁 위 접시에 담긴 모든 음식들을 깨끗이 먹어 치웠다. "너네들 밥도 안 먹고 놀러 다녔니? 너 밥 참 잘 먹는다." 가정부 언니가 나한테 말했다.

밥을 다 먹을 즈음 날아갈 것 같은 긴 하늘색 잠옷을 입은 R의 엄마가 방에서 나왔다. R의 엄마가 나타나면서 집 안 분위기가 냉각되는 느낌이 들었다. 가정부 언니가 긴 잠옷 자락 끝에 서서 두 손으로 오렌지 주스 한 잔을 갖다 바쳤다. R의 엄마는 그저 나를 한 번 쓱 쳐다보고는 어딘가로 전화를 걸기 시작했다.

"야 들어와." R의 방으로 갔다. 화장대, 피아노, 흰 옷장, 전신 거울, 커다란 봉제 인형 여러 개가 놓인 침대 등 정말이지 사람 주눅 들게 하는 방이었다. "넌 이렇게 좋은 집에 살면서 왜 매일 입에 욕을 달고 다니니?" 침대에 걸터앉으며 내가 물었다. 침대 매트리스 탄력이 좋아서 자꾸만 엉덩이를 들썩댔다. R이 책상에서 의자를 빼내어 앉으며 말했다. "그렇게 좋으면 니가 와서 살아 봐, 씨발. 이건 집이 아냐." 집이 아니라니. 지금껏 내가 본 집 중 제일 화려한 집인데. 그제야 이해가 갔다. R이 늘 종로 바닥에 서 있는 건 집이 아닌 곳에 살고 있기 때문이었다.

"나 또 집 나간다. 너 한 번만 더 우리 아빠한테 꼰질렀다간 죽을 줄 알아." 그리고 R은 내가 보는 앞에서 의자를 딛고 창문을 통해 다리를 한 짝 내놓은 채 밖으로 나가는 훈련을 했다. 다행히 3층 정도 되는 높이여서 떨어져도 안 죽을 수도 있다는 생각은 들었지만 나는 기가 질리고 말았다.

R의 아버지가 집까지 데려다주겠다고 했지만 나는 사양했다. 그때까지도 R의 엄마는 굉장히 고상하면서도 왠지 사람을 주눅 들게 하는 목소리로 전화를 걸고 있었고, 가정부 언니는 현관까지 나와 배웅을 해 주었다. 정작 나를 그곳까지 데려간 R은 코빼기도 안 비쳤다. 아파트 밖으

로 나가 R의 방이라고 짐작되는 곳을 올려다봤다. 주홍색 불빛이 켜진 방 창으로 별다른 움직임은 보이지 않았다. 투명 상자 속처럼 환한 불이 켜진 아파트 단지를 복잡한 기분으로 빠져나왔다.

다음 날 오후쯤 R의 아버지가 또 전화를 했다. "또 집을 나갔다. 너한테는 반드시 연락할 거야. 꼭 전화해야 한다." 난 도무지 상상이 가지 않아 R의 아버지에게 물었다. "아니, 좀 잘 지키시지 왜 놓치셨어요." R의 아버지가 혀를 차며 말했다. "창문 열고 도시가스 관 타고 나갔다. 방문을 밖에서 아무리 잠그면 뭐 하니. 한두 번이 아니란다. 도망치는 데 미쳐 있는 놈을 내가 무슨 수로 잡겠니. 너만 믿는다. 니가 제일 친한 친구라며?"

세상에는 정말 이상한 사람들이 많았다. 나는 R을 이해할 수 없었다. 다시 만나면 꼭 한 번 물어보고 싶었다. 불만이 뭐냐고. 잘생기고 인자한 아버지, 우아하고 능력 있는 엄마에 따뜻한 가정부, 좋은 집에 좋은 침대, 끔찍하게 예쁜 화이트 컬러 화장대까지. R은 정말 나쁜 년이었다. 그런데 왜 나를 가장 친한 친구라고 했을까, 그건 물어보고 싶었다.

김 작가가 이상한 행동을 하기 시작한 건 그 며칠 후부터였다. 계속해서 글짓기 교실 밖으로 나가 서성거렸다. 팔짱을 낀 채 전화기를 물끄러미 내려다보기도 하고 빈 벽을 쳐다보다가 손가락으로 긁기도 했다. 그렇게 며칠이 흘러도 장은 나타나지 않았다. 김 작가는 다시 메모 노트를 찾아 끼적거리기도 하고 타자기를 들고 나와 타닥타닥 두드리기도 했다. 탁탁탁, 타닥타닥, 김 작가의 심리가 담긴 명징한 타자기 소리만 계속해서 들려왔다.

어떤 날 밤에는 얼굴이 꽁꽁 언 채로 돌아다니다가 밤늦게 들어왔다. 밥도 먹지 않는 것 같았고 사람을 만나지도 않는 것 같았다. 밤에도 벽을 보고 모로 누운 채 잠을 못 잤다. 그 좋아하던 커피를 타 달라고도 하지 않고 라면을 끓여 달라고도 하지 않았다.

인근의 꼬맹이들이 봄방학을 맞아 글짓기 교실에 나오지 않게 되면서 김 작가의 하루는 더 길어졌다. 어떤 날은 이불을 다리 사이에 넣은 채 누워 있기도 하고 어떤 날은 평소 잘 어울리지도 않던 동네 분식집 의자에 가 앉아 동네 여자들과 수다를 떨기도 했다.

그러던 어느 날 저녁, 장이 글짓기 교실로 찾아왔다. 여전히 핸섬하고 깔끔한 모습 그대로였다. 김 작가가 팔짱을 끼고 일어나더니 신경질적으로 말했다. "나가 있어." 심상치 않은 기류가 흘렀다. 제 편지를 읽으셨는지 궁금합니다, 따위의 말은 절대로 꺼낼 수 없는 분위기였다.

나는 조용히 안채로 갔다. 신문을 펼쳐 놓고 시금치를 다듬고 있는 할머니 옆으로 가 앉았다. "할아버지는요?"

"바둑 두러 부동산에 가셨지." "네." 나는 할머니가 잘 다듬어 놓은 시금치를 괜히 이쪽저쪽으로 자리만 옮겨 놓으며 온통 글짓기 교실 쪽으로 신경을 곤두세우고 있었다.

잠시 후, 글짓기 교실에서 와장창 하고 폭음을 능가하는 소리가 들려왔다. "가만있어라, 넌." 할머니가 얼굴을 들어 내 눈을 쳐다보며 말했다. "넌 가만있어." 할머니가 또 한 번 말했다. "네." 그리고 난 정말 가만히 있었다.

나쁜 놈, 나쁜 놈, 하는 김 작가의 비명 소리, 아흐 하는 장의 기합 소리가 연이어 들려오더니 멀쩡한 것들이 공중에서 깨지고 문짝이 부서져라 흔들리는 소리가 들려왔다. 그리고 김 작가의 길고 서러운 울음소리가 계동 골목 속속들이 퍼져 나가기 시작했다. 나는 대문을 박차고 나가 골목길에 섰다. 좀 있으려니까 앞집 뒷집 아주머니들이 벌써 골목으로 나와 구경을 하면서 쯧쯧, 혀를 찼다. 구경하는 사람이 생기면 싸움은 더 격렬해지는 법일까. 내가 안채로 뛰어 들어갔다 나왔다 좌불안석인 동안 깨지고 부서지는 소리가 점점 더 커졌다.

침묵. 나는 들어가야 하나 말아야 하나 정신없이 대문을 넘나들었다. 그때 갑자기 문이 벌컥 열리며 장이 나왔고 골목길에 서 있던 여자들은 입을 손으로 막은 채 삽시간에 흩어졌다. 그리고 장은 금세 사라져 버렸다.

글짓기 교실은 아수라장이 되어 있었다. 김 작가는 꼬

94

맹이들 책상 밑에 들어가 머리를 감싼 채 울고 있었다. 깨진 물컵, 자판이 빠져 버린 타자기, 박살 난 쓰레기통, 그리고 싱크대 수납장 위에 꽂아 둔 책들은 싱크대 개수대 안에 떨어져 있었다. 김 작가는 평소 목소리보다 몇 배는 높은 톤으로 울며 머리통을 흔들어 댔다. 김 작가를 책상 아래서 끌어내 방 안으로 데려갔다. 그녀는 계속 울었다. 빨갛게 변한 눈동자에서 눈물이 흘러내려 그리 크지 않은 얼굴을 죄다 가렸다. 순간순간, 장의 체취 같은 것이 좁은 글짓기 교실을 떠돌고 있는 게 느껴졌다. 나는 화가 났지만 어떻게 해야 하는지 알 수 없었다. "여봐, 물 좀 마시고 진정해. 딸을 봐서라도 참아야지. 자네는 다 큰 딸이 있잖은가." 그때 할머니 목소리가 들렸고 김 작가는 자기 친엄마 목소리라도 들은 듯 두 다리를 버둥거리며 좁은 방 안을 뱅뱅 돌다가 바닥에 쓰러져 버렸다.

지독한 침묵이 몇 날 며칠 글짓기 교실을 맴돌았다.

김 작가를 위해 뭔가 해 주고 싶어진 나는 그녀의 타자기를 들고 을지로 3가에 있는 서비스 센터에 찾아갔다. 활처럼 휘어진 자판 몇 줄을 떼어 내고 새로 해 넣는 데 시간이 꽤 걸렸다. 서비스 센터 수리공이 흰 종이를 한 장 끼운 뒤 잘되는지 시험을 해 보라고 했다. 나는 그녀의 이름을 찍었다. 탁탁, 타다닥, 타자기 소리를 듣자 모든 게 다시 정상으로 되돌아가는 기분이 들었다.

옛날에 보릿고개라는 말을 듣긴 했지만 글짓기 교실에 찾아온 보릿고개는 정말 참혹했다. 우린 돈이 없단다. 먹고 죽을래도 없지. 그 말이 수사가 아니라 현실이었다는 건 알고 있었지만 쌀조차 살 돈이 없다는 건 정말이지 믿을 수 없었다. 나는 여러 가지 생각을 했지만 김 작가를 자극하고 싶지는 않았다. 내가 아니어도 동네 아줌마들이 차례차례 글짓기 교실로 찾아와 장에 대한 나쁜 소문들을 얘기하고 가곤 했기 때문에 말은 안 해도 굉장히 불안했다.

아줌마들의 말에 의하면 그는 교사도 아니고 문학도도 아닌 그냥 동네 건달이었다. 좀 다른 게 있다면 얼굴이 건달처럼 생기지 않았다는 것뿐, 그냥 오래전부터 계동 일대를 떠돌며 살아온 건달이라고 했다. 김 작가는 여러 아줌마들의 얘기를 듣긴 했지만 절대로 자기가 먼저 입을 열어 그에 관해 말을 하지는 않았다. 김 작가는 또 그런 냉정한 구석이 있는 사람이었다.

한바탕 푸닥거리 뒤에 김 작가는 평온을 되찾은 것처럼 보였다. 허접한 동인들과도 다시 만나고 술도 마시고 책도 읽었다. 문제는 나였다. 나 스스로 어떤 정리가 필요했다. 정리를 하지 않으면 연둣빛 봄이 오기 전에 자살이라도 할 것 같은 참담한 심정이었다. 그래서 나는 생애 통산 두 번째 소설을 쓰기 시작했다.

소설의 배경은 어느 공장이었다. 시몬 베유의 영향을 너무 많이 받았던 게 틀림없다. 어느 여름날, 공장에서 일하는 여자들이 자기가 공장에서 일하는 이유를 열심히 얘기하는 장면에서부터 소설은 시작됐다. 시몬 베유의 문장을 베껴 쓰고 또 베껴 썼다.

사실 나는 이유도 없이 늘 공장에 집착했다. 일본 문학도, 일본 문화도 모르면서 어디선가 들은 사다 이네코라는 일본 사회주의 계열 작가의 작품을 필사한 적도 있었다. 이유는 아무것도 없었고 그 소설 제목이 '캐러멜 공장부터'였기 때문이었다. 지각을 하면 문을 막아 버려 들어가지도 못하는 공장에 다니는 어린 여자애들이, 테이블 위에 하루 작업 분량의 캐러멜을 쏟아 놓고 하나씩 포장해 박스에 담으며 말한다. "아, 오늘은 분홍색이네. 예쁘다." "아, 오늘은 레몬 향이네. 새콤하다." 전등이 흔들리는 공장 안에는 레몬 향이 감돌고 제비꽃처럼 생긴 작은 소녀가 어두운 화장실에서 혼자 우는 장면은 감동적이었다. 이건 어쩌면 이상한 기질이다. 스스로를 그런 곳에 던져 놓고 싶어 하는 기질. 그렇다고 내 삶이 그랬던 것도 아닌데.

그렇다면 내가 쓴 두 번째 소설은? 공장 직원들이 늘 맛없는 국수만 점심식사로 배급하는 사장과 정면으로 맞서는 부분에서 소설은 정점에 도달했다. 아이를 업은 여자 직원이 사장을 향해 소리쳤다. "우리도 인간이란 말이에요." 그럼 사장은 여느 사장이 다 그런 것처럼 느끼하게 웃으며 사람들을 풀어 여자들에게 겁을 주라고 시켰다. "국수 말고 밥을 달라니까." 여자들이 악을 썼다. 그 공장에서 일하는 사람들 속에는 사실 내가 아는 모든 사람들의 캐릭터가 조금씩 녹아 있었다. "여자들만 쓰는 전용 휴게실을 만들어 달라니까 그러네, 진짜." 조금씩 실존 인물을 카피해 넣는 방식으로 소설을 써 나갔다. 그중에는 분명히 장도 있었다.

결국 여직원들은 사장을 죽이기로 결심한다. 그날, 여직원들이 모델처럼 청바지를 입고 공장으로 쳐들어오는 게 마지막 장면인 그 소설의 제목을 '여름 한철'로 붙였다. 나는 그 소설의 결말이 너무나 마음에 들어 흥분 상태에 빠졌다.

다 써 보니 놀랍게도 원고지로 70매 가까이 되었다. 생각해 보면 그 소설을 쓰게 한 건 배고픔과 분노였다. 김 작가가 연애에 미쳐 가정경제를 돌보지 않고 생활을 등한시한 탓에 쌀을 살 돈이 없다는 게 배고픔의 이유였고, 스무 장이나 되는 연애편지를 보냈지만 철저히 무시를 당한 게 분노의 이유였다.

한밤중에 괜히 헌법재판소 건너편 쪽 커피숍 주변을 배회했다. 내가 쓴 게 소설인지 아닌지 물어나 봤으면 좋겠다 싶었다. 그 후진 커피숍의 창가 자리에 귀신처럼 앉아 있는 작가 J의 실루엣이 늘 어른거렸다.

어느 날 밤 나는 무작정 그 커피숍으로 들어갔다. 조용한 클래식 음악이 흘렀고 창가에 앉아 있는 작가 J가 보였다. 나는 누런 서류 봉투를 품에 안은 채 와들와들 떨고 있었다. 커피숍 주인이 J 작가에게 말을 걸었다. "선생님 누가 찾아오셨네요." J 작가는 천천히 고개를 들어 나를 봤다. 그녀는 읽고 있던 책을 한 손으로 지그시 누르고 있었다. "저 계동 사는 고등학생인데요." 그녀는 책을 들어 책등이 밖으로 오도록 돌려놓은 뒤 말했다. "그런데요?" "부탁이 있어서요." 순간 아차 싶었다. 유명 작가에게 다짜고짜 용건을 들이대다니. 아니나 다를까 커피숍 주인이 다가왔다. "학생, 일단 앉아. 그리고 선생님한테 자기소개부터 해야지. 아무개입니다." 나는 그냥 머리를 숙이며 말했다. "죄송합니다, 선생님."

그녀는 거의 한마디도 안 했다. 그리고 완전히 더듬거리는 내 말을 끝까지 다 들었다. "봉투 두고 가요. 그리고 내일 이 시간에 여기서 다시 봐요." 그게 끝이었다. 그녀는 다시 책을 뒤집어 놓고 읽기 시작했다.

그게 J 작가와의 첫 만남이었다. 북촌길이 전혀 달라 보였다. 다른 존재가 된 느낌, 다른 존재가 될 수도 있다는 기대감에 가슴이 뛰었다. 꼬박 하루를 굶었다. 째깍째깍 돌아가는 시계 소리만 들으며 하루를 기다리다가 다시 커피숍으로 갔다.

"앉아요." 나는 다소곳이 앉았다. 그녀의 손에는 붉은색 모나미 사인펜이 들려 있고 그 손 아래에 노끈으로 묶은 내 소설 원고가 놓여 있었다. J 작가가 마신 커피 잔 두 개, 물 잔 한 개, 안경집 한 개가 방청객처럼 우리의 탁자 위를 점령하고 있었다. J 작가는 내 앞으로 원고 뭉치를 밀었다. 그리고 입을 열어 말하기 시작했는데 그녀의 입에서 도무지 내가 알아들을 수 없는 말들이 쏟아져 나왔다.

한바탕 연설이 끝나고 나는 괜히 커피숍 안을 둘러봤다. "학생도 커피 줄까?" 커피숍 주인이 물었다. 커피가 나오고 한 모금 마시자마자 가슴이 더 뛰었다. 사실 하루 종일 굶었고 물 한 잔도 제대로 마실 수 없는 심리 상태였기 때문에 카페인 효과가 금세 나타났다.

"그럼, 원고를 열어 봐요." J 작가가 말했다. 첫 장부터 붉은색 사인펜으로 쫙쫙 줄이 그어져 있었다. "내가 줄을 그은 부분들은 일단 오문이거나 비문이에요. 문장이 안 된다구요." 나는 파르르 떨며 원고 몇 장을 더 넘겨 봤다. 맞춤법이 틀린 글자들은 J 작가가 고쳐 쓴 글자 밑에서 오그라들어 있었고 원고지는 온통 쫙쫙 그은 붉은 줄투성이였다. 더 이상 눈을 뜨고 볼 수 없을 만큼 참담한 지경이어서 오줌이라도 쌀 것 같았다.

"학생은 이다음에 뭐가 되고 싶어?" J 작가가 잔인하게 물었다. 나는 기어들어 가는 목소리로 겨우 대답했다. "글 쓰는 사람이요." J 작가가 나에게 다시 물었다. "어떤 글? 소설? 드라마? 아니면 시? 아니면 뭐?" 나는 다시 또 기어들어 가는 목소리로 대답하지 않을 수 없었다. "가능하다면 소설이요."

J 작가는 다시 내 원고를 자기 앞으로 끌어가더니 손에 잡히는 대로 뒤로 넘겨 가며 훑어보았다. "누구나 소설을 쓸 수 있지. 장점이 없지는 않아. 생각한 대로, 표현이 맞는지 안 맞는지는 상관없이 그냥 계속 썼다는 거. 체력이 좋아 그런가. 그게 장점인데 그것 말고는 별로 장점이 없어. 사실 누구나 소설을 쓸 수 있는 건 아냐." 나는 두 손을 꼭 쥔 채 아무 말도 못 했다. "학생은 왜 사람들이 소설을 읽는다고 생각해?" J 작가가 물었다. "글쎄요 모르겠어요. 그냥 재미있어서 보는 게 아닐까요?" 오히려 내가 J 작가에게 되물었다. "그래, 재미있어서 그래. 재미라는 게 뭘까. 아마 사람들이 소설을 재미있어하는 건 사람들 사는 모습이랑 소설이 제일 비슷하기 때문일 거야. 안 그래?" "네 맞아요." 생각을 안 해 봐도 J 작가의 말이 다 맞는 것 같았다.

그 순간 나는 약간 고개를 들었다. 그리고 J 작가의 두 눈이 얼마나 반짝반짝 빛나는지 정신을 차리고 똑바로 쳐다봤다. 그 여자는 정말 작가였다.

"학생 글에는 주의 주장만 있어. 말만 있다구. 그렇게 써서 사람들에게 재미를 줄 수 있을까? 누가 학생의 생각을 궁금해할 것 같아? 독자들은 바보가 아냐. 소설을 쓸 때는 자기의 생각 따위는 아예 설명하려 들지 않는 게 좋아." 나는 순간 입술이 달싹거리고 말을 하고 싶어 참을 수가 없었다. 그러나 그 순간은 J 작가의 오라에 취해 아무 말도 할 수 없었다. 아, 생각해 보면 역사적인 순간이었다.

'설명을 하려 들지 말고 묘사를 하라.' J 작가가 나에게 한 문학 수업 제1강의 내용은 바로 그것이었다.

다음 날부터 미친 사람처럼 길거리를 싸돌아다녔다. J 작가가 말한 소설 쓰기의 기본인 묘사라는 것을 어떻게 해야 하는지 몰랐기 때문이었다. "사람들이 소설을 읽는 이유는, 다른 장르와 비교했을 때 소설이 우리가 살아가는 모습과 제일 비슷하기 때문이야. 설명하려 들지 말고 보여 줘. 구체적인 모습을 보여 주라구." 그러니까 어떻게 보여 주냐구요, 정말 답답하네!

제일 먼저 화가들이 떠올랐다. 화가가 눈앞에 꽃병을 하나 세워 두고 요리조리 쳐다보며 화폭에 옮겨 담는 모습 말이다. 그렇다면 그림을 그리지 왜 소설을 써? 정말 그렇다면 소설을 쓰고 싶은 사람들은 화방에서 데생하는 것부터 배워야 하는 게 아닌지, 구체적인 모습이라는 게 뭔지 묘사가 뭔지 혼란 그 자체였다.

J 작가의 설명에 기초해 다시 읽어 본 K의 편지 또한 머

릿속의 생각들을 장황하게 나열한 유치한 것에 지나지 않았다. 나는 다시 한번 절망에 빠졌다. 어디서 제대로 된 샘플을 얻을 수 있는지 알 수 없었다. 어떤 것이 진짜 글일까, 어떤 것이 진짜 소설일까 궁금해서 참을 수가 없었다.

땅바닥 가까이 머리를 숙이거나 턱을 괴고 앉아 멍하니 글짓기 교실 천장을 올려다보는 시간이 자꾸만 반복됐다. 지나치게 신경을 썼던 탓일까, 전보다 좀 잦아드는 것 같아 안심했던 이마의 여드름이 다시 솟아났고 두통이 찾아왔다. 온몸의 신경줄이 꽉 막힌 것 같아 밥을 먹어도 소화가 되지 않았다. 바람 부는 소리만 크게 들려도 심장이 쿵쾅거리고 쓸데없이 예민해져서 눈물이 날 것 같았다. 내 인생에서 그때처럼 어떤 깨달음이 저절로 찾아와 주기를 기다렸던 적은 없었다.

간절히 원하면 얻을 수 있다는 말을 그래서 아직도 많은 사람들이 믿는 걸까, 아니면 내 몸이 나보다 먼저 그 답을 미리 알고 있었던 걸까. 머리로 답을 찾을 수 없게 되자 몸이 먼저 길 밖으로 뛰쳐나갔다. 봄비가 내리던 어느 날 나는 온통 붉은 줄이 그어진 치욕의 원고 뭉치를 들고 우산을 쓴 채 무작정 계동 골목으로 뛰쳐나갔다.

생각만 해도 웃기는 일이었다. 김 작가가 처녀 시절에 입다가 옷장 구석에 넣어 둔 베이지 색 바바리코트를 입은 내 모습은 떠올리기만 해도 부끄럽다. 그런 꼴로 어깨에 힘을 주고, 눈을 똑바로 뜨고 저만치 앞에서 걸어오는 사람을 뚫어져라 쳐다봤다. 입만 열지 않았지 눈빛으로 사람들에게 묻고 있었다. 도대체 묘사는 어떻게 하는 건가요?

와이셔츠 다림질에 열심인 세탁소 사람들의 손놀림도, 미장원 바깥 창문에 붙여 놓은 팔랑거리는 미용 잡지 한 페이지도 그냥 넘길 수가 없었다. 하물며 골목을 지나가는 개의 뒷발질, 허공으로 치솟아 오르는 검은 비닐봉지의 움직임도 그냥 지나칠 수 없어 멈춰 섰다 가곤 했다.

해 질 녘에 계동의 현대건설 사옥에서 양복을 입은 남자들이 우르르 몰려나오는 모습도 묘사해야겠다고 마음먹었던 것이 기억난다. 현대건설 사옥이 낮게 가라앉은 계동을 앞에서 막고 서 있다는 느낌이 없지 않았지만 그럭저럭 자연스럽게 잘 어울렸다. 누군가 그 건물 앞 버스 정류장에 초조한 얼굴로 앉아 있던 이상하게 생긴 여자애를 주의 깊게 봤다면 어떻게 생각했을까.

어느 곳보다 잘 묘사하고 싶었던 곳은 건축 사무소 '공간' 사옥이었다. 담쟁이덩굴로 뒤덮인 검은 벽돌 건물은 늘 보는 사람 기분을 가라앉게 만들었다. 차갑고 무거운 기운이 건물 전체를 감싸고 있으면서도 담쟁이덩굴을 비추는 햇빛의 양에 따라 건물은 순간순간 달라 보였고 보는 각도에 따라 또 느낌이 달랐다. 그렇게 '공간' 사옥 주변을 헤매다 큰길 쪽으로 나오면 커다란 차들이 내 몸 옆으로 바짝 붙어 휙휙 지나갔다. 문득 고개를 돌려보면 어느새 불빛들이 차도에 꽉 찬 저녁 무렵이 되어 있곤 했다. 이 모든 고민의 결과가 체중 감소로 귀결되면 얼마나 바람직한가. 그러나 체중 변화는 거의 없이 그대로 꽉 찬 70킬로그램이었다.

그러다 집에 들어가면 온몸이 부서질 것처럼 아팠다. 김 작가도 나도 라면으로 끼니를 때우고 무슨 고시생들처럼 또 책을 읽기 시작했다. 정말이지 그 허접한 김 작가 친구들도, 몇 명 안 되는 내 친구들도 다들 단체로 해외여행이라도 떠난 것처럼 아무도 글짓기 교실에 찾아오지 않았다. 가끔 안채에 사는 할머니가 말을 걸어 오지 않으면 아무와도 말을 안 하고 하루가 그냥 지나갔다.

오죽하면 김 작가 입에서 K의 안부를 묻는 말이 나오기까지 했을까. "그 귀여운 애는 왜 안 오니?" 김 작가의 말을 듣자 머리를 양쪽으로 땋아 내린 K의 얼굴이 떠오르고 소식이 궁금하기도 했지만 거기까지였다. K가 입을 열어 말하는 순간을 상상하는 것만으로도 머리끝이 쭈뼛거리며 온몸이 죄어 오는 기분이 들었다. "그러는 그 사람은 왜 안 올까!"

해서는 안 되는 말을 하고 만 것이었다. 김 작가의 머리 위로 불길이 타올랐다. 읽고 있던 책, 두루마리 휴지, 머리빗, 볼펜, 감자칩 봉지 등을 손에 잡히는 대로 집어 나한테 던졌다. 나도 뭔가를 던지고 싶었지만 던질 것이 없었다. 서서히 그 말을 한 나 자신이 몹시 비참하게 느껴졌다. 말 한마디로 내 속내가 다 드러난 셈이었다.

화가 난 나는 김 작가의 얼굴을 한참 동안 노려봤다. 김 작가도 나를 노려봤다. 김 작가의 얼굴에서 눈물이 흐를까 봐 내심 조마조마했다. 그때 교실 바닥에서 플라스틱 물병이 저 혼자 통통거리며 튀어올랐다. 김 작가와 나는 누가 먼저랄 것도 없이 킥킥 웃기 시작했다. 우리는 머리를 뒤로 넘겨 가면서 한참을 웃었다.

"너 요즘 뭐 하느라 그렇게 싸돌아다니냐?" 웃음 끝에 김 작가가 물었지만 나는 대답하지 않았다. 뭔가 비밀스러운 일을 하다 들킨 것처럼 아무 말도, 한마디도 할 수 없었다. "하긴 뭘 해. 대학도 안 가는데 직장이라도 얻어야 할 거 아냐. 밥값은 해야지." 그 말을 하는 순간 차가운 시베리아 바람이 한바탕 지나가는 것 같았다. 소설이고 뭐고 자정이 되어 한순간에 호박 덩굴로 만든 마차에서 굴러떨어진 공주 꼴이 된 기분이었다. 언제나 그렇지만 현실, 현실이 문제였다.

그날도 계동길 끝자락의 중앙고등학교 건물 끝까지 올라갔다가 다시 내려와 북촌길을 가로질러 걸었다. 연필과 노트를 주머니 속에 집어넣은 채 무엇이든 건져 보겠다고 열심히 돌아다녔다. 그러면서도 내 발걸음은 어느새 장의 뒷모습을 본 것도 같았던 창덕궁 담장 옆길의 원서동으로 향하고 있었다.

지금 내가 발 딛고 서 있는 길이 바로 그 길이다. 디지털 카메라 속에 담긴 원서동의 깊은 겨울은 내게 무슨 의미가 있어서 이렇게 여러 컷의 사진을 찍어 대는 걸까.

셔터 소리가 들릴 때마다 가슴이 뛴다. 낮은 지붕 위에 덧댄 방열재 위에 켜켜이 쌓인 흰 눈, 버려진 집 대문 앞에 세워 놓은 줄 끊어진 기타도 보인다. 일본식 건물을 머리에 올리고 근사하게 리폼한 원불교문화원은 너무 멋져서 오히려 내 기억을 방해한다. 불교미술박물관도 인사미술 공간도 그때는 없었다. 모든 것들이 멋스럽고 모던하다. 계동이, 원서동이 이렇게 완벽하게 오래된 것과 새로운 것이 조화된 모습으로 다시 살아났다는 것 자체가 낯설다.

겁이 난다. 나는 다시 길을 내려와 길거리 커피숍으로 들어간다. 커피를 주문하고 또 하는 일 없이 커피를 마시는 것 말고는 다른 방법이 없다. 어색함, 불안함을 떨쳐 버리는 방법을 모르겠다. 앙증맞은 상품들이 흰색 에나멜 장식장 위에 놓여 있다. 초록색, 파란색, 주홍색의 직조된 천들이 지갑으로 필통으로 파우치로 만들어졌다. 공정 무역이란 이름으로 네팔에서 서울로 바로 날아온 물건들을 구경하고 잡지를 보고 또 커피를 마신다. 불안함, 두려움, 흔들리는 마음에서 가능한 한 멀리 달아나야 한다. 그것도 지금 당장!

창덕궁의 담장을 따라 다시 걷는다. 약간의 겨울바람도 허락하지 않겠다는 듯 꽁꽁 닫아 둔 대문들 사이를 훔쳐본다. 운동화, 구두, 털신 순으로 신발 몇 켤레만 커다랗게 보이거나 용도를 알 수 없는 가구들, 얼어 죽은 열대 화초만 눈앞을 꽉 채운다. 어떤 집은 그냥 비어 있다. 먼지와 그늘만 가득한 채로 그냥 비어 있다.

그 집을 어떻게 표현하면 좋을까. 다 쓰러져 가는 기와집이었다. 오른쪽 옆에 있는 반듯한 빌라의 담벼락 아래, 왼쪽에 있는 또 하나의 쓰러져 가는 기와집과 맞서 있는 집이었다. 겨우 틈새에 존재하는, 알록달록한 천들을 이어서 붙인 이불을 덧씌워 놓은 것 같은 인상의 매우 좁고 오래된 집이었다.

왜 그랬는지 그 집 문이 열려 있었다. 그리고 나는 거기서 장의 목소리를 들었다. 아니, 그 전에 타닥타닥 슬리퍼 끄는 소리가 먼저 들렸다. 줄무늬가 처진 긴 파자마를 입고 연탄집게를 든 채 서 있던 장. 그의 뒤로 한 여자가 연탄 난로를 끼고 앉아 석쇠를 들었다 놓았다 하며 생선을 구웠다.

그 여자는 애석하게도 김 작가가 아니었다. 그렇다고 장의 어머니거나 할머니, 이모는 더더욱 아니었다. 물론 나도 아니었다. 환영이 아니라 현실이었다. "우리 애인 춥지." 장이 마루 끝에 걸쳐 있는 스웨터를 들어 여자의 어깨에 둘러 주었고 여자는 미소를 지은 채 계속해서 생선을 구웠다. 석쇠 위에서 지글지글 소리를 내며 구워지던 생선, 그리고 지독하고 역겹고 징그럽던 그 생선 살 타는 냄새.

나는 그 쓰러져 가는 기와집 아래, 두 사람이 자연스레 배치된 그림을 가슴속에 고스란히 박은 채 오도 가도 못하고 서 있었다. 겨우 몸을 움직인다는 것이 좁은 골목에서 조금 비켜나는 것뿐이었다. 귀에서 피가 나올 것처럼 얼굴이 조여 오며 아팠다.

그는 전혜린의 에세이에 나오는 장이 아니었다. 게다가 글을 쓰고 싶어 하는 지적이고 교양 있는 교사도 아니었다. 목소리도 늘 듣던 목소리가 아니었다. 같은 성대에서 나오는 다른 버전의 목소리. 줄무늬 파자마를 입은 엉덩이 사이로 방귀를 풍풍 내뿜을 것 같은 평범한 인상의 계동 아저씨 중의 한 명이었다. 그것으로 그를 극악무도한 나쁜 놈이라고 말할 수 있을까. 김 작가는 그렇게 말할 수 있을지 모르겠지만 나는 아니었다. 순간 죽을 때까지 장을 봤다는 사실을 김 작가에게 얘기하지 않겠다고 거듭거듭 결심했다.

문학작품을 읽는 행위는 침대 위에 엎드려 다디단 과자를 먹으며, 전쟁에 참가해 팔다리가 잘리는 주인공의 고통스러운 경험을 지켜보는 것이라고 쓴 어느 작가의 글을 읽은 적이 있다. 나도 김 작가의 고통을 마음껏 구경할 작정이었다. 진실 따위를 밝히는 건 중요하지 않았다.

그날 밤 다시 시몬 베유의 『노동 일기』를 펼쳐 들었다. 생각해 보면 1934년, 1935년에 걸쳐 쓰인 그녀의 공장 생활 체험기는 건조하기 그지없었다. "1934년 12월 4일 공장에 들어가다."로 시작되는 그녀의 노동 일기. 매일매일의 날짜와 요일, 노동 시간, 많은 숫자들, 특히 불량품의 개수, 기계 이름, 임금 액수, 해고된 노동자들의 숫자로만 이루어진 이상한 기록이었다. 나는 그 이상한 기록에서 위안을 얻었다.

금요일 3월 1일. 10시 30분까지 작은 쇠고리를 만듦. 그날 아침 세 시간 반 동안 2030개 — 시간당 580개, 개당 61.6상팀 — 를 만든 것을 포함해서 모두 2131개. 13프랑 수입. 샤텔에게 내가 그 전날 두 시간을 허비했다고 말하자 그는 "두 시간이라고?"라고 중얼거리더니 '허비된 시간'이라고만 적고는 몇 시간인지는 적지 않는 것이었다. 두 시간과 세 시간 반으로 기록.

그때의 내가 조금 더 나이가 들고 현명했더라면 바로 이것이 디테일이 살아 있는 훌륭한 묘사의 본보기였다는 것을 눈치챘을까. 아마 나이가 들었더라도 눈치채지 못했을 것이다. 그런데 그게 다가 아니었다. 내가 좋아한 문장은 이런 것이었다.

어느 날 탈의실에서 아름답고, 건강하며, 생기 있는 어떤 처녀가 하루 종일 열 시간이나 일하고 나더니 말했다. "지긋지긋한 하루예요. 6월 14일에는 열심히 춤이나 춰야지." 내가 말했다. "열 시간이나 일하고도 춤출 생각이 나요?" 그러자 그녀가 웃으면서 대답하는 것이었다. "물론이죠! 밤새라도 출 수 있는걸요." 그러고는 진지하게 "춤춰 본 지 5년이나 됐거든요. 춤추고 싶은 생각이 들면 빨래하기 전에 추는 거죠."

그때 나는 너무 어렸다. 그래서 노동의 현장인 공장이라는 공간에는 관심이 없이, 시몬 베유가 어느 여학생에게 보낸 편지의 한 대목에만 열심히 밑줄을 그어 댔다.

우선 공부를 해야 한다. 공부를 계속하지 않는 한 어느 분야에서도 아무 힘이 되지 않는다. 그리고 너의 정신을 형성해야 된다. (……) 넌 한평생 몹시 괴로워해야만 하는 성격을 가진 것 같아. 난 그렇게 확신하고 있어. 넌 지금의 사회생활에 적응하기에는 너무 열정적이고 과격해. 넌 홀로 사는 게 아니거든. 하지만 고통이란 그다지 중요한 것은 아니다. 격렬한 기쁨도 경험할 테니까. 중요한 것은 자기의 뜻을 이루는 거야. 그러기 위해서는 자신을 단련시키지 않으면 안 되지.

'정신을 형성해야 한다', '자신을 단련시켜야 한다'는 문장의 의미는 어렴풋이 알 것도 같았다. 그러나 고통이란 그다지 중요한 것이 아니라니, 시몬 베유는 이상한 사람이었다.

여전히 묘사는 어떻게 하는 것인지 잘 알지 못한 채 졸업을 맞이했다. 김 작가는 나한테 얘기도 안 하고 글짓기 교실에 오는 허접한 인간들을 모두 다 내 졸업식에 초대했다. 어디서 빌렸는지 알 수 없는 가짜 흰색 모피 코트를 입고 머리카락을 잔뜩 부풀린 김 작가의 모습은 정말이지 충격 그 자체였다. 통굽의 슬리퍼처럼 생긴 최첨단의 빨강 구두는 압권이었다. 도대체 그런 건 어디서 빌렸던 걸까.

K는 깔끔한 정장을 차려입은 가족들 틈에서 공주처럼 웃고 있었고 졸업식이 끝날 때까지 R의 모습은 보이지 않았다. 또 아파트 외벽의 가스관을 타고 어딘가로 가출을

한 게 틀림없었다. 김 작가는 졸업식이 끝나자마자 나한테 봉투 한 장을 건넸다. 그리고 식사 대접을 해야 한다며 허접한 인사들을 모두 모시고 시내로 가 버렸다. 봉투 안에는 점심값이 들어 있었다.

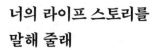

너의 라이프 스토리를
말해 줄래

"야 너, 장래 희망이 뭐야?" 누군가 내게 물었을 때 손가락에 담배를 끼우고 조금은 나른한 표정으로 "저 말인가요? 글을 쓰고 싶어요. 그건 저의 운명이죠."라고 시건방지게 얘기하는 장면을 여러 번 상상했었다. 그러나 그런 근사한 삶은 나에게 주어지지 않았다. 졸업 후 몇 달간 이력서를 쓰고 면접을 보러 다니느라 정신이 하나도 없었다.

길거리 전단지, 신문, 하다못해 전봇대에 붙은 종이 광고, 티브이 심야 뉴스의 구인 광고까지 일자리 정보가 나오면 닥치는 대로 수첩에 베껴 적었다. 글짓기 교실에서 독립하는 것이 지상 유일의 목표였기 때문에 거리낄 것도, 주저할 것도 없었다.

백화점 판매 사원부터 스포츠센터 캐셔, 서점 직원까지

난 정말 되고 싶은 게 너무 많았다. 그러나 고졸 학력이 전부인 사람은 되고 싶어도 될 수 있는 게 많지 않았다. 하나같이 불합격의 이유를 설명해 주지도 않았고 어쩌다 이유를 설명해 준다고 해도 정말이지 무성의하고 설득력도 없는 웃기는 것들이었다.

그중에 기억에 남는 건 포스트잇을 만들어 파는 어느 외국 회사에서 보내온 거절 편지였다. 이력서와 졸업 증명서 따위의 기본적인 서류들을 보낸 두 달 뒤쯤, 희고 반듯한 편지 봉투 하나가 대문 안에 떨어져 있었다. 내 이름이 손으로 쓰인 게 아니라 타이핑되어 있는 것도 신기했고 봉투에 인쇄된 선명한 회사 로고까지 모든 게 다 신선했다.

떨리는 심정으로 봉투를 열어 인쇄된 글자를 읽었다. 물론 좋은 결과를 기대했는데 편지 내용은 '우리는 너한테 관심 없다.' 정확히 말하면 바로 그거였다. 그런데 그 표현이 너무나 매력적이었다. "다음 기회에 함께 일할 수 있게 되기를 바랍니다."라니. 거절도 그런 거절이 없었다. 그러나 서류를 받고도 받았는지 안 받았는지 연락도 안 해 주는 회사들에 비하면 괜찮은 회사였다.

어디선가 읽은 또 하나의 끔찍한 거절 편지가 있다. 출판사에 원고를 보내고 초조해하고 있을 작가 지망생에게 보낸 편집자의 답신.

당신의 원고를 읽는 일은 큰 즐거움이었습니다. 그 어떤 작품도 당신 작품처럼 완성도가 높을 수는 없을 것입니다. 만약 우리 출판사가 당신의 작품을 출판한다면 우리는 다시는 당신의 작품처럼 뛰어난 작품을 출판할 수 없게 됩니다. 그리고 앞으로 수천 년을 기다려야 당신 작품을 뛰어넘는 작품을 만나게 될 것입니다. 따라서 우리는 당신의 작품을 거절해야만 합니다.

나는 실패의 원인 분석에 들어갔다. 이력서 위쪽 끄트머리에 붙은 손가락 두 마디 크기만 한 증명사진 때문일 거라는 생각은 전혀 하지도 않은 채, 내가 쓰는 이력서의 자기소개란만 뜯어고치고 또 뜯어고쳤다. 내 오른쪽 중지에 박인 굳은살이 그때 생긴 거라는 건 너무나 분명하다. 그 모든 노력에도 불구하고 취업은 무척 어려웠다. 불안한 장래에 대한 걱정으로 스트레스가 극에 달해 있던 나는 잠깐이나마 틱 장애에 시달리기도 했다.

하루는 K가 일하는 병원에 놀러 갔다. 오후 6시 무렵이었는데도 병원은 환자들로 넘쳐 났다. 도대체 어떤 사람이 K를 낳은 장본인인가 얼굴을 보고 싶기도 했다. K의 아버지가 있는 진료실 안쪽은 문만 열렸다 닫혔다, 간호사의 흰 가운만 보였다 안 보였다 했다. K는 물리치료실 입구에 있는 책상 뒤에 앉아 코를 박고 책을 보고 있었다. 책상 서

랍 안에서 과자를 한 개씩 꺼내 먹는 모습이 개구쟁이 같
아서 나도 모르게 피식 웃었다.

허리에 손을 얹고 물리치료실로 천천히 걸어 들어가는
환자에게 K가 해 주는 거라고는 치료 침대를 배정해 주는
것뿐이었다. 친절하지도 않고 동정이 섞인 것도 아닌 버릇
없는 목소리로 "두 번째요, 아니 세 번째라니깐요." 하고
냅다 소리를 지르는 게 다였다. "아이고 아파라." 침대에 누
운 사람들이 끙끙거리며 죽는 소리를 해도 K는 침대에 붙
어 있는 기계의 온오프 버튼만 누르고 흰 커튼을 친 채 나
와 버렸다.

"앞에 접수대에 앉은 얼굴에 점 난 여자 봤어?" "아니.
못 봤어." "이리 와 봐." K는 굳이 팔짱을 끼고 접수대가 보
이는 문가로 나를 데리고 갔다. "잘 봐 봐. 저기 엉덩이 크고
사자 머리 한 여자 보여?" "응 보여." 우린 다시 물리치료실
로 들어왔고 K가 내 귀에 입을 대고 작은 소리로 말했다.
"저 여자가 우리 아빠 그거잖아." K가 입속에 스낵 하나를
털어 넣으며 말했다. 과자를 얼마나 먹었는지 K의 몸 주변
에서는 짭짜름한 스낵 냄새가 진동했다. "아빠 그거라니?"
내가 물었다. "몰라? 애인." K가 속삭였다. "일은 재밌니?"
내 질문에 K는 금세 오만상을 찌푸리며 대답했다. "봐라!
니 눈으로 봐! 재미, 재미라구 했니? 세상에 이런 감옥은
다시없을걸."

반팔 간호사복 아래 드러난 포동포동한 팔뚝, 튕겨 나갈 것처럼 팽창해 있는 가슴 부위의 단추들, 가느다란 발목 위에 붙은 오동통한 종아리. K는 만화 속에서 쏙 빠져나온 캐릭터처럼 생기발랄했다. 그럴 수밖에 없는 것이 K는 늘 질 좋은 음식을 먹었고 그 이상한 머릿속 말고는 아무 문제가 없는, 물질적 토대 자체가 나와는 전혀 다른 인간이었다.

"저기 박사님, 제 친구 소개해 드릴게요. 글을 잘 써요. 작가가 되는 게 꿈이래요." K는 내 손을 잡고 진료실 앞으로 데려가 아버지에게 인사를 시켰다. "그래, 뭘 하든 열심히 해야 한다. 혹시 부모님 넘어지시면 병원에 모시고 와라." 주머니에 필기도구를 불룩하게 담은 흰 가운 차림의 K의 아버지는 내가 상상했던 의사의 모습 그대로였다. 인사를 끝내고 막 나오려고 할 때 사려 깊은 의사 선생님께서 K를 불러 돈을 주셨다. "땡큐, 대디." 그제야 겨우 아버지라고 한마디 하는 K의 태도는 발칙하기 짝이 없었다.

"그런데 넌 왜 아버지를 박사님이라고 부르니?" 병원에서 나와 횡단보도 앞에 서서 신호를 기다릴 때 K에게 물었다. "아빠라고 부를 가치도 없어. 그 간호사하고 진료실에서 난리 치는 꼴을 너도 한번 봐야 하는데. 세상에 그런 볼거리가 없어. 한 병원에서 오래 같이 일한 사람들이라 호흡이 척척, 아주 좋아 죽는단다. 그러는 너도 김 작가한테 엄마라고 안 부르면서 내가 뭐가 이상해? 내가 병원에서 아빠라고 부르면 얼마나 쪽팔리겠니? 딸이 자기 병원에서 일하는 걸 알리고 싶지 않겠지." 나야 엄마니까 김 작가에게 '님' 자를 붙이지 않지만 내 친구이면서 김 작가님을 김 작가라고 부를 이유는 없었다. K는 전보다 더 거칠어진 것 같았다.

K는 직장을 찾고 있는 내가 얼마나 초조할지 따위에는 관심도 없었고 입만 열면 자기 얘기였다. 돈을 버는 사람이 밥을 사야 한다며 굳이 아저씨들이나 가는 고깃집으로 날 데려갔다. 삼겹살을 얼마나 먹었을까, 구역질이 날 것 같았다. 담배 냄새며 술 냄새, 썩은 꽃 냄새 같은 것이 계속해서 콧속으로 밀려들었다. 왠지 그 순간 K와 한자리에 더 앉아 있고 싶지 않았다. 나는 단호히 자리에서 일어나며 K에게 말했다. "내일 면접이 있어." "벌써 헤어져? 만난 지 몇 시간이나 됐다구?" K의 얼굴이 하얗게 변했다. "면접 준비도 해야 하고. 그만 가자." K는 눈을 내리깐 채 벌떡 일어나며 말했다. "그 면접, 확 떨어져 버려라."

그 면접 풍경이란 좀 쓸쓸했다. 여의도 국회의원회관 앞 빌딩에 있는 어느 개인 회사 사무실이었다. 빌딩 1층의 복사 가게에 사람들이 열심히 드나드는 걸로 봐서는 꽤나 괜찮은 사람들이 모여 있는 빌딩 같아서 안심이 됐다. 4층의 그 사무실 앞에는 무슨 '개발 회사'란 이름이 붙어 있었다.

일단 전망은 괜찮았다. 멀리 대방동 쪽 천변이 한눈에 들어왔다. 한 아저씨가 소파에 앉아 한쪽 다리를 다른 다리의 무릎 위에 올린 채 발바닥을 만지고 있었다. 희고 큰 발밖에 보이는 게 없었다. "앉아." 아저씨가 나한테 말했다. 나는 소파에 앉았고 아저씨는 책상으로 돌아가 어딘가로 전화를 걸었다. "박 사장, 지금 바쁜가? 면접 보러 사람이 와 있어. 빨리 와." 존대도 아니고 반말도 아니고 누가 사장인지 알 수 없는 말투였다.

잠시 후에 박 사장이란 사람이 왔다. 그 사람도 소파에 앉더니 신발을 벗고 한쪽 다리를 다른 다리 위에 올렸다. "그래, 취직하려구?" 박 사장이란 사람이 나한테 물었다. 뭔가 얘기가 시작되려는 순간 누군가 문을 똑똑 두드렸다. 처음에 만났던 아저씨가 문 앞까지 달려 나가 손님을 맞았다. "아니, 어쩐 일이세요. 연락도 없이. 저기 미스야, 미안한데 저 뒤로 돌아가면 커피 있어. 커피 세 잔만 타 줄래?"

출입문 쪽에 세워 놓은 파티션에 '탕비실'이란 팻말이 붙어 있었다. 철제 수납장 안은 완전 불개미들의 놀이터였다. 그런데 이름 놔두고 미스라니, 진짜 어이가 없었다. 말라붙은 커피, 프림, 갈색 설탕 입자들 사이로 개미들이 기어 다녔고 씻지 않아 말라붙은 컵이 산더미, 고무처럼 딱딱해진 행주가 흉물스럽게 놓여 있었다. 나는 발밑에 놓인 붉은색 그릇에 커피 잔을 담아 들고 화장실로 갔다. 누군가 안에서 담배를 피우는지 오묘한 냄새가 진동하는 가운데 컵을 씻었다. '미스야'라니 거듭 생각해도 정말 획기적인 호칭이었다.

그들은 꽤 오래, 개발이니 투자니 하는 생소한 얘기들을 주고받았다. 나는 저쪽의 빈 책상 앞에 가만히 앉아 있었다. 책상 위에 있는 거라고는 '결재 서류'라고 쓰인 검은색 비닐 파일 하나와 볼펜 몇 자루, 은색 클립 한 통이 다였다.

"어이, 미스. 커피 잘 마셨다." 손님이 가고 난 뒤 다시 처음에 만난 아저씨와 박 사장이란 사람 앞에 앉았다. "어이, 미스. 아까는 정말 미안했어. 우리한텐 아주 중요한 손님이라서 말이야." 그러더니 두 사람은 또 한쪽 다리를 다른 쪽 다리 위에 올려놓으며 소파에 등을 기댔다. "그래, 미스, 자기소개 좀 해 봐."

이력서도 안 읽어 본 게 뻔했다. 이력서는 읽지도 않고 내 입으로 직접, 하기도 싫은 자기소개를 하라는 두 사람. 나는 짧고 우울한 내 인생에 대해서 할 얘기가 없었다. 그러나 입을 열었다. 특별할 것도 없는 심심한 얘기를 하는 동안 처음에 만난 아저씨는 여전히 한쪽 발을 마사지하면서 눈을 감고 있었다. 또 박 사장이라는 사람은 지나치게 눈을 동그랗게 뜬 채 내 얘기를 들어서 몹시도 부담스러웠다. 그들이 내 얘기를 듣고 한 가지 질문을 하긴 했다. "그래서 어머니는 지금 뭐 하시나?" 결국 그건 주민등록에 존재하지 않는 아버지 대신 생계를 책임지는 엄마에 대한 호기심의 표현이었다. 그들이 나한테 궁금한 건 결국 겨우 그거 한 가지인 셈이었다. 가족관계.

여의도에서 돌아오는 길에 한강에 빠져 죽을까 잠깐 고민했다. 강이 거기 그렇게 아무렇지도 않은 얼굴로 있는 건 나더러 안심하고 뛰어들라는 의미 같았다. 다른 건 다 참을 수 있었다. 커피를 타라는 것도 참을 수 있었고 갑자기 손님이 와 한 시간 가까이 기다린 것도 참을 수 있었다. 그러나 그 아저씨들이 말할 때마다 자기 발바닥을 만지는 건 죽어도 참을 수가 없었다. 나는 다리 난간을 잡고 걸으면서 한강에 대고 외쳤다. 교양 있는 사람들과 일하게 해 주시죠! 날씨도 춥지 않았고 바람도 세지 않았다. 버스를 타지 않고 한강 다리를 걸어서 지나가긴 처음이었다. 숨이 차고 힘이 들기는 했지만 온몸이 다 홀쭉해진 느낌이었다. 머릿속도 상쾌하기 그지없었다.

발바닥을 만지는 사람들을 또 만난 건 아니지만 그 후로 이어진 몇 차례의 면접도 그보다 더하면 더했지 못하지는 않았다. 한번은 무슨 무역 회사에 갔는데 명동성당 정문 건너편의 을지로 골목에 있었다. 밖에서 보면 식당들이 즐비한 평범한 길이었는데 천장이 낮은 계단을 걸어 올라가면 굴속같이 작은 사무실이 많았다. 작은 철제 책상 하나, 전화기 하나, 점퍼를 입은 여직원과 사장 한 사람이 다인 소규모 회사들이었다.

회사의 사장은 매우 교양 있어 보이는 나이 든 할머니였다. 할머니 혼자 일본어로 된 자료를 입력하고 난 뒤 프린트를 해 교정을 보고 있었다. 타자기도 아니고 그렇다고 컴퓨터도 아닌, 소재가 나무인 듯한 구식 재봉틀처럼 생긴 기계가 할머니 앞에 놓여 있었다. 도배도 하지 않은 벽면이 그대로 드러난 굴속 같은 사무실에 앉아 있으면 아무리 착한 사람도 속이 터질 것 같았다. 할머니 사장님이 앉으라고 해서 앉았는데 거리가 너무 가까워 눈 둘 곳이 없었다. "아가씨는 꿈이 뭐야?" 나는 눈을 내리깐 채 할머니의 질문에 아무 말도 못 했다.

하청받은 무역 회사에 자기가 만든 일본어 서류를 갖다 주고, 그들이 뭘 고치면 그걸 다시 받아다 할머니에게 전달해 줄 사람이 필요하다고 했다. 그런 일을 하는 사람을 구하는 데 장래 희망 따위가 무슨 상관이 있는지 알 수가 없었다. "아가씨는 너무 어두워. 사람이 성격이 어두우면 가까이하고 싶지가 않지. 밖에 나가서 길거리 식당들을 봐요. 손님들이 어떤 집으로 많이 몰려갈까? 밝고 햇빛이 잘 드는 곳으로 들어가지. 사람도 동물이야. 동물은 볕이 잘 드는 쪽으로 몸이 움직이기 마련이거든."

서울 시내를 혼자 돌아다닐 힘도 없어 수족으로 쓸 사

람을 구하는 주제에 잔소리를 하고 있는 할머니의 얼굴은 덕지덕지 붙은 검버섯에, 어둡기로 말하면 나보다 백배는 더했다. 그때서부터 비로소 내가 취직이 안 되는 이유가 어쩌면 인상, 아니 외모, 그 잘난 얼굴 때문일 수도 있다는 쪽으로 생각이 기울기 시작했다.

채용은 안 하면서 인생에 관한 갖가지 충고를 늘어놓은 경우도 좋지 않지만, 면접 과정 자체가 황당하기 짝이 없는 경우도 있었다. 종로에 있는 어느 회사였는데 일단 지원자들이 아주 많았다. 특별하게 여직원만 채용한다는 광고를 보긴 했지만 도무지 나이를 짐작할 수 없는 많은 여자들이 종각 옆 한 빌딩의 꽤 넓은 강당을 꽉 메우고 있었다.

잠시 후 양복을 입은 나이 든 남자 두 명과 똑같은 스커트와 블라우스를 입은 여자들 여러 명이 꼿꼿이 허리를 세운 채 걸어 들어왔다. 한 남자가 단상에 서서 알파벳 C로 시작되던 그 회사의 이름과 창업 이념을 장황하게 떠들기 시작했다. 현대는 커뮤니케이션 사회, 정보화 사회입니다. 상식적인 멘트로 시작된 연설은 지루하게 계속됐다.

연설이 시작된 지 30분이 지나도 도무지 뭘 하는 회사인지 파악이 안 됐다. 남자가 연단에 있는 물을 마시느라 잠깐 연설이 중단된 사이 성질 급한 지원자 한 사람이 손을 들고 질문을 해 버렸다. "저기 선생님, 그래서 저희가 할 일은 뭐죠?" 남자는 물컵을 내려놓고 한 손을 흔들며 말했다. "이제 곧 아시게 되니까 잠깐만, 잠깐만 기다려요." 연설의 주된 내용은 포부를 크게 갖는 사람이 결국 성공하게 된다는 상식적인 내용이었지만 어떤 지원자들은 그 대목에서 머리를 끄덕이며 호응하는 눈길을 보냈다.

남자는 연설이 끝난 뒤 청중석 맨 앞의 빈자리로 가 앉았다. 그러자 유니폼을 입은 여자가 앞으로 나와 코맹맹이 소리로 말했다. "이제부터 번호와 이름을 부르면 앞으로 나오셔서 자기소개를 하시면 됩니다. 이미 서류 심사는 끝났고 지금 바로 이 절차가 면접 과정입니다. 자기소개라고 해서 딱딱하게 말로만 하실 필요는 없구요. 뭐든 환영합니다. 노래, 춤, 기타 등등 다 좋아요. 그럼 접수 번호 1번, 멋지게 자기소개해 주세요."

너무 놀란 나는 그때 자리에서 일어나 나오려고 했지만 타이밍을 놓치고 말았다. 화사한 옷을 차려입은 여자들이 차례대로 앞으로 나갔다. 대체로 수줍게, 뭔가 얘기는 하는데 조금은 덜덜 떨면서, 이 회사에 꼭 필요한 사람이 되겠다고 다짐하며 자기소개는 끝났다. 지원자들이 자기소개를 하는 사이 남자 두 명과 유니폼을 입은 여자 두 명이 서류에 뭔가 표시를 하기는 하는 것 같았다.

어떤 지원자는 앞으로 나오자마자 격렬한 엉덩이춤을 추기 시작했다. 분위기가 무르익자 앞에 앉은 남자들의 손을 잡아 앞으로 끌어내고, 무슨 칠순 잔칫집도 아닌데 다들 깔깔거리고 가관이었다. 막 바닥에 놓은 가방을 들고 일어서려는 순간 벽 쪽에 서 있던 유니폼 입은 여자가 다가왔다. "앉으세요." 굉장히 강압적인 느낌으로 여자가 내 어깨를 지그시 눌렀다. 그리고 얼마 안 가 내 차례가 왔고 나는 쭈뼛거리며 앞으로 나갔다. 입도 열지 못하고 서 있었는데 앞에 있는 남자가 웃으며 고개를 끄덕거렸다. 정말이지 난 약 1분간 아무 말도 안 하고 서 있다가 그냥 자리로 돌아와 앉았다.

결과는 합격. 아무것도 안 해도 합격을 시켜 주는 회사도 있다니, 첫 출근 날 나는 장을 기다릴 때 입었던 단 하나뿐인 예복인 블라우스를 꺼내 입고 김 작가가 내 나이 때 입었다는 코듀로이 재킷을 입었다. 좀 쩨기는 했지만 옛날 옷이라 품도 크고 그럭저럭 입을 만했다. 김 작가는 사정도 모르면서 회사가 가까워 얼마나 좋으냐며 호들갑을 떨었다.

그 강당은 3층, 사무실은 2층이었는데 사무실엔 커다란 칠판과 커다란 책상, 그리고 수많은 의자와 여러 대의 전화기가 있었다. 며칠 전 면접 볼 때 와 있던 수많은 지원자들이 거의 다 와 앉아 있었다. 전원 합격이었다. 선배라고 해야 하나, 유니폼을 입은 여자들이 칠판 밑 책상에 모여 앉아 붉은색 플라스틱에 든 박스 다섯 개를 하나로 포장하는 작업을 하고 있었다. "여기가 뭐 하는 데예요?" 내 옆자리에 앉은 여자가 나한테 물었고 나는 고개를 저었다. "무슨 공장인가? 도대체 뭘 하는 데야, 여기." 여자가 구시렁거렸다.

그때 박스 하나씩을 든 여자들이 구호를 외쳤다. "오늘도 성공, 반드시 성공." 군대 구호도 아니고, 여자들은 칠판 위에 적힌 자기 이름 아래 붙은 별딱지에 뽀뽀를 보내며 일렬로 줄을 지어 당당한 걸음걸이로 밖으로 나갔다. 그제야 몇몇 지원자들이 앞으로 나가 사무실 앞 창가 쪽에 세워 놓은 그 박스 뚜껑을 열어 보았다. 그것은 놀랍게도 차곡차곡 쌓인 수십 개의 영어 회화 테이프와 알록달록한 표지의 회화 교재였다.

"아니, 저걸 들고 어디로 가는 거야? 설마 길거리에서 팔아?" 질문들이 쏟아져 나왔다. 그때 그 코맹맹이 소리를 하던 여자가 나타났다. 그리고 여자는 드디어 우리가 할 일을 알려 주었다. 무조건 팔아야 한다. 친구는 기본이고 삼촌, 고모, 옆집 사는 사람은 물론 뒷집 사는 사람까지 모두 찾아가 팔아야 한다. 매일 하루에 한 개씩, 그러면 월급은 더 오른다. 팔면 팔수록 누진된다. 못 팔면? 월급은 없다. 물론 활동비, 그러니까 차비도 없다. 그때 뒤에 앉았던 누군가 다음과 같은 질문을 했다. "난 영어를 못하는데 어떡하죠?" 대답은 간단했다. "그런 건 아무 상관 없어요. 고객은 죄다 한국 사람이거든."

그 사무실에 일주일 정도 출근했던 것 같다. 아침에 출근하면 보디라인이 드러나는 투피스 유니폼으로 갈아입고 커다란 책상 주변에 모여 앉아 상자부터 포장했다. 포장이 끝나면 명단이 든 수첩을 펼쳐 놓고 전화를 걸기 시작했다. 처음부터 끝까지 멘트가 다 똑같았다. 처음 몇 초 동안은 안부를 묻고 나중엔 본론을 꺼내는 식이었다. 그렇게 전화를 몇 통 걸다 보면 오전 시간이 다 갔고 점심시간이 되었다. 근처 분식집으로 몰려가 떡라면을 먹고 들어와 있다 보면 오전에 나간 선배들이 소리를 지르며 달려 들어와 칠판에 있는 자기 이름 아래 별딱지를 추가했다.

우리 신입들은 하루 종일 친구나 아는 사람들에게만 전화를 걸었지만 그녀들, 별딱지를 수시로 추가하는 선배들은 모르는 사람에게도 겁 없이 전화를 걸었다. "저기 언니, 언니가 오늘 별 딴 분은 누구예요?" 신입들이 물으면 대답은 짧았다. "M 그룹 비서실장." 사실일까? 정말 믿기 어려웠다. 난 그 사무실에 100년을 앉아 있는다고 해도 단 한 개도 팔 수 없을 것 같았다. 그런데 믿거나 말거나, 사실은 나도 딱 한 개를 팔기는 팔았다.

선배 중에 한 사람이 매일 책만 들여다보고 있는 나를 부르더니 전화번호 한 개를 건네주었다. 매일 별 한 개씩을 다는 아주 능력 있는 사람이었다. 밝은 피부에 목소리도 좋고 짧은 커트 머리에 유니폼도 잘 어울려 무엇 하나

빠지는 게 없는 사람이었다. "여기가 도서관인 줄 알아? 하루 종일 책만 보게." 그녀가 내게 명함 하나를 툭 던지며 말했다. 내용을 알아야 판매하는 데 도움이 될 것 같아서 그 교재를 이리저리 펼쳐 보고 있는 중이었다. "내가 너무 바빠서, 이 사람이 옛날에 살 것처럼 그러다가 안 샀어. 한번 만나 봐. 그리구 그 책 안 들여다봐도 아무 상관 없으니까 제발 좀 밖으로 나가라. 움직이라고."

대낮의 커피숍에 많은 중년 남녀들이 왜 그렇게 얼굴을 맞대고 앉아 있는지 그때 처음 이유를 알았다. 그 자리에 있는 많은 사람들 거의 대부분이, 보험이든 물건이든 앞에 앉은 사람에게 뭔가를 팔고 있었다. 그러니까 무서운 생존의 현장이었던 것이다. 글짓기 교실에 앉아 꼬맹이들 글짓기나 가르치고 살아온 김 작가나 나 같은 사람과는 앉아 있는 자세와 구사하는 언어도 달랐다. 나는 태어나 생전 처음으로 고객이라는 사람을 기다리면서, 커피숍에 앉아 있는 한 사람 한 사람의 하루를 묘사해 보는 쓸데없는 상상에 빠져들었다. 그때 내 고객이 나타났다.

"왜 만나자고 했는지 얘기해 봐." 다짜고짜 반말이었다. 그냥, 저, 아니, 저를 차례로 발음했지만 목소리가 안 나왔다. 나는 그냥 들고 간 테이프 상자를 고객의 허벅지 옆자리로 옮겨 버렸다. "아, 얘기를 하시라구요, 이 아가씨야." 그러더니 고객이 껄껄껄 웃었다. 그러고는 상체를 일으켜 가까이 다가오더니 한마디 했다. "계약서 빨리 꺼내! 나 바빠."

그토록 싱겁게 한 세트를 팔다니. 난 깜짝 놀라서 고객이 계약서를 쓰는 내내 식은땀을 흘렸다. 고객은 상당히 젠틀했다. 지금까지 만난 중년 남자 중에 가장 멋있었고 제일 머리가 좋았다. 나는 고개를 숙여 여러 차례 인사했지만 고객은 받는 둥 마는 둥 하고 가 버렸다.

막상 사무실로 들어갔을 때 내가 딴 별을 축하해 줄 사람들은 그리 많지 않았다. 한구석에 앉아 전화기를 붙들고 있던 신입들 몇 명이 일어나 가볍게 박수를 쳐 주기는 했다. 그게 나의 첫 번째 세일즈 실적이었고 그날 이후로 나는 다시는 실적을 올리지 못했다. 그렇다고 해도 결정적으로 그 사무실을 그만두게 된 게 낮은 실적 때문은 아니었다.

아침부터 비가 주룩주룩 내리던 날이었다. 떡라면으로 점심을 먹고 들어와 몇은 전화를 걸고 또 몇은 화장을 고치고 있을 때였다. 갑자기 상자를 포장하던 여자애가 일어나 노래를 부르기 시작했다. 면접 때도 노래를 곧잘 불렀던 동갑내기 여자애였다. 다른 사람은 다 앉아 있는데 혼자 일어나서 테이프 상자 포장을 하며 애절하게 노래를 불렀다. 문제는 그 여자애가 아무도 의식하지 않고 노래를 너무 잘 부른다는 사실이었다. 한 곡만 부르고 끝난 게 아니었다. 부르고 또 불렀다. 사무실에 남아 있던 사람들이 노래에 취해 수화기를 귀에 끼운 채 노래를 들었다.

비가 내리는 창밖을 내다봤다. 청승도 그런 청승이 없었다. 갑자기 모든 게 구질구질하게 느껴졌고 몹시 화가 났다. 소리치고 싶었다. 내가 와 있는 곳이, 여기가 내 자릴까? 내가 여기서 뭘 하고 있는 거지? 유명한 곡, 라디오헤드의 「크립」의 가사였다. 그리고 나는 소리쳤다. "그만해, 그만해, 제발 노래 좀 그만해. 더 이상 못 들어 주겠다구!"

그 말과 함께 나는 C 회사에서 조용히 사라졌다. 퇴근할 때 나가서 다시 안 오면 그만이었다. 가져갈 물건도 치울 책상도 없었다. 겨우 일주일 만이었다.

그렇게 독한 감기는 처음이었다. 방바닥에 닿는 몸의 모든 면이 아팠다. 열이 들끓어 김 작가조차 걱정스러운 표정으로 내 얼굴을 빤히 내려다보며 앉아 있었다. 좁은 방 벽이 모두 다 내 얼굴 위로 쓰러져 내릴 것만 같아서 이불을 머리 꼭대기까지 뒤집어썼다. 눈만 감으면 여자들이 노래를 부르고 춤을 추던 그 이상한 사무실이 떠올랐다. 모두들 깔깔대고 박수를 치고 어느 순간 나를 향해 돌아서서 손가락질을 하며 계속해서 웃어 댔다. 정말이지 무서웠다.

김 작가가 머리에 수건을 올려 주고 미지근한 물을 마시게 해 주었다. 까무룩 기절하듯 잠들었다 깨어나면 김 작가의 손이 내 이마 위에 있는 게 느껴졌다. 무엇보다 글짓기 교실이 너무 조용했다. 차라리 김 작가가 장과 나란히 앉아 시시덕거리고 있는 꼴을 보는 게 나았다. 글짓기 교실만 계동 골목에서 두둥실 떠올라 혹한의 깊은 산속, 가파른 벼랑 위에 달랑 올려진 것 같은 그 고요함이 싫었다.

밤에 잠이 깨면 책이라도 읽어 볼까 『노동 일기』를 펼쳐 들었다. 레노 공장으로 옮긴 시몬 베유도 나와 같은 처지였다.

목요일 20일. 무척 고통스러운 기분으로 공장에 갔다. 한 걸음 한 걸음을 내딛기가 고통스러웠다. ── 갈 때는 정신적으로, 돌아올 때는 육체적으로 ── 반쯤 멍한 상태에서 2시 30분부터 3시 35분까지 400개를 만들었다.

금요일 21일. 너무 늦게 일어나는 바람에 늦지 않으려고 허둥대야 했다. 힘들게 공장까지 갔다. 하지만 저번과는 달리 이번에는 정신적으로보다는 육체적으로 고통스럽다. 하지만 작업 속도를 낼 수 있을까 걱정스러웠다. '오늘까지는 견뎌 봐야지.' 하는 생각이 들었다. 알스톰 공장에서처럼……. 어제로서 내가 이곳에 들어온 지 보름이 되었다. 처음에는 보름 이상은 견딜 수 없을 거라고 생각했었다.

2시 35분에서 3시 40분까지 450개를 만들어 냈다.

도수 높은 안경을 쓴 시몬 베유가 긴 코트를 질질 끌며 기진맥진한 얼굴로 공장 문을 나서는 모습이 그려졌다. 하지만 더 읽기도 싫었고 조금 귀찮았다. 내 몸이 건강해야 다른 사람의 고통도 들여다볼 수 있는 모양이었다.

덮고 있는 이불이 좀 무겁다고 느낀 한낮, 골목이 시끄러웠다. 김 작가는 보이지 않았다. 눈을 뜨고 천장을 한 번 쳐다보고 몸을 돌려 글짓기 교실로 통하는 방문을 열었다. 아이들이 창문 뒤에서 공을 차는 소리였다. 꼬맹이들의 몸놀림이 글짓기 교실의 선팅된 창문 뒤로 재빠르게 왔다 갔다 했다. 아이들이 욕하는 소리가 골목을 울렸다. 봄이 온 것 같았다.

벌떡 일어나 앉았다. 배가 고파 글짓기 교실 책상이라도 뜯어 먹을 지경이었다. 겨드랑이와 허벅지 부근이 땀에 젖어 있었다. 할머니네 집에서 뭉근한 음식 냄새가 났다. 신발도 신지 않고 한달음에 할머니네 집으로 건너갔다. 할머니와 할아버지가 밥상 앞에 앉아 밥을 먹고 있었다. 할아버지는 원래 누굴 봐도 정면으로 눈을 안 맞추는 사람이었는데 나를 쳐다봤다. "어여 와라." 할머니가 마루로 나가 보온밥통에서 밥을 퍼 왔다. 할머니가 내 손에 수저를 들려 주었다. "어여 먹어." 반찬이라고는 마른 멸치에 고추장, 그리고 신 김치, 양념을 거의 안 한 노란 콩비지찌개가 다였다. 나는 미친 사람처럼 밥을 먹고, 먹고, 또 먹었다. 콩비지찌개 안에 든 무른 김치가 혀에 닿을 때 나는 느꼈다.

이제 나을 것 같다. 그때 할머니가 지나가는 말처럼 나에게 한마디 했다. "너 막걸리 한잔 마셔 볼래? 우리 집에 진짜 맛있는 막걸리 있다. 너 기운 차리고 일어난 기념으루다가." 그때 비로소 할아버지가 눈을 위로 뜨고 할머니와 나를 번갈아 쳐다보며 혼잣말처럼 중얼거렸다. "막걸리 먹고 취하면 제 부모도 못 알아본다."

두 마리 토끼

"씨발 머리꼴하구는." R이었다. 크고 분명하면서도 냉소적인 톤의 목소리는 여전했다. "애 났냐? 출산했어? 완전히 몸 푼 산모네. 이 동네엔 미장원도 없냐?" 왠지 R의 독설이 반갑고 시원했다. "빨리 따라와."

우리는 종로까지 걸어 나가 관철동 입구에 있는 커피숍에 들어갔다. 꽃무늬 소파 속에 파묻힌 R은 전과는 뭔가 달라 보였다. 살도 찌고 긴 웨이브의 머리 스타일도 그렇고 얼굴 전체에 광채가 나면서 훨씬 성숙해진 느낌이 들었다. "나 동거해." 깜짝 놀란 나는 처음에는 별 반응을 보이지 않다가 겨우 한다는 말이 "남자랑?"이었다. "그럼 남자랑 하지 여자랑 하냐, 내가 너냐, 내가 너야?" R도 나도 큭큭 웃을 수밖에 없었다.

"걘 뭐 하냐, 너랑 붙어 다니던 콩알만 한 애?" R은 빨대로 주스를 쪽쪽 빨아 먹으며 물었다. "간호사 해, 아버지 병원에서." "그렇구나, 너네 둘 진짜 잘 어울린다. 그런데 걘 어쩜 그렇게 멍청해 보이냐." 순간 나도 웃었다. "그래서 니네 엄마랑 아버지도 아셔, 너 동거하는 거?" R은 내 말을 듣고 정말 이상한 목소리로 웃었다. "하아!" 주스가 목에 걸린 것 같았다. 웃음도 비웃음도 아닌 그 하아, 소리 하나만으로 R이 어떤 지경에 처해 있는지 조금은 알 것 같았다. "우리 집 풍비박산 난 지 오래야. 그 인간들이 알든 모르든 내 걱정 말고 니 머리나 좀 어떻게 해 봐. 공공장소에 같이 앉아 있기 쪽팔린다."

그날 R과 나는 고속터미널 지하상가에 갔다. R은 살림하는 데 필요한 물건들을 샀다. 작은 커피 잔, 나무로 만든 휴지걸이, 오크 색 테두리의 액자, 구운 생선을 담는 사각 모양 접시, 포크 세트, 꽃무늬 쿠션 커버 등. 부잣집 출신이라 눈이 높은 걸까, R은 물건을 고르는 안목이 남달랐다. 터프한 욕쟁이가 어수선한 지하상가 한복판에서 그러고 있는 모습을 보자 그게 대학은 아니라고 해도 R은 어쨌든 잘 살고 있다는 생각이 들었다. 아파트 가스관 타고 가출하는 것보다는 동거가 백배 낫다. "그래서 좋으니? 집에 초대할 거지?" 헤어질 무렵 내가 R에게 물었다. "왜? 우리 집에 와서 나 덮치려구? 난 니 상대 아니다." "그래서 좋으니?" "얼마나 좋은지 말해 줄까? 너무 좋아, 오빠랑 매일 하거든." R은 이상하게 웃으며 커다란 비닐봉지를 택시에 먼저 밀어 넣고는 나를 버려둔 채 혼자 가 버렸다.

5월이 다가오고 있었다. 정독도서관의 벚꽃이며 온갖 꽃나무들이 활짝 폈다. 그 무렵부터 김 작가의 글짓기 교실 구성원들이 달라졌다. 지금 생각해 보면 김 작가가 그런 팀을 만든 건 두 가지 이유 때문이었다. 첫째 이유는 생활비. 둘째 이유는 장에게 느낀 배신감을 같은 여성 동지들과의 연대를 확인함으로써 넘어서려는 안간힘. 바로 주부 글짓기 교실이었다. 아이들이 학교에 간 뒤 한가해진 계동 주부들이 모였다. 김 작가는 굳이 그걸 '글쓰기를 사랑하는 계동 여성들의 모임'이라고 명명했지만 난 그냥 '종이컵을 든 동네 아줌마들의 결연한 수다방'이라고 불렀다.

일주일에 세 번, 오전 10시 반이면 어김없이 여자들이 몰려들었다. 정독도서관이 쉬는 날이면 어쩔 수 없이 방에 앉아 아줌마들의 수다를 듣고 있을 수밖에 없었다. 커피 냄새가 진동하는 건 좋았는데 그때부터 여자들이 지난밤에 남편과 싸웠던 얘기부터 시집 식구들 욕에 아이들 자랑에, 아무 얘기나 마구 해 댔다. 한 20~30분 정도 그런 시간이 지나고 잠깐 틈이 생기면 우리의 김 작가가 믿을 수 없을 정도의 순발력을 발휘해 화제를 바꿨다. 그런 순간이면 나는 김 작가가 언젠가 J 작가보다도 더 유명한 작가로 비상하지 않을까 잠깐씩 헛된 꿈도 꾸었다.

김 작가의 멘트는 이런 식이었다. "제가 몇 년 전에 외국에 나가 공부할 때, 그 지역의 평범한 여성들, 바로 여러분들처럼 자녀를 키우고 가정을 꾸려 가는 소박한 여성들이 모여서 어떻게 글을 쓰고 토론했는지 많이 연구했거든요." 그러면 계동 아줌마들은 모두 김 작가에게 시선을 집중하면서 "외국 여자들도 그랬구나, 맞아 맞아." 하는 식의 감탄사를 연발하는 것이었다. 내가 아는 한 김 작가는 외국에 나가 공부한 적이 없었다. "그래서 우리가 이제 다음 시간부터는 자기 얘기를 써 오면 좋겠어요. 여러분들이 주의하셔야 할 점은 반드시 자기 얘기를 써 와야 한다는 겁니다. 제가 다른 지역에서도 이런 교실을 운영해 봤는데 처음엔 자기 얘기를 쓰다가 결국은 남편 얘기나 아이들 얘기로 끝내는 경우가 많았어요. 자기 얘기라고는 달랑 낳아 준 부모 이름이 다인 거, 이거 안 됩니다. 절대 삼천포로 빠지시면 안 됩니다!"

김 작가의 말이 끝나면 그 팀원 중에서 그래도 글 쓰는 일에 열정을 가지고 있었던 아줌마 한 사람이 바람잡이처럼 나서서, 김 작가보다 더 열띤 톤으로 과제에 집중할 것을 강조했다. "우리 김 작가님도 굉장히 바쁜 분이시고 하니까 우리가 이 모임에 좀 더 성의를 가져야 해요. 제 개인적인 생각을 말씀드리면 저는 정말 제 인생에 이런 시간이 오리라고는 상상도 하지 못했어요. 저는 학교 다닐 때 선생님이 되고 싶었거든요."

시인이 되고 싶었다, 소설가가 되고 싶었다, 훌륭한 엄마가 되고 싶었다. 모두들 한마디씩 하고 나면 또다시 화제가 일상적인 수준으로 뚝 떨어졌다. "힘들 땐 남 욕 하는 게 최고야, 스트레스 푸는 데도 좋고. 그래서 말인데……." 그런 순간에는 나도 모르게 피식 웃고 말았다. 그러면서도 다음번에 아줌마들이 뭘 써 들고 오는지 김 작가의 수업 노트를 훔쳐 읽어야겠다는 욕망이 솟아나는 것이었다.

매일 밤 꿈을 꾸었다. 꿈속에서 내 머리는 어딘가에 묶여 있었고 내 몸은 묶여 있는 머리를 중심축으로 하여 뱅글뱅글 돌았다. "나는 아무 죄가 없어요."라고 소리치는 순간 누군가 내 하체를 더욱 세게 잡아당겼다. 옷이 벗겨지고 아랫도리가 다 드러났다. 사탕에 매달린 막대처럼 안간힘을 다해 사탕에 붙어 있으려고 소리를 질러 댔다. 소리를 크게 지를수록 잡아당기는 힘은 더욱 세졌다. 아무리 정신을 차려 주변을 둘러봐도 나를 잡아당기는 힘의 정체는 보이지 않았다. 배가 꽈배기처럼 뒤틀리고 다리가 늘어나고 팔이 빠지고 목이 비틀렸다. 팔다리가 잘려 나가고 믿을 수 없을 정도로 어마어마한 통증이 밀려오는 순간에도 나는 다짐했다. 이 꿈을 기록해야만 해! 기록해야만 해! 기록해서 뭔가를 얻어야 한다구!

영감을 얻기 위해 꿈조차도 가만 내버려 두지 못했지만, 아침에 일어나서 펼쳐 본 머리맡의 꿈 기록장은 이제 막 연필을 잡기 시작한 두세 살배기 아이가 그린 것 같은 희미한 빗금만 드문드문 쳐져 있었다. 근사한 단어 하나 제대로 건지지도 못하면서 그토록 통증이 심했다니. 잔인했지만 황홀했던 꿈은 다 날아가고 몸의 통증만 또렷이 남았다.

그 무렵이었던 것 같다. 특별한 이유도 없고 누가 그러라고 시킨 것도 아닌데 무엇이든 써야 한다는 강박에 시달리기 시작한 것이.

그 무렵, 취업에 대한 희망을 완전히 버린 나는 아무 데나 이력서를 보내고 연락이 오길 기다리는 무모한 일은 더이상 하지 않았다. 그런 식의 일대일 면접 방식을 더 겪고 싶지 않았고, 사람의 인상이나 보고 채용하는 이상한 회사에는 들어가고 싶지 않았다. 그래서 나처럼 아무것도 내세울 게 없는 젊은 애들이 취업하도록 도와주는 센터나 기관은 없을까 열심히 알아보고 다녔다.

서울시에서 하는 취업 알선 센터인지 취업 정보 센터인지 하는 곳은 구로동에 있었다. 아스팔트부터 건물까지 거무스름한 회색을 뒤집어쓴 것 같은 구로동은 뚝 잘린 만화의 한 컷처럼 삭막하고 스산했다. 많은 사람들이 아침 일찍부터 나와 줄을 서 있었다. 건물 앞에 설치한 접수 데스크에서 줄 서 있는 지원자들의 서류를 받았다.

조금씩 줄이 줄고 내 앞에 두 사람쯤 남아 있을 때 내 옆줄에 서 있는 한 사람이 눈에 띄었다. 그 사람은 줄곧 옆줄에 서서 책을 읽고 있었다. 잠시 후 그 사람도 나도 동시에 접수원 앞에 앉게 되었다. 그가 읽던 책을 자기 왼편의 탁자 위에 놓고 접수원과 얘기를 하기 시작했다. 나도 접수원에게 서류를 내밀고 의자에 앉았다. 접수원이 뭔가를 기록하는 동안 눈을 돌려 그가 탁자 위에 올려놓은 책을 보았다. 책 표지는 요나의 고래 배 속 같기도 하고 광장에 모인 사람들 그림 같기도 했다. 굉장히 거친 판화 그림이었는데 책 제목은 『강철 군화』였다. 미국의 사회주의 운동가이자 작가인 잭 런던이 1908년에 발표한 소설이었다.

서류 접수를 끝내고 집으로 돌아가는 길에 그 남자를 다시 만났다. 그는 지하철역 플랫폼에 앉아 책을 읽고 있었다. 아주 짧은 시간이었지만 남자를 본 순간 옛날의 그 무모한 용기가 되살아났다. 남자를 향해 뚜벅뚜벅 다가갔다. 겁도 없이, 멈추지 않고 다가갔다. 왜 그런 순간에는 단 몇 달 후의 미래조차 가늠할 수가 없는지, 나는 세상에서 제일 예쁘고 똑똑한 사람이라는 듯 걸어갔다. 그리고 말했다. "저기, 뭘 좀 물어보고 싶은데요?" 곧바로 얼굴을 들어 나를 쳐다보는 대신 그는 내 신발에서부터 하체와 상체 그리고 얼굴을 차례로 올려다봤다. 얼굴이 앳되 보여 바로 안심했다. 남자애가 자리에서 벌떡 일어나며 물었다. "뭐라고 하셨죠?" 나는 손을 내밀어 붉은 표지의 책을 가리켰다. 남자애는 그 순간에도 내 얼굴을 정면으로 쳐다보지 못하고 다른 곳을 봤다.

수많은 남자애들이 나한테 그랬듯이 제발 좀 가 달라고 한다거나 나한테 이러지 말아 줘 하며 엉덩이를 뒤로 빼는 따위의 반응이 나오지 않은 게 좋은 일이었는지 나쁜 일이었는지 잘 모르겠다. 돌아보면 시작이 너무 순조로웠다는 생각도 든다.

만약 그날 B가 책을 읽고 있지 않았다면 나는 그에게 다가가지 못했을지도 모른다. 어떤 경우 책은 많은 걸 감춰 주기도 한다. 사실 나는 처음 보는 사람이 책을 읽고 있다는 이유만으로 그 사람의 모든 걸 좋게 판단했다. 설사 말실수를 하더라도, 이상한 행동을 하더라도 책을 읽고 있던 장면 하나로 모든 걸 덮어 버렸다. 머릿속에 각인된 상대방의 첫 번째 이미지 속으로 쏙 들어가 숨어 버리는 것이다.

그렇게 해서 덮은 결과는 대부분 좋지 않았다. 오해이거나 착각이었다. 생각해 보면 지금까지의 내 인생은 책 때문에 우그러졌다. 그 결정적 증거가 B였다.

스무 살의 나. 면도칼을 썹고 가스관을 타고 수시로 가출하던 R도 아닌 주제에 과감하게 일을 쳤다. 동거를 시작한 것이다. 아마도 그 이유는 '동거'라는 단어가 주는 울림 때문이었을 것이다. 발음하는 순간 몸이 벼랑 아래로 뚝 떨어져 내렸다가 다시 공중에 떠오르는 느낌이 차오르고, 한없이 자유로운 것 같으면서도 왠지 폐쇄적이고 세상을 향해 문을 닫고 단둘이 걸어가겠다는 듯한 강한 느낌이 마음에 들었다. 일이 잘못되면 문학작품 속의 많은 작가들이 그랬던 것처럼 동거남과 같이 시퍼런 강물에 빠져 죽겠다고 결심했다. 그러나 그런 멋진 일은 일어나지 않았다.

아무것도 겁날 게 없었다. 뭐든지 빨리 경험하고 빨리 배우고 싶은 나에게 동거는 좋은 기회였다. 그런 면에서 B는 너무나 완벽한 파트너였다. 하지만 B와 내가 '우리는 이제부터 동거를 시작한다'라고 선언한 것은 아니었다. 사실은 B의 의사를 묻지도 않고 내 마음대로 그의 집으로 쳐들어간 것이나 다름없었다. 무엇보다 그에게는 사랑을 나눌 방이 있었고 나는 그사이 운 좋게 일자리를 찾을 수 있었다.

취업 정보 센터에서 소개해 준 일자리는 파트타임이 대부분이었다. 그중 제법 괜찮겠다고 생각됐던 곳이 세무서 매점이었다. 틈틈이 책을 읽을 수 있을 것 같다고 판단해 시작한 일이었지만 하루 종일 커피 배달하느라 앉아 있을 시간도 없었다. 아무리 내가 커피 애호가라고 해도 그 이유만으로 변칙 영업 행위를 저지르고 있는 세무서 소속 매점의 부정행위를 참고 있을 수는 없었다.

매점을 맡아 운영하는 매니저 언니에게 따졌다. "처음부터 커피 배달하는 사람을 찾는다고 하셨어야죠. 이건 내용이 다르잖아요. 저는 커피 배달하는 일인 줄 몰랐어요. 취업 센터에서도 애초에 그런 말은 해 주지 않았다구요." 손톱 손질을 하던 매니저가 나를 째려보며 말했다. "너 또 시작이니? 너 진짜 웃긴다. 너 아니어도 여기서 일할 사람 많거든. 사람은 또 구하면 되니까 하기 싫으면 빨리 말해. 청년들 일자리 알선하는 센터에다 차 배달하는 사람 구한다고 하면 누가 접수를 받아 주니? 그리고 여기가 다방이니? 다방이면 왜 취업 센터에서 사람을 구해?"

매점 주방에서 일하는 아주머니가 앞치마에 손을 닦으며 밖으로 나왔다. "왜 그래? 무슨 일이야? 그리고 너 어른한테 그렇게 또박또박 말대꾸야?" 아주머니가 입술을 물며 날 째려봤다. "아이고 언니, 쟤는 말을 잘해서 말로는 서 있는 기차도 가게 할 애라니까. 여기 왔던 애들 중에 말은 제일 잘해."

매니저 언니라는 사람이 너무 얄미웠다. "다방은 아니지만 다방에서 하는 일과 결국 내용이 똑같잖아요. 임금을 적게 지불하려고 취업 센터에 구인 광고를 내셨으니까 다방에서 주는 만큼은 아니어도 임금을 올려 주셔야죠." 내 말을 들은 매니저 언니는 혀를 찼다. "그럼 너 다방에 가서 일자리 알아봐. 그리고 정말 미안한 얘긴데 다방 같은 데서는 너 같은 얼굴 받아 주지도 않아." 대낮에, 공식적으로 내 얼굴이 언급된 치욕적인 순간이었다.

세무서 건물 안 곳곳에 설치된 의견함에 매점 직원, 특히 매니저가 매우 불친절하다는 글을 적어 넣었다. 왼손으로도 쓰고 오른손으로도 써서 며칠에 걸쳐 여러 차례 집어넣었다. 그러나 매니저는 잘리지 않았고 내가 그만둘 때까지도 계속해서 그 자리에 있었다. 아무도 모를 것이다. 내가 세무서를 그만둔 후에도 지속적으로 세무서장 앞으로 항의 편지를 썼다는 사실은!

세무서 직원들이 찾아오는 손님을 대접하기 위해 계속해서 매점으로 전화를 해 댔다. 추운 날에는 따뜻한 꿀차를, 아침 시간에는 커피를, 오후 시간에는 인삼차를 시켰다. 보온병에 더운물을 담고 물만 붓기 좋게 내용물을 미리 넣어 둔 잔을 여러 개 올린 쟁반을 손바닥에 받쳐 들었다. 그런 상태로 엘리베이터도 없는 세무서 계단을 하루에도 수십 번씩 오르락내리락했다. 어쩌다 배달 전화가 오지 않아 책을 들고 앉아 있어도 금세 졸음이 쏟아져 책은 읽지도 못했다. 내 생활은 점점 글을 쓰는 일과 멀어졌고 안 그래도 굵은 허벅지는 점점 더 튼튼해졌다.

그럼에도 불구하고 저녁 시간에는 B와 함께 있을 수 있어서 좋았다. 김 작가에게는 혼자 사는 친구가 있어 같이 살겠다고 거짓말을 해 둔 상태였다. 김 작가는 내가 거짓말을 하고 있다는 걸 눈치챘다고 해도 찾아오거나 사실대로 밝히라고 들이댈 사람이 아니었다. 처음에는 무관심이라고 생각했지만 그건 아니었던 것 같다. 김 작가는 늘 그랬다. 내가 어떤 강 하나를 건널 때는 늘 손을 놓고 뒤로 물러나 있었다. 어차피 강은 흐를 수밖에 없다는 듯이.

B와 만났던 날, 커피숍 창문 너머로 공단의 회색 연기가 훨훨 타올랐다. 잔뜩 웅크린 거리와는 대조적으로 B의 정수리 끝에 걸려 타오르던 거대한 연기 기둥이 잊히지 않았다. 그 장면만 보면 우리는 훗날 노동운동가가 되거나 뜨겁게 들끓는 삶의 현장에 가 있어야 했다. B와 나는 그 자리에서 친구가 되기로 하고 헤어졌지만 두 주 정도 지난 후에 다시 만났다.

그 두 주 동안 나는 수많은 러브 스토리를 썼다. "내 상대는 적당한 키에 서글서글한 눈매와 희고 고른 치아를 가진 남자였다. 나는 그가 잭 런던이라는 미국 작가에 관해 설명하는 동안 얘기에 집중하지 못하고 그의 얼굴만 쳐다봤다. 이건 운명이야." 내가 쓰는 러브 스토리의 주인공은 바로 나였고 소설과 일기를 구분하지 못한 채 그날그날의 감상을 적어 갔다. 한마디로 그건 다 쓰레기였다. 하지만 그때는 그런 거라도 쓰지 않으면 견딜 수 없었다.

러브 스토리 속의 남자 주인공은 현실보다 훨씬 부풀려졌다. 흰 치아를 갖고 있지도 않았고 멋지지 않은 건 여자 주인공도 마찬가지였다. 내 상상은 벌써 저만치 앞서가고 있어서 연애를 시작하는 말들, 사랑을 완성하는 말들, 사랑을 끝내는 말들, 사랑 후에 닥칠 일들까지 한꺼번에 다 떠올라 뒤죽박죽이 되었다. 상상 속에서는 이미 뜨거운 연애가 시작되었고 정점에 오른 뒤 어느새 벌써 비극적인 방향으로 결말이 나는 중이었다.

소설은 정말 유치했다. 남자애는 어깨를 동그랗게 말고 두 손을 허벅지 아래로 끼워 넣은 채 죄지은 사람처럼 앉아 있었다. 그러다 갑자기 고개를 떨군 채 말했다. "나에게 사랑은 어울리지 않아." 내가 쓴 러브 스토리는 초반부에는 환희에 넘치다가 별다른 사건도 없이 곧잘 비극으로 변질되곤 했다. 나는 그런 쓸데도 없는 비극을 너무 좋아하는 게 탈이었다.

상상 속의 러브 스토리는 비극이었지만 우리의 실제 러브 스토리는 비극이 아니었다.

B는 아현동의 다세대주택 지하에 살았다. 입시 학원과 재래시장 근처에 있던 그 방은 창이 없어서 불을 끄면 완전히 깜깜했다. 아침이 와도 아침이 왔는지 알 수 없었고 거리의 소음도 잘 들리지 않았다. 소규모지만 쓰레기 하치장이 바로 앞에 있어서 냄새도 심했다. 화장실에 가려면 계단을 한참 올라가야 했고 편하게 볼일을 보기에는 몹시 비좁아서 화장실 문에 무릎이 닿았다.

지방에서 태어나 그곳의 대학을 나온 B는 서울에서 직

장을 갖고 정착하고 싶어 했다. 성격은 온순한 편이었고 나만큼이나 책을 좋아했다. 자세한 것들은 잘 알 수 없었지만 서울에 지하 전세방이라도 얻어 줄 수 있는 능력이 있는 부모를 두고 있다는 것만으로도 나는 B가 부러웠다. B는 이다음에 성공하면 부모님 은혜에 보답해야 한다는 말을 여러 차례 했고 나도 그러길 바랐다.

밤이 되면 끝도 없이 얘기를 나눴다. "잭 런던은 사생아로 태어났지. 웨일스 출신의 엄마가 점성술사인 지식인 남자와 연애해 생긴 애가 잭 런던이었어. 그런데 남자가 아이의 존재를 인정하지 않았어. 불행하게도 엄마는 아이를 낳고도 점성술에 미쳐 아이를 돌보지 않았대. 그리고 재혼했대. 재혼한 남자의 이름이 바로 잭 런던, 길거리 건달이었던 새아버지의 이름을 딴 거지." 작가의 성장 배경은 흥미로웠다.

그런데 솔직히 말하면 나는 그때도, 그 후로도 잭 런던의 소설을 그리 좋아하지 않았다. 그는 사생아로 태어나 신문 배달, 얼음 배달, 공장 노동자로 밑바닥 생활을 전전하다가 미국과 캐나다에서 방랑 생활도 했다. 파란만장한 인생을 살다가 마흔한 살의 나이에 약물 과다 복용으로 죽은 사람, 그 인생으로만 봐서는 소설도 재미있어야 하는데 왠지 소설은 재미가 없었다.

알래스카 체험을 위주로 쓴 일명 북극 소설들, 문명에

길들여진 개가 다시 야성으로 돌아가는 이야기 정도가 재미있을까. 문학성은 뛰어난데 그다지 재미가 없었다. 텍스트의 예술성보다는 담고 있는 문제의식이 뛰어났다고 해야 할까. 그럼에도 어느 시기에 꼭 읽어야 하는 책이 있다. 바로 『강철 군화』가 그랬고 그 책이 B와 나를 연결해 주는 끈이었다.

"나는 쓸데없이 내 삶을 연장하려 하지 않으리라. 나는 나의 시간을 쓸 것이다." B가 책을 한 손을 들고 잭 런던이 생전에 했다는 말을 큰 소리로 읽었다. 그 순간 B에게 잭 런던은 교주였고 희망이었다. "내 말을 들어 봐. 계급투쟁은 사회 발전의 한 법칙이라고 그는 말했어. 그는 계급투쟁을 유발시키는 이해 대립의 본질에 대해 환히 꿰뚫고 있었거든. 정말 놀라운 사람이지."

처음 몇 분은 열심히 들었지만 오후 내내 세무서 매점의 커피 배달로 딴딴해진 종아리를 두드리다 보면 입이 찢어져라 하품이 났다. "그래? 근데 난 지금 오빠 얘기가 무슨 말인지 잘 모르겠어." 나는 솔직히 말했고 그러면 B는 연필로 설명까지 써 가며 무식한 애인을 이해시키기 위해 노력했다.

"『강철 군화』는 1900년대 초에 나온 소설이야. 주인공 어니스트 에버하드는 교회마저도 신랄하게 비판했어. 그때 그는 자본주의 체제의 의미를 돼지의 윤리학에 기초해 있다고 말했어."

그쯤 되면 난 너무 피곤해져서 베개에 얼굴을 파묻고는 "어, 돼지? 놀라워."라고 대답했고 B는 혀가 꼬임에도 불구하고 투사처럼 흥분했다. "주인공 어니스트가 말하길, 교회는 자본가계급이 먹여 살리고 있대. 그래서 교회하고 노동자들은 기본적으로 크게 상관이 없다는 거지. 교회는 자본가계급이 노동자계급을 억압하는 그 무서운 잔학성과 야만성을 전부 묵인해 주고 있다고 통렬하게 비판했어. 난 정말 이 대목을 읽을 때 머리끝이 쭈뼛했어."

그러면서 그는 내가 뭔가 강력하게 동의해 주길 바라는 눈길로 쳐다보았다. 그쯤 되면 나는 정말 반쯤은 잠이 들었고 그러다 입을 열어 한다는 말이라는 게 좀 그랬다. "근데 오빠 진짜 똑똑하다. 여기서 이렇게 책만 읽고 있기에는 너무 아깝다. 어려운 말을 어떻게 그렇게 쉽게 잘하지."

그 책에서 정작 나를 감동시킨 대목은 따로 있었는데 B와는 관점이 전혀 달랐다. 어니스트의 아내이자 『강철 군화』의 화자인 애비스는 남편을 가리켜 "사람들을 끊임없이 격발시키는 사람, 내리치는 망치와 같이 무자비한 공격 방식으로 사람들이 제정신을 잃게 만드는 투사요 운동가"라고 말했다. 그러면서도 다른 한편으로는 "그의 팔은 내가 알지도 못하는 사이에 나를 끌어안았다. 그의 입술은 내가 항의하거나 물리치기 전에 내 입술을 덮쳤다. 그는 그의 어마어마한 무적의 돌격으로써 내 두 발을 공중에 띄운 다음 그대로 휩쓸어가 버렸다. 그는 청혼도 하지 않았다. 두 팔로 나를 껴안고 키스를 하면서 우리가 결혼해야 한다는 것을 당연한 사실로 만들어 버렸다."라고 말했다.

어쩌면 나도 B가 그런 사람이길 바랐던 것 같다. 세속적이라고 스스로를 비판했지만 그런 감정은 제어하면 할수록 점점 더 커졌다. 사실 내가 그 소설에서 반한 부분은 혁명이니 계급투쟁이니 하는 것보다 혁명가의 이면, 부드럽고 열정적이고 강렬하게 여자를 사로잡는 사랑의 표현 방식 같은 것들이었다.

불을 끄고 어두운 방에 누우면 B는 무슨 마술에 걸린 것처럼, 조금 전에 열정적으로 말하던 달변가에서 겁 많은 어린애로 변해 잔뜩 몸을 웅숭크렸다. 막상 손을 뻗으면 그의 몸은 내 손에 잘 잡히지 않았다. 나를 향해 거의 손을 내밀지 않는 B. 쉽게 잠들지 못했다. 그러다 지치면 양을 몇백 마리쯤 세고 난 뒤에야 잠이 들곤 했다.

동거하는 우리의 일상은 과연 어떠했을까.

나의 동반자, 나의 소울메이트, 나의 우상 B는 하루 종일 집에서 놀았다. 나는 세무서 5층 계단을 하루에도 수십 번씩 오르내리면서 커피를 날랐고 그는 하루 종일 집에서 책을 봤다. 나는 길을 걷다가도 이게 옳은 걸까, 고개를 갸우뚱거리곤 했다.

그날도 B는 집에서 아무것도 안 하면서 몸에 기운이 없다고 했다. B가 무슨 말끝에 작은 목소리로 말했다. "통닭 먹으러 갈까?"

우리는 북아현동 추계예대 입구 골목까지 걸어가 대학생들이 술을 마시고 있는 치킨집에 들어갔다. 치킨과 팝콘을 안주로 또 사회주의 강의가 시작되려고 했다. 순간 화가 치밀었다. 이건 아니야. 내 입술이 그렇게 움직이고 있었고 나도 모르게 해서는 안 될 말을 하고 말았다. "도대체 언제까지 집에서 책만 볼 건데? 오빠 생활비를 내가 다 대고 있잖아." 그렇게 따지면 나도 방세를 내야 하는 것이었는데 이미 쏟아 낸 말은 어쩔 수 없었다.

목소리가 너무 컸는지 손님들이 일시에 조용해졌다. 옆자리에 앉은 대학생들이 이마에 힘을 주고 우리를 쳐다봤다. B는 아무 말도 하지 않고 자기가 먹다 내려놓은 닭다리를 다시 집어 들어 입속에 넣었다. 나는 고개를 돌려 B를 외면했다. 왜 그런 말을 했을까. 내가 먼저 그런 말을 함으로써 동거의 숭고함을 깨뜨려 버렸다. 그때 비에 젖은 먼지 냄새가 훅 끼쳤다. 문밖에서 더운 기운이 몰려들었다. 비가 내리고 있었고 봄이었다.

집으로 돌아가는 동안 우리는 아무 말도 하지 않았다. 이불 가게, 반찬 가게, 전파상, 서점, 장난감 가게가 다닥다닥 붙은 북아현동 추계예대 앞길을 지나 굴레방다리 고가 밑에 서서 신호가 바뀌길 기다렸다. 행복이 뭔지도 몰랐지만 조금도 행복하지 않았다. 그러면서 슬쩍 계동의 글짓기 교실은 어떻게 돌아가고 있을까 궁금해지는 것이었다. 아현동 시장 골목 입구에서 뒤에서 걸어오고 있는 B에게 말했다. "오빠 먼저 가. 난 시장 좀 돌아보고 갈게."

백열등을 매단 시장 골목 안은 튜브 속처럼 흐릿하게 보였다. 슬리퍼를 끌고 뒷짐을 진 채 질척거리는 시장 바닥을 천천히 걸었다. 평생 시장 골목을 방황할 것 같은 느낌, 더럽고 냄새나는 물고기 내장 속 같은 현실에서 빠져나갈 수 없을 것처럼 불안했다. 생선 가게에서 뭉툭한 칼로 잘려 나가는 고등어 몸뚱이를 내려다보면서 나도 모르게 몸을 떨었다.

사람들이 거기 다 모여 서 있었다. 시장 장면을 촬영하러 나온 생활 연기 전문 배우들처럼 콩나물값, 갈칫값을 깎아 달라며 한 얘기 또 하고, 한 얘기 또 하고. 구질구질하고 치사했다. 자기가 먹은 술값도 못 내면서 소리를 질러 대고 가래침을 뱉고 세상 탓을 해 댔다.

그런데 정말 웃긴 건 그 순간에 내 입에서 갑자기 계동 사는 J 작가 욕이 튀어나왔다는 사실이다. 나는 J 작가가 내 앞에 있는 것처럼 갑자기 허리에 팔을 얹었다. 그리고 큰 소리로 말했다. "그래요. 여기 이런 시장 사람들, 이 구질구질한 사람들 얘기를 그대로 옮겨 쓰면 그게 소설이냐구요? 대답 좀 해 보시죠 J 작가님." 지나가던 여자가 고개를 뒤로 돌려 날 쳐다봤다. 시장 골목길을 빠져나왔을 때 내 손에는 두부 한 모가 든 비닐봉지가 들려 있었다.

어떤 생활 환경에서 글쓰기가 가능할까. B와 헤어진 뒤, 직장 생활에 찌들대로 찌든 몇 년 후, 작가가 되고 싶다는 열망을 지닌 채 무작정 찾아갔던 어느 문화센터의 글쓰기 워크숍에 참석한 첫날, 튜터가 물었다.

"당신은 왜 글을 씁니까? 당신은 왜 하필 글을 쓰려고 합니까?"

금요일 저녁, 직장 일을 끝내고 뭔가 써 보겠다고 모여든 사람들에게는 가장 핵심적인 질문이면서 또 너무 빨리 본론을 꺼낸다는 느낌도 드는 질문이었다. 모두 긴장해서 의자가 끌리는 소리에도 신경을 곤두세우던 강의 첫날, 튜터는 나이가 들어 글자가 보이지 않는다며 돋보기 같은 안경을 꺼내 쓰고는 수강생들을 주시했다.

두 번째 모임에서 회원들은 각자가 써 온 글을 들고 앞으로 나가 읽었다. 어릴 때 읽은 책 때문에, 국어 선생님의 영향으로, 알 수 없는 이끌림에 의해, 이력서에 본인의 이름으로 출판된 저서 제목 한 줄을 넣기 위해서. 수강생들이 글을 쓰려는 이유는 다양했다.

그때 인상 깊은 발표를 했던 한 여자가 있었다. 검은 치마를 입고 검은 스웨터를 입은 광고 회사 직원 L. 그녀는 늘 수업 중간의 쉬는 시간이면 밖으로 나가 담배를 피웠다. 내가 일주일 동안 '왜 글을 쓰는가'에 대한 답이 될 만한 정확한 단어를 찾지 못하고 헤매다 다시 글쓰기 워크숍에 갔을 때, 그녀는 산뜻하고 가볍게 '복수심'이란 단어를 꺼냈다. "나를 버린 애인에게 복수, 그 이전에 우리 엄마를 버린 아버지에게 복수, 그리고 세상에게 복수." 그녀는 두 눈을 내리깔고 앞에서 쳐다보고 있는 사람들은 아랑곳하지 않은 채 마치 선언문을 읽듯, 큰 소리로 읽었다.

그해 연말, L은 보란 듯이 작가로 데뷔해서 우리의 늙은 튜터가 일자리를 잃지 않는 데 일조했다. 하지만 L은 그 후 더 이상 소설을 쓰지 않았고 나도 L을 잊었다. 다만 L의 그 목소리와 뭔가에 생채기를 내고 싶어 하는 듯한 날카로운 눈빛은 기억한다. 사실은 나도 바로 그 복수라는 말을 하고 싶었다.

앞에 나가 L에게 글을 읽게 한 튜터는 그녀의 에세이를 칭찬하지 않았다. 그는 '과도한 열정도, 과도한 복수심도 바람직한 태도라고 할 수 없다'고 말했다. 처음에 한두 번은 그런 감정을 바탕으로 글을 쓸 수 있지만 그런 감정들이 다 사라지고 나면 무슨 에너지로 글을 쓰겠냐고 물었다. "직업으로 글을 쓴다고 가정해 봅시다. 어디서 영감을 얻을 것인가? 먹고살 만해졌다면? 세상에 대한 복수심이 더 생기지 않는다면? 첫사랑이 지나고 이미 다섯 번째, 아니 스무 번째 사랑을 하고 있다면? 어디서 영감을 얻을 수 있을까요?"

수강생들은 다들 멍해졌다. 글쓰기를 직업으로 갖는다는 건 그 자리에 앉아 있는 사람들에게는 너무 먼 얘기이기도 했고 '작가라면 영감을 얻기 위해, 진실한 글을 쓰고자 끊임없이 노력해야 한다'는 말은 그럴듯한 당위로밖에는 들리지 않았다.

그리고 튜터는 덧붙였다. "생활과 글쓰기의 관계도 그래요. 18세기 영국에서 소설 독자들이 생겨나는 과정을 봐도, 그래도 책을 읽을 수 있었던 계층은 글을 읽을 불빛이 있고 여가가 있었던 입주 하인 계급들이었어요. 글을 쓰려면 글을 쓰는 일과 더불어 글을 쓸 수 있는 환경을 만들려고 노력해야죠. 너무 가난해도 너무 부자여도 글을 쓰기 힘듭니다."

그럼 이제 와서 결론을 말해 볼까. 생활과 글쓰기는 절대로 병행할 수 없다. 왜 그런지는 나도 잘 모르겠지만 늘 한쪽이 부서지고 깨졌다.

어쨌든 사회에 불만이 많은 작가 지망생은 아무것도 쓰지 못하고 여전히 세무서 매점에서 커피만 날랐다. 안 그래도 육덕 있는 몸은 근육까지 붙어서 전체적으로 네모반듯했고 건강미가 넘쳐 났다. 글을 쓰기는커녕 책도 읽지 못하는 날이 계속되자 속이 부글부글 끓었다.

B는 아침이면 늘어지게 잤고 나는 출근 준비를 했다. 돈을 벌어야 했고 그 돈으로 쌀을 사고 두부를 사서 잭 런던의 신도를 먹여살려야 했다. 최소한 저녁밥 정도는 해 놓아 주길 기대했는데 저녁에는 어딘가로 나가고 없었다. 집에 와서 밥을 해먹는 데 드는 시간이 너무 길어 먹고 나면 금세 피곤해졌다. 계동 글짓기 교실에서라면, 인스턴트 라면을 끓여 먹어도 책은 읽을 수 있었을 것이다. 글도 쓰고 연애도 하는 그런 세상은 나한테 주어지지 않았다.

밤이 되면 나는 밥상을 펴 놓고 앉고, B는 책상 앞에 앉아 각자 뭔가를 읽었다. 그 전 같으면 세무서 매니저 욕을 두 시간쯤은 하고, 잭 런던 얘기도 했겠지만 대화는 점점 사라지고 산책을 나가지도 않았다. 내가 가게에 간 사이 내가 끄적거린 것들을 B가 읽었는지는 모르겠지만 나는 그의 노트를 훔쳐보곤 했다. 불만은 나날이 쌓여 갔고 소설도 일기도 아무것도 쓰지 못했다. 그사이 B의 독서량은 점차 늘어 갔고 소설은 내가 아닌 B가 쓰기 시작했다.

힘이 들 때면 난 왜 그런지 제일 먼저 R 생각이 나서 전화를 걸었다. "와라." 욕도 하지 않고 분위기가 심상치 않았다. 놀랍게도 R은 동거남과 함께 커피숍인지 술집인지 알 수 없는 작은 가게를 운영하고 있었다. R의 팔과 얼굴은 총천연색 명투성이였고 벽에 매달린 작은 텔레비전 화면 앞으로 파리가 날았다. 숨소리도 거칠고 목소리도 힘이 없었다. 물컵을 갖다 주는 R의 얼굴은 그야말로 처량했다. "무슨 일 있니? 토요일인데 손님이 없네." R은 의자에 기댄 채 한 손을 이마에 얹고 커다랗게 숨을 내쉬었다. "그러네. 음료수나 한 잔 마시고 가라."

삐뚤삐뚤 줄이 잘 맞지 않는 탁자는 놓인 방향이 모두 제각각이었다. R은 슬리퍼 소리를 내며 가게 안을 한 바퀴 돌고는 창가 자리에 가 앉아 다리를 꼬았다. 우리는 대각선으로 서로를 마주 보고 있는 상태였는데 R의 오른쪽 뺨과 목 부근에 든 멍이 선명하게 보였다. "잘 지내니?" 한참 만에야 R이 고개를 돌리고 물었다. 내가 무슨 말을 하기는 했지만 R은 이내 고개를 돌려 햇빛이 들어오는 창 쪽으로 얼굴을 돌리고 눈을 감았다.

물컵 표면에 물방울이 맺히도록 R은 그 자세 그대로 한참을 앉아 있었다.

전화기도 울리지 않고 아무도 가게에 오지 않았다. 옆 가게였는지 어디선가 김광석의 노래가 들려왔다. 나는 R의 발끝에 걸려 간댕거리는 슬리퍼 한 짝을 위태롭게 쳐다봤다. 잠시 후 내가 의자에서 일어나는 순간 탁자 소리가 났고 R은 고개를 흔들며 자리에서 일어나 문밖으로 나갔다. R은 앞머리칼을 손으로 올린 채 한참 동안 거리를 쳐다보고 서 있었다. 자잘한 꽃무늬가 그려진 원피스에 흰 스웨터를 입은 R의 그 뒷모습은 아주 오랜 시간이 흐른 뒤까지도 내 마음에 남아 있었다.

다음 날 아침 나는 R이 자살했을지도 모른다는 생각이 들어 전화를 걸었다. "어제는 미안했어, 오랜만인데. 오빠가 미안하다고 사과했어. 사실 우리는 너무 사랑하거든." 목소리가 뻔뻔할 정도로 밝아서 당황스러웠다. "걱정 말고 잘 지내." 그리고 전화는 뚝 끊어졌다.

싸움은 전염성이 강했다. 주인 아주머니가 문 밑에 들이밀어 놓은 한 달치 세금 고지서가 내 책상 위에 올려져 있는 것을 본 다음 날 아침, 참았던 것들이 한꺼번에 폭발하고 말았다. 그러면서도 마음 한구석에서는 B를 이해해야 한다는 목소리가 치고 올라오는 것도 사실이었다. 그러나 난 참을 수 없었다. 관용이니 형제애니 하는 단어가 떠올랐지만, 저 먼 나라에 사는 가난한 사람들에게 1년에 한 번 구호 기금을 보낼 때만 사용하는 말처럼 아주 멀고 추상적이었다. 생활의 문제였다.

"매일 잭 런던만 읽지 말고 이번 달 세금은 오빠가 내." 나는 입술을 푸르르 떨며 화가 나서 말했다. B는 미동도 하지 않고 책상 위만 내려다보고 있었다. "오빠가 좋아하는 혁명, 그거 밖에 나가서 좀 해 봐. 집에만 있지 말고." 그 말이 끝나는 순간 B가 무서운 기세로 책상을 내리치며 벌떡 일어

났다. "인간이, 인간한테 이렇게 치사할 수가 있냐? 니가
벌면 얼마나 버는데?"

두 주먹을 맞부딪치며 나를 칠 듯이 달려들었다. 나는
힘이 달렸고 B는 나를 벽으로 밀어붙이고 한 손을 들어
주먹질을 할 태세였다. 하지만 오히려 먼저 주먹을 날린 건
나였다. 그리고 몇 차례 거친 주먹이 서로 오갔고 나는 주
저앉았다. 잠시 후 B는 문을 부서져라 닫고 밖으로 나가
버렸다. B가 신발 끝으로 바닥을 퍽퍽 차며 긴 계단을 올
라가는 소리가 들렸다.

두 시간이 지나도 B는 돌아오지 않았다. 나는 형광등
아래 서서 방 안을 서성거렸다. 먼 산 위에서부터 지진이
내려와 몸 한가운데를 통과한 후 도시의 한 지점으로 사
라진 것처럼, 머리가 흔들리고 귀에서 이상한 소리가 들려
왔다. 몸이 가렵고 아팠다.

거리로 나갔다. 입시 학원을 지나고 시장 입구를 지나 B
가 있을 만한 만화방, 찻집, 오락실을 다 뒤지고 다녔다. 마
음이 아팠지만 내부에서 들려오는 소리를 외면하기는 어
려웠다. '이건 아냐. 이건 내가 생각한 동거가 아니야.'

뒷모습이 다 비슷비슷한 남자들이 가득 모여 있는 오락
실 문에 기대선 채 B를 찾았다. 그러고 보니 딱히 B의 고
유한 모습이라고 할 만한 것이 기억나지 않았다. 여러 차
례 무단 횡단을 하며 몇 시간을 헤맸다. 몸에 힘이 풀린 채

어느 건물 앞 계단에 한참을 앉아 있었지만 12시가 가까워 오는 시간까지 B를 찾지 못했다.

방으로 돌아갔다. 그리고 B가 끄적거린 것들을 읽기 시작했다. 어니스트는 소설 속에서 늘 연설 중이거나 격론 중이었다.

여러분은 오늘 밤, 열두어 분 모두가, 사회주의는 불가능하다고 말씀하셨습니다. 여러분은 그 불가능함을 주장하셨지만, 이제 나는 그 불가피함을 증명해 드리지요. 여러분 같은 소자본가가 사라져 가는 것만이 불가피한 것이 아니라, 대자본가들과 독점 재벌 등 역시 불가피하게 사라져 가게 마련입니다. 잊지 마세요. 진화의 흐름은 결코 거꾸로 가는 법이 없는 것입니다. 그것은 계속해서 앞으로 흘러, 경쟁 시대에서 연합 시대로, 그리고 작은 연합체에서 대연합체로, 대연합체에서 거대한 연합체로 진행하게 되고, 결국은 모든 연합체 중에서 가장 거대한 연합체인 사회주의로 이행하게 되어 있습니다.

B가 그 부분을 왜 노트에 베껴 적었는지 나는 이해하지 못했다. 그러나 나는 노트를 들고 어니스트처럼 문장을 읽고 또 읽어 보았다. 다 귀찮아져서 세상이 뒤집어져 버렸으면 좋겠다는 생각을 하면서.

B는 지금 어디서 살고 있을까. B의 노트에 적혀 있던 글들이 생각난다. '대가를 치를 거야', '피투성이가 된 노동자들.' 그는 정말 멋진 노조 지부장이라도 된 걸까. 선박회사의 노조 지부장이 된 B의 얼굴을 떠올려 본다. 그러나 길거리에서 우연히 만난다고 해도 기억하지 못할 만큼 그의 얼굴도 가물가물하다.

새로 시작한 연애가 끝날 때마다, 눈앞의 연애보다 오래전에 헤어진, 과거의 애인들이 생각나는 건 왜일까. 그때로부터 하나도 벗어나지 못한 채 뒤로 걷고 있는, 발전이라고는 없는 느낌, 아무것도 이룬 것이 없다는 느낌만 든다. B와 나, 우리는 자신의 태생과 기원을 믿지 않는 가난하고 희망 없는 족속들이었던 것이다.

아현동의 그 지하방으로 걸어 내려가는 발걸음 소리가 아직도 들린다. 아현동의 그 지하방, 잠실의 방 한 칸, 종로의 오래된 오피스텔. 내가 사귀던 애인들이 살았거나, 애인들이 찾아왔던 내 방. 그때의 방들을 순례하고 싶다. 방마다 다른 책들과 다른 커튼이 달려 있었다. 다른 햇빛, 갖가지 소음들, 다른 화법. 그러나 같은 게 있다면 연애의 결과가 모두 다 좋지 않았다는 것.

혁명을 꿈꿨지만 그러기에는 너무 얌전했던 B는 그날 밤 방으로 돌아오지 않았다. 나는 바로 그날 밤 뭔가를 쓰기 시작했다. 그리고 매우 이상하게도 쓰기 시작한 지 얼마 되지 않아 이야기 꼴이 제대로 갖춰져 가는 것 같은 감격스러운 체험을 했다.

새로운 소설을 쓰기 시작한 지 일주일쯤 되었을 때 소설 쓰기를 끝냈다. 나는 얼마 되지도 않는 내 소지품을 챙겨 넣은 쇼핑백 두 개를 양손에 들었다. 그리고 불을 끄기 전에 방 안을 휘 둘러봤다. 방에게 안녕, 하고 인사를 한 뒤 문을 닫았다. 그러다 다시 방문을 열고 형광등 스위치를 누른 순간 B의 책상 위에 놓여 있는 책 『강철 군화』가 보였다. 그 책을 쇼핑백 안에 넣었다. 뭔가 기념물이 필요하기도 했고 그렇게 여러 번 얘기했는데 제대로 읽어 보지 못한 것도 미안했다.

빨리 계동으로 가서 J 작가에게 내가 쓴 소설을 보여 주고, 뭔가 나아졌다는 얘기를 듣고 싶었다. 그 말만 들으면 꾸역꾸역 살아갈 수 있을 것 같았다.

"너 어떻게 그렇게 혼자 나가 살 수가 있니? 하나밖에 없는 엄마, 우리 김 작가님 걱정도 안 되니?" 계동 글짓기 교실에 모인 동네 여자들이 모두 다 한마디씩 하며 나한테 다가와 머리카락을 만지고 어깨를 만지고 허리를 안고 반가워했다. 갑자기 밀려오는 친밀감, 돌아온 탕아가 된 기분이었다.

"쟤가 날 걱정하겠어요? 사실은 나도 쟤 걱정 안 해요." 우리의 김 작가는 아직도 씩씩하고 명랑해 보였다. 깔깔거

리고 박수를 치고 또 갑자기 진지해졌다가 또 갑자기 음담
패설로 빠지는 계동 여자들의 대화는 다이내믹함, 발랄함,
그리고 수준 낮음 그 자체였다. 아이 키우고 남편 뒷바라
지하느라 힘도 들 텐데 그 여자들은 도대체 뭘 먹고 그렇
게 씩씩했던 걸까, 지금도 궁금하다.

계동으로 다시 돌아간 그날 밤, J 작가를 만나러 헌법재
판소 앞의 그 커피숍으로 갔다. 커피를 마시면서 내가 쓴
글들을 읽었다. 아무래도 너무 잘 쓴 것 같아 마음이 급했
다. "J 작가님 만나러 왔는데, 오늘 오실까요?" 커피숍 주인
에게 물었다. "요즘 몸이 안 좋다고 하셨어. 좀 기다려 봐.
안 오시면 놓고 가, 내가 전해 줄게."

늘 앉고 싶어 하던 창가 자리가 비어 있는데도 굳이 다
른 자리에 앉아 J 작가가 거기 앉아 있기라도 한 것처럼 그
자리를 쳐다봤다. J 작가가 두 팔을 괴고 책을 읽던 탁자
끝이 반질반질 윤이 났다. J 작가가 앉아 있던 그 빈자리가
오히려 J 작가에 대한 나의 존경을 깨닫게 해 주었다.

커피숍 주인에게 원고가 든 봉투를 부탁하고 북촌길을
걸었다. 밤이면 짙은 안개가 끼어 북촌길의 야트막한 언
덕 앞길까지 막막하게 시야를 가렸다. 당장 큰길로 나가
버스를 타고 아현동으로 달려가고 싶었다. B가 집에 있다
면 따뜻하게 안아 주고 싶었다. 그러나 내 발걸음은 계속
해서 북촌길로만 내달았다.

그 후로도 오랜 시간 동안 나는 항상 그랬던 것 같다. 언제나 내 마음속에는 두 개의 추가 매달려 있었다. 연애와 글쓰기. 그리고 항상 나는 연애를 버리고 글쓰기를 선택하곤 했다. B와의 연애가 그 첫 번째 사례였다. 그러니까 내 연애가 실패했다고 해서 상대를 비난할 일은 아니었던 것이다.

J 작가를 만난 건 열흘 정도가 지난 후였다. J 작가가 내 얼굴을 빤히 들여다보며 인사를 건넸다. "좀 마른 것 같네. 졸업했지? 대학은?" 순간 나는 당황스러워서 눈 둘 곳을 찾지 못했다. 그러나 다음 말은 또다시 나를 긴장시켰다. "대학에 가서 공부를 하는 게 어때? 내가 학생 개인 지도를 계속해 줄 수는 없잖아." 사람 대할 때 적당히 거리 유지하면서 까칠한 건 여전했다. 집안 형편이 좋지 않다든가, 지금은 여력이 없다든가 뭔가 설명을 해야 하는데 입이 떨어지지 않았다.

"원고를 열어 봐." 처음 만났을 때도 그랬고 그녀의 말은 마치 마법과도 같았다. 손이 떨리고 어깨가 굳고 두 다리가 후들거렸다. 원고를 한 장씩 넘겼다. 원고에는 여전히 붉은색 사인펜으로 쫙쫙 그어진 줄이 가득했다. "알지? 비문이거나 오문." "네." 대답을 하고는 원고 한두 장을 더 넘겼는데 이번엔 푸른색 사인펜으로 그은 줄이 보였다. "저기 작가님 이건 왜 이렇게 하신 건지 잘 모르겠어요."

내 원고를 다시 가져가 천천히 뒤로 넘겨 가며 자기가 체크한 부분을 봤다. "묘사, 그래 묘사는 좀 생각해 봤어?" "네." J 작가는 차 한 모금을 마시고 말을 이어 갔다. "내 말을 잘 이해했다고 생각해. 하지만 이렇게 주인공이 한 행동을 나열만 한다고 해서 좋은 문장이 되지는 않아." 나는 입이 부루퉁해져서 항변했다. "지난번에 저한테 묘사를 하라고 하셨잖아요."

묘사, 묘사, 묘사를 해라. 나는 사실 그 말 때문에 일대 혼란을 겪었다. 그런데 J 작가는 묘사가 전부가 아니라고 말하고 있었다. "물론 지금은 내 말을 잘 모를 거야. 하지만 간결하고 분명한 묘사 뒤에 반드시 작가의 사고 과정이 드러나야 해. 그런 건 묘사가 아니라 진술이지. 작가의 사고, 작가의 판단에서 오는 힘이 있는 진술이 반드시 들어가야 해. 이렇게 주인공이 기차 타고 갔다가 기차 타고 오는 과정을 보여 주는 게 소설의 다는 아니라구. 묘사와 진술 그 두 가지가 적절히 섞여야 해. 좋은 문장이란, 좋은 소설이란 그런 거야. 하지만 학생은 아직 묘사를 잘하기에도 바쁘지. 그래도 지난번보다는 나아졌어."

사실 스토리는 진부하기 짝이 없었다. 실연한 여자가 헤어진 남자가 갔다고 짐작되는 부산으로 가서 하루를 여행하고 돌아오는 얘기였다. 모두들 짐작할 수 있듯이 서울역에서 기차를 타는 것부터 시작해서 자갈치시장과 국제시장을 돌아보고 다시 기차를 타고 돌아오는 게 중심 줄거리였다.

기차 안의 매점에서 맥주를 마시며 창밖 풍경을 보고, 그 풍경에 헤어진 애인과 보냈던 시간이 한 장면씩 섞여 들어가도록 배치했다. 생선 냄새가 물씬 나는 자갈치 시장 풍경을 감상하는 화자의 아픔과 회상이 뒤죽박죽된 유치한 글. 중요한 건 내가 그때까지 부산에 한 번도 가 보지 않았다는 사실이었다. 그러니까 꼭 가 봐야 쓸 수 있는 건 아니었다.

"자 이거 받아." J 작가는 나에게 종이 한 장을 내밀었다. 종이는 반으로 접혀 있었다. 비밀 문서, 아니면 수업료 청구서, 설마 편지? 반으로 접힌 종이를 펴는 단순한 동작 하나에 관한 명령조차도 뇌가 제대로 실행을 하지 못할 만큼 심장이 쿵쾅거렸다.

"묘사는 배워서 할 수도 있어. 그러나 작가의 사고 과정이 소설에 드러나려면 공부를 해야 해. 많이 읽어야 한다구. 글 쓰는 일이 얼마나 어려운 줄 모를 거야. 작가들이 진실한 문장 하나를 가지려고 얼마나 많은 대가를 치르는지 나중에 알게 될 거야."

J 작가가 준 그 종이를 'J 칙령'이라고 불렀다. 그건 놀랍게도 내가 읽었으면 하는 책들의 리스트였다. 국내 작가들, 외국 작가들, 국내 문학 이론서들, 시집들 제목이 가득 적

혀 있었다. "그리고 이젠 나한테 그만 가져와. 내 글 쓰기도 바빠서 죽을 지경이라구." J 작가는 또 한 번 까칠하게 굿바이 멘트를 날렸다. "니네 엄마도 작가라면서, 이제 엄마한테 보여 드려." 커피숍 주인이 끼어들었고 나는 순간 J 작가가 김 작가의 이름이라도 물어보면 어쩌나 당황했다. "엄마가 선생님 팬이세요." 겨우 한마디 하고는 머리만 숙여 인사를 하고 커피숍을 빠져나왔다.

J 칙령은 한동안 내 비밀 상자 안에 담아 두고 매일 밤 꺼내 봤다. 그리고 또 한동안은 다이어리의 앞표지 비닐 케이스에 늘 넣고 다녔다. 연애에 미쳐서 정신없을 때는 투명 유리병 안에 넣어 화장대에 올려두고 매일매일 쳐다보기만 했다.

내가 얼마나 오랜 시간 동안 J 칙령에 의지해 살았는지, 너무나 빨리 죽어 버려 이제는 고인이 된 J 작가는 그 사실을 알 리가 없다. 대학을 나오지 않은 나는 그 목록에 닿느라 우주 한 바퀴를 빙 돌아야 했다. 어딘가에 있을 것이다. 언젠가는 나도 그런 목록을 만들 수 있을지도 모르겠다. 나만의 목록.

J 칙령만 손에 들고 있으면 마법이 일어났다. 가고 싶은 곳으로 다 데려다줬다. 나는 비행기 안에서 수면용 안대를 하고 깊은 잠에 빠져 있었다. 또 넓고 메마른 중국의 사막에 가 있기도 했다. 기차 소리만 들리고 사람이라고

는 보이지 않는 미국 중동부의 도무지 끝이 보이지 않을 만큼 길고 긴 기차도 탔고 인디언 서머가 찾아온 어느 시골의 가을 햇볕 아래에도 서 있었다. J 칙령만 있으면 러시아도 터키도 폴란드도 다 갈 수 있었다.

계동의 글짓기 교실에 돌아온 후 세무서에 나가지 않는 주말이 되면 하루 종일 커피를 마시며 책을 읽었다. 안채 할아버지의 기침 소리는 더 나빠졌다. 할머니는 여전히 우리 방문 앞에 먹을 것들을 갖다 주셨다. 시금치나물, 부추 부침개, 양파장아찌, 팬에 구운 흰 찰떡과 꿀……. 소금간을 해 마늘과 다진 파만으로 맛을 낸 시금치나물은 김 작가와 나는 한 번도 만들려고 시도조차 한 적이 없는 고급 음식이었다. 할머니네 집에서 얻어먹은 밥이 도대체 얼마인가. 김 작가와 나는 양심이라고는 없는 사람들 아닌가.

그리고 어느새 나도 B처럼 『강철 군화』의 세계에 빠져들고 있었다. 타고난 연설꾼 어니스트는 '필로머스 클럽'이라는 현학적이고 지적인 성향을 가진 사람들의 비공개 사교 클럽에서 강연을 했다. 200여 명 정도의 회원들이 모인 자리에서 어니스트는 강경한 톤으로 입을 열었다.

여러분은 권력과 재산으로 살이 쪘고, 성공으로 술 취했습니다. 그래서 여러분은, 게으름뱅이 수벌이 꿀벌 집 근처에 엉겨 붙어 있는데 일벌들이 덤벼들어 그 화려한 생명을 끝장내는 것처럼, 우리들에게는 전혀 가망이 없는 존재들입니다. 여러분은 사회를 관리하는 데 실패했기 때문에, 그 관리권은 이제 박탈되어야 마땅합니다. 노동계급의 150만 명이, 나머지 노동 계급 사람들을 포섭해서 합세시켜 가지고 여러분으로부터 관리권을 빼앗겠다고 말하고 있습니다. 고용주 여러분, 그것이 바로 혁명입니다. 어디 막을 수 있으면 막아 보시죠.

어니스트의 목소리가 '필로머스 클럽'뿐만 아니라 글짓기 교실에도 쩌렁쩌렁 울리는 것 같았다. 그 자리에 모인 청중들의 반응도 만만치 않았다. 그리고 드디어 이 책의 타이틀을 연상시키는 구절, 어니스트의 강연에 격한 반응을 보이는 다른 청중들과 달리 끝까지 침착함을 잃지 않고 강연을 듣고 있던 윅슨이란 사람의 극적인 공격이 등장하는 구절에 이르렀다.

우리에겐 자네에게 낭비할 말은 없어. 자네가 장담했던 대로 그 힘센 두 손을 내밀어 우리들의 저택과 화려한 안락을 빼앗으려 할 때면, 우리는 힘이 무엇인가를 보여 줄 것이다. 우리들의 대답은 폭탄의 굉음과 파편과 기관총이 울부짖는 소리 속에 깃들어 있다. 우리는 자네의 혁명가들을 우리들의 구두 뒤축으로 짓뭉갤 것이고, 자네들의 얼굴 위를 짓밟고 다닐 것이다. 이 세상은 우리들의 것이고, 우리는 그 주인들이며, 세상은 앞으로도 우리 것으로 남아 있을 거다.

노동자들의 무리로 말하자면, 그들은 역사가 시작된 이래로 흙 속에 파묻혀 살아왔고, 나는 역사를 제대로 읽은 사람이다. 그리고 그들은 나와 내 계급과 우리 뒤에 오는 후계자들이 권력을 장악하고 있는 한, 계속해서 흙구덩이에 남아 있게 될 것이다. 가장 중요한 한마디 말이 있지. 모든 말 중의 제왕, 그건 '권력'이라는 말이다. 신도 아니고, 물신도 아니고, 권력이야. 자네 혀끝에서 잘 굴러 나올 때까지 계속 지껄여 보라구. 권력!

B는 항상 이 대목에서 퀴즈를 내곤 했었다. "어니스트가 윅슨의 말에 뭐라고 대답했게?" 나는 그때마다 졸거나 딴생각을 했다. "당신들 마음대로는 안 될 거라고 했겠지." 스르륵 잠이 들 무렵이면 잠꼬대처럼 들리던 그 소리에 대한 성의 없는 대답이 그랬다. "'우리도 당신들에게 납 총알로 대답을 대신할 것입니다.'라고 했어. 멋지지? 난 이 대목이 제일 멋지고 시원해." 그리고 B는 방의 벽에 대고 한 손을 내밀어 총을 쏘며 바보처럼 히히 웃는 것이었다.

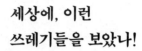

세상에, 이런
쓰레기들을 보았나!

계동길 중턱에 서서 두리번거린다. 어디가 글짓기 교실이었지? 약간이라도 옹달진 곳에는 눈이 쌓여 있고 길거리는 축축하게 젖어 있다. 종아리가 빳빳하게 당긴다. 하루 종일 돌아다니면서도 애써 글짓기 교실이 있던 자리는 피해 다녔다. 사실 단번에 찾을 수 있다. 아니, 눈을 감고도 찾을 수 있다!

새롭게 들어선 인도 티벳풍의 명상 센터, 격자무늬 창이 멋스러운 커피숍의 간판들도 눈에 들어온다. 온갖 생활 쓰레기들이 잔뜩 쌓인 가게 앞에 서자 입이 다물어지지 않는다. 만물상, 아니 쓰레기들의 궁전이다. 파란색 플라스틱 의자가 쓰레기 더미 위에 악센트처럼 꽂혀 있다. "이거 다 어디다 쓰세요?" 그렇게 묻는 것은 실례였을까. 쓰레기 더

미 저 안쪽에서 천천히 걸어 나온 주인이 별 이상한 여자
도 다 있다는 듯 째려본다. 잡지며 무협지, 소설책을 빌려
주는 책 대여점 앞을 지나갈 때는 저절로 웃음이 난다. 과
자를 먹으며 사람들의 손때가 타 너덜너덜해진 만화책을
눈앞에 바짝 들이대고 읽을 때가 사실은 제일 행복하다.

골목마다 문을 굳게 닫은 집들은 꽁꽁 언 플라스틱 화
분만 집 밖에 내놓은 채 드나드는 사람 하나 없다. 고개를
빼고 눈이 뚫어져라 비좁은 골목 안쪽을 들여다본다. 새
로 지은 흰색 양옥집들, 복잡하게 얽힌 전선줄, 모던한 타
이포그래피가 멋스러운 원색의 간판들, 촌스럽고 오래된
흔적들이 최신 감각과 자연스레 뒤섞여 있다.

드디어 목욕탕이 보인다. 전보다 낡은 듯 보이는 목욕탕
건물을 몇 컷 찍는다. 매주 수요일 휴무. 흰 종이에 일본어
로 쓰인 글자가 귀엽다. 때 밀어 드립니다. 마사지 가능. 종
이 끝에 뚱뚱한 고양이 캐릭터가 붙어 있다. 목욕탕 외벽
출입문에 비친 내 모습을 찍는다. 아주 오래전부터 내 독
사진은 늘 거울 속에 있었다. 숙소 화장실의 거울 속, 기차
플랫폼의 거울 속, 지하철역의 거울 속, 언제나 거울 속에
만 있었던 나. 목욕탕 외벽에 붙여 놓은 흐린 거울에 비친
실루엣이 오히려 마음에 든다.

여기서 고개를 돌려야 한다. 바로 옆 골목이다. 가회동
에 면한 계동길 왼쪽 골목. 많이 걷지 않아도 된다. 별로 변

한 게 없다. 글짓기 교실 앞쪽에 있던 붉은색 벽돌 담장 집은 아직도 그대로다. 글짓기 교실은 출입문과 벽면 한쪽에 진한 겨자색 페인트를 칠했다. 그리고 희고 두터운 천으로 나머지 벽면을 죄다 가렸다. 천을 뜯어내면 책상이며 티브이, 사기 밥그릇이 와르르 쏟아질 것만 같다. 동그란 플라스틱에 인쇄된 주소, 그리고 이 집 이름은 '작업실'이다. 뭘 하는 곳일까. 도대체 뭘 하는 곳일까. 들어가고 싶어 온몸이 근질근질하다.

가까이 다가가 문고리에 손을 댄다. 문은 걸려 있다. 당연히 다음은 왼쪽 벽면에 있는 안채로 향하는 대문이다. "할머니, 할머니." 나도 모르게 인사말을 하고 문에 힘을 주지만 밀리지 않는다. 한 발짝 뒤로 물러선 채 앞집의 붉은색 담장에 기대선다. 그리고 겨자색 칠을 한 글짓기 교실 지붕 위로 흘러가는 구름을 본다.

낡았다. 두터운 회색 비닐을 덮은 천장은 곧 내려앉을 것 같다. 아이들을 여러 명 낳고 남편도 죽고 결국 혼자 남은 할머니의 몸처럼 글짓기 교실은 낮게 짜부라졌다. 그나마 겨자색 외벽만이 시간의 무게를 지탱하며 홀로 생기가 흐른다.

갑자기 작업실 문이 덜컹 열린다. 학교도 안 들어갔을 것 같은 남자애가 마구 뻗친 머리를 만지며 툭 튀어나온다. 아직 쌀쌀한 봄인데 맨발에 검정색 크록스를 신고 손에는 지폐를 한 장 들었다. 나도 모르게 남자애를 따라간다. 남자애는 빨리 뛰어 목욕탕 위쪽의 구멍가게로 들어간다. 뭘 사는지, 남자애의 뒤통수를 쳐다보고 서 있다. 남자애는 초콜릿 한 개, 추파춥스 두 개를 양손에 쥐고 뛰어나와 또 잽싸게 골목으로 뛰어간다. "꼬마야. 꼬마야." 내가 부르는 소리를 듣지 못했다. 녀석은 금세 작업실 문을 열고 쏙 들어가 버리고 쾅, 하는 소리와 함께 문이 닫힌다. 내 손에는 언제 꺼냈는지 알 수 없는 만 원짜리 지폐 한 장이 들려 있다. 할 수 없지!

몸을 돌려 골목을 빠져나오다가 작업실을 돌아본다. 갑자기 부스스한 파마머리의 여자들이 신발을 끌며 글짓기 교실로 우르르 몰려 들어가는 게 보인다. 아, 시끄러워! 정말 시끄러운 여자들이었다.

계동 주부 글짓기 교실은 활기가 넘쳤다. 아니, 김 작가의 표현대로 '글쓰기를 사랑하는 계동 여성들의 모임' 회원들은 뭘 준비하는지 무척이나 분주하게 글짓기 교실로 모여들었다.

처음에는 말조차 섞기 싫던 그녀들의 대화에 나도 조금씩 끼어들기 시작할 즈음 내 나이도 서른을 향해 달려가고 있었다. 아무것도 한 일이 없이, 연애도, 글쓰기도, 그 무엇 하나 되는 일 없이 차곡차곡 나이만 먹고 있었다. 그 사이 R은 동거하던 남자와 결혼했다 아이를 하나 낳은 뒤 이혼했고, K는 간간이 얼굴을 보기는 했지만 점점 만나는 일이 뜸해졌다.

J 작가가 계동에서 이사를 간 후, 계동 하늘 한가운데가 텅 빈 것 같았다. 가끔, 헌법재판소 앞의 그 커피숍을 지나가다가 J 작가가 앉아 있던 그 창가 자리 앞에 멈춰 서곤 했다. 그 순간에는 갑자기 머리가 아프고 귀도 아프고 온몸이 뻣뻣하게 굳었다. 의욕 상실에 전투 의지 상실, 왜 그런지 난 아무것도 쓸 수 없을 것 같았다. 모든 게 다 의미 없고 시시해서 일기를 쓰는 것도 귀찮고 힘들었다.

아침에 일어나면 황사 먼지를 뚫고 출근했다 황사 먼지와 함께 퇴근하는 게 일이었다. 가끔 회사 동료들과 맥주를 마시거나 혼자 영화를 보러 가거나 하는 게 여가 생활의 다였다. 그리고 언젠가부터는 아줌마들이 다 돌아가고 난 글짓기 교실에 혼자 앉아 맥주를 마셨다. 김 작가는 여전히 술친구들이 끊이지 않아 약속 잡기도 바빴다. 김 작가가 아저씨들을 몰고 오면 상대도 안 했던 박 시인, 정 시인 하는 분들과 자연스럽게 술도 같이 마셨다.

김 작가 친구들은 술이 어느 정도 들어가면 담뱃불도 붙여달라고 했고 가게에 가서 뭘 사 오라고 시키기도 했다. 김 작가 친구들과 술을 먹다 보면 빠른 속도로 늙어가는 느낌, 대충대충 산다는 느낌이 들어 참을 수가 없었다. 그러나 그것이 현실이었다.

계동은 늘 추웠다. 다른 곳보다 일찍 시작된 겨울은 꽃이 피고 기온이 오르는 늦봄이 되어서야 끝나는 기분이 들 정도였다. 사계절 중에 오직 겨울만 있었던 것처럼 나머지 계절의 에피소드들이 잘 떠오르지 않는 건 계동이 그만큼 추웠기 때문일까. 그런데 나만 추웠던 모양이다. '글쓰기를 사랑하는 계동 여성들의 모임' 회원들은 그때도 반팔 앙고라 스웨터 차림으로 밤낮없이 글짓기 교실에 드나들었다.

퇴근해서 돌아가면 글짓기 교실 책상 한 켠에 회원들이 쓰다 말고 모아 놓고 간 노트가 수북하게 쌓여 있었다. 시골에서 자란 어린 시절 얘기부터 학교를 다니다가 키가 크다고 왕따당한 얘기, 아버지가 바람을 피워 다른 여자네 집으로 간 얘기, 언니와 낯선 지방에 있는 친척집에 심부름을 다녀온 얘기 등 지루하고 평범한 얘기들이 비뚜름한 글씨체로 적혀 있었다.

시골 할머니가 손녀를 앉혀 놓고 자신의 인생 일대기를 연대기순으로 쫙 늘어놓는 것과 같은 방식이었다. 손녀가 잠들지 않으면 절대로 끝나지 않는 이야기처럼, 태어난 날부터 시작해서 좋았다, 싫었다, 재미있었다, 슬펐다로 끝나는 평범한 라이프 스토리가 다였다.

어떤 노트는 도무지 장 구분이란 것도 없이 그저 처음

부터 끝까지 한 덩어리 치즈처럼 엉겨 붙어 버려 숨 쉴 곳도, 생각할 틈도 주지 않았다. 그나마 좀 읽을 만한 게 있다면 중학교 다닐 때 동네 고등학생 남자애들과 나눴던 러브 스토리 정도였는데 그리 솔직하지도 않았고 짜릿하지도 않았다. 글짓기 교실 청소를 하다가 그 노트들을 들춰 본 나는 곧잘 "세상에, 이런 쓰레기들을 보았나!"라고 말하면서 내던져 버리곤 했다.

그런데 쓰레기들은 계속해서 조금씩 더 늘어 갔다. 시간이 가면서 어린 시절 이야기가 끝나고 현재의 시점까지 와 있었다. 그런데 현재의 시점에 이르자 모두들 자기 이야기는 하나도 없고 자식과 남편 얘기만 늘어놓고 있었다. 김 작가는 그런 노트들 끝에다 "자기 이야기, 자기 이야기를 쓰세요!"라는 코멘트를 줄줄이 적어 놓기 일쑤였다.

"김 작가님, 정말 저는 더 이상 쓸 얘기가 없어요. 보잘것없는 내 인생 얘기는 다 썼다구요." "아, 그건 나도 그래. 정말 내 얘기는 더 짜낼 게 없이 다 썼어요. 이제 뭘 더 써야 할지 모르겠다구요." 김 작가는 커피 잔을 한쪽 볼에 대고 회원들의 얼굴을 쭉 돌아봤다. 그리고 입을 열었다.

"자, 그럼 우리 이제 다른 사람들 얘기를 써 보자구요. 여러분들이 아침에 일어나 눈을 뜨면 보이는 풍경, 옆집 사람들의 잔잔한 일상, 차 마시고 밥 먹고 사람 만나는 일기라도 괜찮아요. 그것도 힘들면 거짓말이어도 괜찮아요.

다른 사람 얘기도 써 보자구요. 그것도 힘들면 뭐 이런 걸 써도 되겠죠. 난 정말 요리에 서툴지만, 여러분이 좋아하는 요리 얘기, 여러분이 만들기 좋아하는 어떤 음식에서부터 출발하는 얘기 말이죠. 자, 이제 우리 수업의 방향을 좀 바꿔야 해요. 특정한 사물이나 현상 혹은 이미지로부터 얘기를 만들어 나가는 훈련을 하지 않으면 안 되는 시점에 왔어요. 여러분 모두 할 수 있어요. 저도 했잖아요."

　"아이, 정말 모르겠어. 어떻게 쓰라는 거야, 도대체." 유독 푸근해 보이는 인상의 한 회원이 연필을 책상 위로 집어 던지며 말했다. 언뜻 본 회원들의 얼굴은 열기로 달아올라 있었고 머리에 쥐가 나는 표정이 역력했다.

　"저 여자들은 매일 모여서 뭘 하니?" 안채 할머니가 나한테 물었다. "뭘 쓴대요." "뭘?" 나는 할머니와 함께 콩나물을 다듬고 있었다. "나도 뭘 써 보고 싶은데 니가 좀 읽어 줄래? 나도 뭘 써 놓긴 했다. 우리 어머니 마음 상하게 하고 저 양반하고 결혼한 얘기, 내 딸이 손녀를 낳던 날 얘기 그런 거 많이 써 놨어. 그런 거 말고 죽기 전에 나만 아는 비밀 얘기도 쓸 거야." 어쩌면 안채 할머니가 회원들보다 한 수 위인지도 몰랐다. 그 순간만큼은 할머니에게 "저 여자들 얘기는 다 쓰레기들이랍니다."라는 말은 결코 할 수가 없었다.

　결국 '글쓰기를 사랑하는 계동 여성들의 모임'의 노트

들은 고만고만한 한국 요리 레시피로 잔뜩 채워졌다. 어떤 회원은 자기 아들이 학교에서 듣고 와 얘기해 준 허접한 퀴즈 문답을 적어 놓기도 했다. 어떤 문장 뒤에는 괄호 열고 웃음, 괄호 닫고까지 붙였다. 아무리 웃으려고 해도 웃음이 나오지 않는 썰렁한 얘기였는데도 말이다. 어떤 회원은 자기 자궁 속에 달린 혹을 발견하고 떼어 내기까지의 과정을 병상 일지처럼 적어 놓기도 했다. 그 회원은 그림 그리는 재주까지 있어서 링거가 매달린 병실 삽화까지 그려 놓았다. 그러거나 말거나 내가 보기에 회원들은 아직 아마추어였고 글은 그냥 쓰레기였다.

어쩌면 그즈음에 내가 빠져 있던 책이 시몬 드 보부아르의 『인간은 모두가 죽는다』여서 더 그랬는지도 모르겠다. 책 표지에 굵은 글씨체로 찍힌 아홉 개의 글자는 사실 사람들이 볼까 봐 공공장소에 들고 다니기에는 적절하지 않았다. 게다가 '인간'은 한자로, '모두가'는 붉은 글자로 인쇄되어 있어서 굉장히 유치했다. 그냥 혼자서 술을 마실 때나 정독도서관 앞마당에 있을 때 보면 딱 좋은 책이었다.

보부아르가 쓴 소설이니까 실존주의 냄새가 풀풀 나는 건 당연하겠지만 흥미로운 건 이 소설의 비현실적인 설정이었다. 현실에서 한 치도 발을 떼지 못하던 나에게 이 소설의 설정은 매우 놀라웠다.

여자 주인공인 연극배우 레진은 공연이 끝난 비 오는 밤, 거리에서 한 남자를 만난다. 비가 내리는 길에서 자고 있는 남자, 레몽 포스카였다. 포스카가 말한 자기소개에 의하면 그는 30년 동안 정신병원에 있었고 기억상실증에 걸렸다. 당연히 레진이 물을 수밖에. "30년? 그렇담 당신 지금 대체 몇 살이시죠?"

1, 2, 3장으로 이루어진 긴 프롤로그의 마지막 부분에서 포스카는 자신이 죽지 않는 '불사(不死)의 인간'임을 고백한다. 레진은 포도주를 마시며 사랑을 고백하고 드디어 포스카는 자신의 긴 인생에 관해 입을 연다. 제1부에서 제5부에 걸쳐 긴 전생 이야기가 펼쳐지고 거기에 한 개의 에필로그가 덧붙여진 이 소설책은 일단 굉장히 두꺼웠다.

"나는 1297년 5월 17일에 이탈리아의 카르모나 저택에서 태어났다."라는 문장으로 시작되는 제1부는 13세기의 유럽 역사를 다루는 것에서부터 시작한다. 그러니까 포스카는 그때부터 현대에 이르기까지 죽지 않고 파리의 광장을 돌아다니는 불사의 인간으로 존재했던 것이다. 나는 정말 궁금했다. 그는 한 번도 죽고 싶다는 생각을 해 본 적이 없을까? 그만 살고 싶지 않았을까?

"내가 만일 다시 태어난다면?"

글짓기 교실이 시작되기 전 늘 김 작가는 머리 식히기 게임 같은 걸 했다. "우리 남편하고 절대 결혼하지 않기."

"절대 결혼이란 건 하지 않기." "결혼은 안 하고 연애만 하기." 회원들 모두 비슷한 대답을 하기 일쑤였다.

회원들이 그런 얘기를 하면서 깔깔거리고 웃는 사이 나도 포스카 식으로 질문하곤 했다. 내가 만일 죽지 않고 영원히 산다면 행복할 수 있을까. 그러나 포스카의 답은 "노."였다. 그는 덧붙였다. "나는 어지간히 나이를 먹었지요. 앞으로 만년이 지난다 해도 난 잘못을 저지를 테지요. 사람은 결국 진보를 못 하는 법이지요."

늘 포도주와 비에 절어 있는 불사의 인간 포스카, 오랜 시공간을 떠돌다 돌아온 포스카를 현실의 자기 곁에 끌어내려 뜨겁게 사랑하고 싶은 연극배우 레진, 두 사람이 끝없이 나누는 나른한 대화는 언제나 나를 매혹시켰다.

글쓰기를 함께한다는 연대감이 여자들을 그토록 강하게 결속시켰던 걸까. 그즈음 사실 계동에서 굉장히 좋지 않은 일이 일어났다. 한 회원의 남편이 늦은 밤길에 폭행을 당한 사고였다. 나는 지금도 '글쓰기를 사랑하는 계동 여성들의 모임' 회원 한 사람과 김 작가가 그 일에 깊숙이 관여했다고 믿고 있다. 아니, 그녀들이 벌인 일이라고 거의 확신한다.

회원 중 한 사람이 갑자기 글쓰기 모임에 얼굴을 비추지 않았다. 전화 연락이 되지 않자 모두들 걱정을 했고 한 회원이 집에 찾아갔다. 사소한 부부 싸움을 했을 거라는 추측이 틀린 건 아니었다. 오랜만에 나온 그 회원의 얼굴은 푸른 멍과 상처투성이였고 허리에 손을 얹은 채 걸음도 제대로 걷지 못했다. 얘기를 하는 도중에 코를 훌쩍이며 울기도 하고 욕을 하기도 했다.

그때부터 회원들이 글쓰기는 안 하고 밤마다 모여 뭔가를 논의하기 시작했다. 내가 방에서 나가면 모두들 입을 딱 닫았다. 그러다 내가 사라지면 다시 커다란 지도를 펴놓고 앉아 손가락으로 짚어 가며 서로의 생각을 교환하기에 바빴다.

어느 정도 얘기가 끝나면 모두들 두터운 외투에 모자를 쓰고 장갑까지 긴 뒤 밖으로 우르르 몰려 나갔다. 그녀들은 가회동에서부터 비원 담장 옆길까지 밤거리를 쏘다니면서 밤 훈련 나온 예비군 아저씨들처럼 동네 여기저기를 살폈다.

회원들이 무슨 얘기를 하는지 잘 알 수 없었지만 그건 그녀들이 쓴, 내가 쓰레기라고 명명한 그녀들의 허접한 글쓰기 노트에 관한 얘기가 아니었다. 그래서 내 상상력은 계동의 밤거리를 쏘다니던 여자들의 뒷모습을 자꾸 따라가고 있었고, 여자들이 갑자기 깊은 어둠 속에서 얼굴을 돌려 나를 보는 것 같아 흠칫 놀랐다. 순간 여자들의 얼굴은 동화 속에 나오는 마귀할멈이나 쥐 할멈의 얼굴과 다름없어 너무나 무서웠다.

상상력이 발동했고 드디어 나도 상상만으로 글을 썼다. 글의 제목은 '계동 살인 사건'이었다.

남자는 길거리에 가래침을 뱉은 뒤 연이어 두 번 기침을 했다. 평범한 사파리 차림에 특징이라고는 없는 외모였다. 어깨에 잔뜩 힘을 준 채 옷깃을 여미고 재킷 주머니에 양손을 찔러 넣었다. 습기가 많은 날씨는 여느 때보다 훨씬 더 음산한 느낌을 주었다. 남자는 발걸음을 조금씩 빨리했다. 술을 많이 마신 탓인지 상체가 후들후들 떨렸다. 낮은 기와집들 위로 목을 빼고 서 있는 가로등이 타닥타닥 소리를 내며 번쩍였다. 가로등이 있음에도 거리가 무척 어두웠다. 남자는 순간 고개를 돌려 뒤를 돌아보았다. 검은 고양이 한 마리가 엉덩이를 흔들며 무심한 듯 길을 가로지르고 있었다. 평소에는 아무렇지도 않게 느껴졌던 비원 담벼락 위의 어둠이 짙어 보여 쳐다보고 싶지가 않았다. 집까지는 좀 더 걸어야 했다. 남자는 조용필의 노래를 흥얼거리기 시작했다. 바람처럼……. 갈래길이 시작되고 남자가 왼쪽 골목으로 접어드는 순간이었다. 노래가 나와? 얼굴도 보이지 않는 검은 덩어리들 여러 개가 남자 앞을 가로막았다. 머리 꼭대기까지 뭔가 잔뜩 뒤집어쓰고 있었고 희뿌옇고 넓적한 얼굴 실루엣만 언뜻 보였다. 남자는 깜짝 놀라 벽으로 붙어 섰다. 갑자기 눈앞이 깜깜해지면서 느낌이 몹시 안 좋았다. 무엇보다 다리에 힘이 들어가지 않았다. 어디 갔다 오는 길이야? 검은 덩어리들이 시건방진 태도로 물었다. 남자는 순간 갈래길의 오른쪽으로 뛰기 시작했다. 그게 남자의 결정적인 실수였다. 옛날에 유명한 화가가 살았었다는 오래된 한옥의 대문 앞까지 한달음에 뛰어간 남자는 온몸을 바들바들 떨며 대문 옆 바위 뒤에 숨었다. 검은 덩어리들이 식식거리며 올라와 사방으로 흩어져 남자를 찾기 시작했다. 어디 있어, 이 쓰레기 같은 자식. 어디 있어, 이 자식. 남자는 그 목소리가 누구인지 대번에 알 것 같았다. 남자는 잔뜩 상체를 낮춰 살금살금 기어가듯 걷기 시작해 원서동 언덕 끝에까지 이르렀다. 옛날에 장희빈이 살았던 집 앞에 선 남자는 오도 가도 못한 채 쭈그리고 앉아 있었다. 그때 누군가 뒤에서 남자의 목덜미를 덥석 잡았다. 그리고 소리를 질렀다. 잡았어, 이 쓰레기 자식! 이내 검은 덩어리들이 모두 달려와 남자를 에워쌌다. 잠시 침묵이 흐르고 남자는 손이 발이 되게 빌기 시작했다. 잘못했습니다. 목숨만 살려 주십시오. 검은 덩어리들이 깔깔거리며 웃었다. 지랄하고 자빠졌네, 죽을 줄 모르고 그 지랄을 하고 다녔어? 니가 그렇게 말쑥하게 차려입고 회사 다니고 멋있는 척할 수 있었던 게 다 누구 덕인 줄 알아? 니 아내가 와이셔츠 빨아 입히고 밥해 먹인 덕이라구. 검은 덩어리들이 마구 웃기 시작했다. 정말 모르겠네요, 갑자기 무슨 말씀들을 하시는지. 닥쳐. 검은 덩어리들이 한꺼번에 소리쳤다. 여러 명이 달려들어 장갑을 낀 손으로 남자의 상체를 우악스럽게 잡았다. 그리고 거의 질질 끌다시피 하면서 창덕궁 신선원전이 있다고 했던 터의 담장에 바로 맞닿아 있는 빨래터까지 끌고 갔다. 내려가! 빨리 저 안으로 내려가! 검은 덩어리들이 소리쳤다. 남자가 뛰어내렸다. 앉아! 검은 덩어리들이 소리쳤다. 흐르는 물은 없었지만 차가운 기운이 도는 돌로 만든 사각의 빨래터 안으로 들어간 남자는 겁에 질렸다. 우리가 나오라고 할 때까지 거기서 나오지 마! 검은 덩어리들이 말했다. 네에. 남자는 순순히 응했다. 담장 너머 궁궐에 살았을 왕의 이름을 고래고래 부르며 살려 달라고 소리치고 싶었지만 단 한 명의 왕 이름도 떠오르지 않았다. 남자는 고개를 숙였다.

고양이들이 빨래터에서 일어나고 있는 일들을 다 보고 있었다. 검은 덩어리들이 몇 명인지, 검은 덩어리들 속에서 튀어나오는 목소리의 주인공이 누구인지. 검은 덩어리들은 빨래터 안에 푹 꺼져 들어가 앉아 있는 남자와 끊임없이 얘기를 주고받았다. 남자의 비명이 들리지도 않았고 때리고 맞는 소리가 들리지도 않았다. 검은 덩어리들은 단지 말로만 행해지는 의식을 차례차례 집행하고 있는 것처럼 보였다. 고양이들은 자기들만의 신호를 주고받으며 천천히 빨래터 주변으로 모여들었다. 고양이들의 검은 눈이 반짝 빛났다.

"이리 줘 봐." 발톱에 매니큐어 칠을 하고 있던 김 작가가 내가 쓴 글을 가져갔다. 김 작가에게 내가 끼적거린 것들을 보여준 건 생전 처음이었다. "되는 일이 없다더니 너아예 미쳤구나. 이런 거 쓰느니 차라리 마시던 술이나 더마셔라. 차라리 그게 낫지." 김 작가가 발톱 사이에 두툼한 솜을 찔러 넣으며 말했다. 두 다리를 의자 위에 올린 김 작가가 이번엔 손톱에 매니큐어를 칠하기 시작했다. 김 작가에게 내 글은 손톱에 매니큐어를 바르는 일보다도 하찮은 것이었다.

"어디 다시 한번 보자." 김 작가가 갑자기 안경을 꺼내 쓰고 내가 쓴 걸 다시 읽기 시작했다. 더는 길게 얘기하고 싶지 않아서 방으로 들어가려고 하는 순간이었다. "어쩌면 이렇게 글을 재미없게 쓰니? 넌 정말 재주가 없어. 내 딸이 맞기나 한지 진짜 의심스럽다." 나는 김 작가의 말에 몹시 화가 났다. 프로인 J 작가도 어느 정도 인정한 글쓰기 실력인데 너무한다는 생각이 들었다. "동네 여자들 데리고 요리책이나 만드는 주제에 재주는 무슨 재주야!" 나도 한마디하지 않을 수가 없었다. 김 작가가 내 얼굴을 빤히 쳐다보며 말했다. "너는 뭘 쓰려고 하기 전에 그 잘난 척하는 태도부터 고쳐. 글 쓰는 게 뭐 그리 대단한 일이라구. 도대체 뭘 믿고 그렇게 시건방진 거니?"

왜 나는 그때나 지금이나 화가 나면 뱃살이 떨리는지 모르겠다. 부르르 떨리는 뱃살을 진정시킬 수가 없었다. "그래, 그래서? 그래서 어쩔 건데? 내가 시건방져서 뭐 피해 준 거 있어?" 갑자기 김 작가가 의자를 뒤로 빼며 벌떡 일어났다. "어쩌긴 뭘 어째 이 지지배야, 그 말도 안 되는 글이나 쓰레기통에 처넣어. 이 나쁜 지지배."

쓰레기 쓰레기 쓰레기……. 김 작가의 말을 듣는 순간 그동안 쓰레기들만 잔뜩 썼다는 사실을 인정하지 않을 수 없었다. 그래, 지금까지 쓰레기들이나 잔뜩 써 왔지. 내가 쓴 게 쓰레기가 아님 뭐겠어. 그렇게 인정해 버리자 어깨에서 힘이 빠지고 입술이 저절로 열리며 웃음이 비어져 나왔다. 내가 좇던 것들이 다 우습고 시시했다. 만약 J 작가가 똑같은 충고를 했더라면 나는 아마 받아들였을 것이다. 그러나 김 작가였기 때문에 절대로, 절대로 받아들일 수가 없었다.

그날 밤늦도록 술을 마셨다. 처음에는 안채 할머니네 부엌에 앉아 할머니가 만들어 주는 김치 부침개를 안주로 술을 마셨다. 할머니는 늘 부엌 찬장에 소주병을 한 개씩 숨겨 놓고 있다가 가끔씩 나를 불러 한 잔씩 나눠 마셨다. 우리가 술병을 든 채 다 먹을까 남길까 고민하고 있을 때 할아버지가 부엌 입구에 우두커니 선 채 우리가 하는 짓을 말없이 쳐다봤다. 할아버지가 굼뜨게 몸을 돌려 가고 난 뒤 할머니가 말했다. "귀신인 줄 알았네." 그리고 우리는 또 술을 마셨다. 김 작가에게 왕창 깨진 날, 그날은 할머니네 부엌에서 마시는 술만으로는 부족했다.

술을 마시는 특별한 이유도 없었다. 비가 오니까, 사방이 너무 조용해서, 할머니네가 김치를 했으니까, 술이 있으니까, 우리나라에 안 좋은 일이 생겨서 등등. 살다 보면 술을 마시지 않을 이유보다 마실 이유가 훨씬 많았다. 맥주를 몇 병 마시면 저 멀리서 이글거리는 바다의 수평선이 보였다. 소주를 한 병쯤 마시면 사막의 신기루와 북극과 남극의 오로라가 동시에 보였다. 그리고 시간도 텅, 텅, 소리를 내면서 옛날 방식으로 굴러가는 것 같았다. 술에서 깨어나는 순간의 경이로움은 말로 다 표현할 수 없었다. 기억의 끊김 현상 뒤에 나타나는 어렴풋한 일들은 마치 판타지 영화 『오즈의 마법사』 초반부에 등장하는, 토네이도와 함께 기절했다가 깨어난 주인공 도로시의 기억처럼 활기차고 신비하고 아름다웠다. 막상 술에서 깨어나면 네 발로 기어 다니고 김칫국물이나 마셔 댔지만 술에 취하지 않으면 아무 일도 할 수가 없었다.

내가 술과 가까워지는 사이 '글쓰기를 사랑하는 계동 여성들의 모임' 회원들은 그 허접한 글들을 모아 버젓이 문집을 펴냈다. 도대체 김 작가의 실체는 뭘까. 그 허접한 책이 나온 날 종로구청 문화복지과인가, 여성복지과인가 하는 데서 공무원이 직접 축하를 해 주러 나왔다. 지역 발전을 위해 노고를 아끼지 않았다며 김 작가와 회원들에게 아크릴로 만든 감사패도 전달했다. 김 작가는 공무원에게 인사말도 시키고 회원들을 일일이 소개하며 서로 악수를 하게 했다. 또 동네 반장인지 통장인지 하는 사람들로부터 찬조금도 받았다. 장례식장도 아닌데 회원들은 모두들 검정색 원피스나 정장 투피스를 입고 나왔다. 옆 사람의 어깨에 손을 얹은 채 일렬로 서서 동창회 사진을 찍는 듯한 분위기도 연출했다.

글짓기 교실 벽면을 따라 위와 아래에 종이를 대고 나일론 끈으로 묶은 문집 덩어리가 모두 열 개쯤 되었다. 회원들이 올 때마다 몇 권씩 가져가고 김 작가가 가지고 나가고 매일매일 권수가 줄어들었다. 『정열의 시간』이라니, 제목도 이상하기도 하지. 나는 아무도 없을 때 새 책을 꺼내 라면 냄비 받침으로도 쓰고 기어가는 개미나 벌레를 때려잡는 도구로도 썼다. 또 어느 때는 두 권 정도씩 들고 나가 길거리 쓰레기통에 버리기도 했다.

봐도 봐도 웃음이 나고 기가 막혔다. 요리 레시피나 잔뜩 적은 책 제목이 '정열의 시간'이라니, 과대 포장도 이런 과대 포장이 없었고 사기도 이런 사기가 없었다. 나는 그 문집을 볼 때마다 중얼거렸다. 세상에, 이런 쓰레기들도 있다니! 세상에, 이런 쓰레기들을 보았나!

현실과 환상

K를 다시 만났다. 만나자마자 핸드백 속에서 두툼한 종이 뭉치를 꺼냈다. "나 요즘 정말 많이 썼어. 니가 한번 봐주면 좋겠어. 가능하면 빨리 봐 줘. 시간 괜찮으면 지금 읽어, 여기서! 니가 다 읽을 때까지 얼마든지 기다릴 수 있어. 난 시간 많아."

놀랍게도 그녀는 결혼했다고 했다. 짧아진 듯한 헤어스타일과 베이지색 블라우스는 흰 얼굴과 제법 잘 어울렸다. 처음에 난 K가 변했다는 걸, 아니 뭔가 좀 이상하다는 걸 전혀 눈치채지 못했다. 우리는 마른 나뭇가지로 새 둥지처럼 장식을 한 인사동 입구의 한 전통찻집에 앉아 있었다. 그녀는 옆자리에 앉은 할아버지가 계속 노려보는 가운데서도 태연히 담배를 피웠고 뭔가에 홀린 듯한 얼굴로 커피 잔 속을 오래 내려다봤다.

K를 만나는 순간부터 다시 또 모든 게 답답하게 느껴지기 시작했다. 프린트된 종이 위에 검은색 펜으로 쓴 글씨가 여백이라는 여백은 꽉 채우고 있었다. "너 결혼했다면서 안 바빠? 남편은 뭐 하는 사람이야? 어디서 만났어?" K는 스커트 아래로 드러난 두 다리를 계속해서 떨고 있었다. "어디서 만나긴, 병원에서, 찜질팩 공급해 주던 회사 직원이야. 지금도 찜질팩 팔아. 빨리 읽기나 해. 널 만나서 내가 쓴 걸 보여 주고 니 얘길 얼마나 듣고 싶었는지 몰라. 지금 그 인간 얘기는 하나도 중요하지 않아." K는 아무런 표정 변화도 없이 목소리에만 잔뜩 힘을 준 채 떠들고 있었다. "알았어, 읽어 볼게. 그런데 너무 길잖아. 숨 쉴 시간, 차한 모금 마실 시간은 줘야지. 문장도 좀 유치한 것 같고, 아무튼."

생각해 보면 그 순간 그렇게 쉽게 말한 게 돌이키기 힘든 실수였다. K는 옆에 있는 사람들도 다 들을 정도로 큰 목소리로 쏘아붙였다. "야, 니가 작가니? 니가 뭔데 나한테 그런 식으로 말해?" 사과를 하거나 되돌리기에는 너무 늦은 것 같아 솔직하게 나가기로 했다. "아니, 그건 내 감상이야. 우리가 그 정도도 솔직히 얘기하지 못하는 사이니? 그럼 이렇게 만날 필요도 없지. 매일 듣기 좋은 말만 할 거면 만날 필요도 없다구."

그날도 황사가 심했고 5월 초의 날씨라고 하기에는 기온이 높았다. K는 종이 뭉치만 두고 찻집에서 나가 버렸고 나는 밤보다 더 어두운 듯한 거리로 나가 잠깐 동안 방향을 잃고 헤맸다. 나중에 들은 얘기였지만 K는 한 번의 자살 시도가 실패로 끝난 뒤 약을 복용하고 있었다고 했다. 영업 사원인 K의 남편이 내게 한 말이 기억난다. "하루 종일 집에서 하는 일이라고는 아무것도 없어요. 갓난애가 있나요, 그렇다고 늙고 병든 부모를 모시나요, 그런데 눈만 뜨면 죽고 싶대요. 밥 먹고 나서 가만히 앉아 있다가, 멀쩡히 쇼핑을 하고 돌아와서, 그냥 아무 때나 죽고 싶다는 걸 제가 어쩝니까." 그 사람 말이 무슨 뜻인지 이해하지 못하는 건 아니었지만 답답하기로 말하면 그 남편도 막상막하였다.

K는 한강변이 내려다보이는 강남의 아파트에 살고 있었다. 어떤 집에 사는지 궁금하기도 했고 두고 간 소설도 전해 줄 겸 그녀의 집으로 찾아갔다. 식구가 둘뿐인 부부가 방이 세 개나 되고 화장실이 두 개나 있는 넓은 아파트에 살았다. K가 과일을 깎고 차를 준비하는 사이에 집 안을 둘러봤다. 다른 무엇보다 인상적인 건 안방에 달린 화장실이었다. 약간 각이 진 벽 아래 동그란 욕조가 있었고 욕조 위의 타일 벽에 붉은 꽃잎 무늬가 박혀 있었다. 행거에 걸린 희고 뽀송뽀송해 보이는 샤워 가운 두 벌이 특히 인상

적이었다. 작고 앙증맞은 화장품이 가득 들어찬 수납장과 세면대 주변은 먼지 하나 없이 깨끗해 보였다. 베란다로 나가 창을 열고 가파르게 보이는 강변도로를 내려다봤다. 소음이 심해서 창문을 닫지 않으면 안 되었다.

K는 흰 잠옷을 입고 있었다. 소파에 앉아 머리를 질끈 묶더니 부엌 쪽으로 걸어갔다. 그리고 커다란 바구니를 양손으로 들고 나와서는 뚜껑을 열어젖혔다. 실타래처럼 길게 이어진 채 흰색 미농지 약 봉투가 바구니 안에 가득 들어 있었다. "이것만 먹으면 하루 종일 자. 하루가 딱 이등분되어 버려. 그래서 다 숨겨 놨어. 이걸 안 먹으면 죽는다는데, 왜 그런지 이걸 먹으면 죽을 거 같아." K는 깎아지른 절벽 위를 아슬아슬한 몸놀림으로 올라가면서도 표정은 아주 태연한 산양처럼 보였다. K가 손을 내밀어 내가 탁자 위에 올려 둔 소설을 집어 갔다. "그래서 어땠니?" 어쩌면 그 순간 나는 김 작가가 나에게 했던 말을 기억했어야 했다. 겸손, 겸손, 그리고 또 겸손. "너무 유치하고 문장도 읽기가 어려워. 오문투성이야. 넌 문장 연습부터 다시 해야 될 것 같아."

K가 자리에서 천천히 일어났다. 눈 속에 서 있는 흰 귀신 같은 얼굴로 자기 방으로 가서 담배를 들고 나왔다. 나는 그냥 솔직하게 느낌을 말한 것뿐이었다. K는 두 다리를 아무렇게나 벌린 채 소파에 기대앉아 속옷이 보이는 줄도

모르고 담배를 피우는 일에만 열중하고 있었다. 얼굴 표정이 굳어졌고 점차 푸른색을 띠며 무서워졌다. "내가 아는 작가분이 우리 같은 애들이 꼭 읽어야 할 책 리스트를 주셨어. 너한테도 줄게 그걸 먼저 읽어 봐. 그분은 정말." "그만해. 그따위 리스트가 무슨 소용이야?" 나름대로 빅 카드라고 생각하고 꺼낸 말이었는데 K가 온몸을 부들부들 떨고 있었다. 나는 몹시 불편했고 그 자리에서 벗어나고 싶었지만 참았다. K가 머리를 두 손으로 감싼 채 얼굴을 일그러뜨렸다. "너 괜찮니?" 내가 소파에서 내려가 바닥에 앉은 K를 향해 몸을 낮춰 다가가는 순간 그녀가 한쪽 발을 높이 들어 내 얼굴을 냅다 차 버렸다. 눈알이 빠졌거나 코뼈가 부러진 것 같았다. 이내 피가 똑똑 떨어졌다. K가 나한테 다가왔다. 그 순간 K에게서 이상한 냄새가 났다. 그녀의 흰색 잠옷에 피가 떨어졌다. "미안해, 정말 미안해." 나는 거듭 미안하다고 말하면서도 화가 나는 게 더 솔직한 심정이었다. K와 나는 작가도 아니고 아무것도 아닌 사람들이었다. 우리 같은 평범한 사람들이 심심풀이 땅콩으로 끼적인 글을 가지고 피를 흘리며 싸운다는 것 자체가 웃기는 일이었다.

더 웃긴 건 그때 막 퇴근한 K의 남편, 바로 그 찜질팩 판매 사원의 행동이었다. 그는 나한테 꾸벅 인사를 하고는 자기 방으로 들어가 옷을 갈아입고 바로 안방 화장실로 들어갔다. 한참 동안 샤워 소리가 들렸다. 그사이 K는 방에 들어가 옷을 갈아입고 나와서는 태연히 소파에 앉아 책을 집어 들었다. 샤워를 마치고 나온 남자는 머리를 수건으로 닦으며 마치 집에 아무도 없는 것처럼 행동했다. 냉장고로 가 물을 꺼내 마시고 주섬주섬 뭔가를 꺼내 프라이팬에 볶고 지진 후 커다란 접시 위에 한꺼번에 올려놓은 뒤 신문을 읽으며 느린 속도로 먹기 시작했다. 내가 멍한 채로 쳐다보는 시선을 느꼈는지 그가 나에게 한마디 했다. "친구분, 식사하셨어요?" 바로 그때 K가 남편의 말이 채 끝나기도 전에 들고 있던 책을 식탁 쪽으로 집어 던졌다. "친구분이 이름이니? 너 내 친구 이름 몰라?"

강남의 전망 좋은 아파트는 모래바람이 불고 굶어 죽은 동물의 뼈가 나뒹구는 변방처럼 황량했다. 그 집에 완벽하게 꽉 들어차 있던 가구며 가재도구들은 금세 강력 사건 현장의 흔적들처럼 흩어진 채 나뒹굴 것만 같았다.

그 집에서 빠져나와 약국으로 가 상처 치료에 필요한 약을 사는 동안 내내 나쁜 상상에 시달렸다. 그날도 술을 마시지 않고는 그냥 넘어갈 수가 없었다. 나는 자고 있는 김 작가의 머리맡에 K의 전화는 무조건 바꿔 주지 말라는 메모를 적어 붙여두었다. 그러면서도 속이 상해 계속해서 술을 마셨다. 그날 밤은 아무리 술을 마셔도 잠이 오지 않았다.

K를 생각하느니 13세기에 태어나 아직 죽지 않고 파리의 거리를 돌아다니는 레몽 포스카의 전생을 추적해 보는 게 차라리 나았다. 포스카는 "1848년에 어떤 숲속에서 잠들었다가 그곳에서 그대로 60년을 보내고는 그 뒤 30년간 정신병원에 수용돼 있었던" 사람이었다. 30년간 정신병원에서 한 일은 침실 청소와 글쓰기가 전부였다. 그는 침실 청소를 할 때면 무척 행복했다. 병실에서 늘 회상록을 썼지만 결국 원고를 없애 버렸다. 그 긴 불사(不死)의 인생에 대해 포스카는 한마디로 말했다. "불사는 곧 저주입니다."

연극배우로 살면서 인간관계에, 인생에 조금은 지친 레진은 영원한 생명을 가진 포스카에게 '죽음에서 구원해 달라'고 소리친다. 그리고 반대로 공기처럼 떠다니기만 하는 불사의 인간 포스카는 이 세계에 '존재하게 해 달라'고 소리친다. 포스카의 존재를 믿지 못하는 레진은 "꿈이 아닌 거죠?"라고 거듭 묻고 포스카는 세면대로 가 단번에 면도칼로 자신의 목을 그어 버린다. 자신이 세계에 존재한다는 걸 사랑하는 사람에게 증명하고 싶어서였다. "목에서 시뻘건 핏줄기가 흘러내리고 있었다." 나는 이 대목을 읽다가 붉은 줄을 죽죽 긋고는 책을 덮어 버렸다. 더 이상 피를 흘리는 장면은 떠올리고 싶지 않았다.

K는 그 후로 이른 아침 같은 의외의 시간이나 한창 바쁜 근무시간에 전화를 해서는 횡설수설하다가 전화를 끊

었다. 한동안 전화가 뜸하다가 잊을 만하면 또 전화가 왔다. 차라리 소식을 모르는 게 나았다는 생각이 든 건 갑자기 회사 근처로 찾아온 초여름의 어느 날, 무더운 버스 정류장에 앉아 아이스크림을 먹으며 책을 읽고 있는 K의 얼굴을 본 순간이었다. 그녀는 딴 나라 사람처럼 무심하고 평화로워 보였다.

회사 건물 지하의 커피숍으로 데려가 안정감 있게 책을 읽을 수 있는 자리를 찾아 주고 다시 사무실로 올라갔다. 근무시간이 끝나자마자 바로 퇴근을 해 커피숍으로 내려가 보니 K는 탁자 위에 엎드려 자고 있었다. 정말이지 아무것도 하는 일 없는 여자들이 수돗물을 틀었다가 잠그기를 반복하는 싱거운 일상, 손톱 정리를 하다가 칼에 베는 정도의, 도무지 상처라고 말하기 어려운 일들을 상처라고 규정한 채 유치한 톤으로 쓴 K의 소설이 커피 얼룩이 번진 채 탁자 위에 놓여 있었다.

다급한 목소리로 K의 남편이 전화를 걸어 온 건 그로부터 몇 주 뒤였다. "좀 와 주실래요. 병원에 입원했어요." 하필이면 K가 죽어라 나만 찾는다는 거였다. "약도 하나도 안 먹었더라구요. 보일러실 안에서 먹지도 않고 버린 약봉투가 잔뜩 나왔어요. 생각만 해도 무서워요. 저 정말 미치겠어요. 도와주시지 않으면 못 배기고 제가 먼저 죽을 것 같아요." 그때 본 K의 남편은 집에서 봤을 때보다 얼굴이 수척해 보였다. 그는 착한 사람 같았다.

K는 가족들의 출입마저 통제된 정신 병동에 들어가 있었다. 신분 확인이 끝나고 문이 열렸다. 다른 병동과 달리 정신 병동 환자들은 침대에 누워 있지 않고 모두 복도로 나와 선 채 혼자서 재미있게 놀고 있었다. 누워 있는 건 환자, 서 있거나 왔다 갔다 하는 건 간호사 같은 방식의 구분은 무의미했다. 오가는 간호사들이나 환자들이나 움직임이 많기는 매한가지였고 병동 안은 멸균된 상자 속처럼 희고 깨끗했다. 아무도 아프다고 소리를 지르지 않았다. 활기차 보이는 저들이 환자라니, 믿을 수가 없었다.

K는 온통 흰 방 안에 그림처럼 누워 책을 읽고 있었다. 일반 병동의 병실과 달리 방 안에는 아무런 편의 시설이 없었다. K에게 다가가 손을 잡았고 K가 고개를 들어 날 봤다. 그녀의 몸은 침대에 이중 밴드로 묶여 있어서 움직일 수 없었다. 그녀가 나를 보며 말했다. "수학2, 우리가 졸업하기 전에 찾아가서 우리한테 내 줬던 문제들 다 풀어 보라고 해야 하는데." 나는 웃었다. 미안한 말이지만, K는 몹시 행복해 보였다. 우리가 한때 경멸하던 선생님을 아직도 기억하고 있는 머릿속이라니. 그러나 K의 태도는 금세 변했다. "눈에서 불이 보여." K가 천장을 올려다보며 말했다. "넌 안 보여? 미치겠어 저 불 때문에. 어떻게 좀 해 주라." K는 손을 들어 불을 쫓으려고 했다.

"잠옷만 입고 한밤중에 24시간 하는 동네 식당에 가서 술을 달라고 했다는 거예요. 술을 안 주니까 욕을 하면서 손님들, 주인한테 대들었다고 하더라구요. 그런데 저 지금 회사에 좀 가 봐야 해서. 죄송합니다만 저 대신 몇 시간만 복도에 좀 앉아 계세요. 간호사들이 찾을지 몰라서." 가방을 들고 일어서는 K의 남편에게 물었다. "왜 가족들은 아무도 오지 않죠?" "저도 모르겠어요. 다 바쁜가 보죠, 뭐. 아무래도 저 여자를 나한테 내버린 거 같아요. 아무도 안 와요. 저 사람이 영인 씨를 제일 친한 친구라고 늘 얘기했었어요. 그러니까 좀."

내가 나온 뒤 병동의 문이 자동으로 닫혔다. 자동판매기 커피를 한 잔 뽑아 들고 병원 복도 의자에 앉았다. 사람들이 수시로 지나다녔다. K가 몸이 괜찮아져서 다시 만나게 되면, 옛날에도 잘 썼고 지금도 잘 쓴다는 말을 아주 명확하게 해 주고 싶었다. 세상에! 그렇게 쉬운 립 서비스를 안 해서 친구가 정신 병동에 들어가다니, 난 정말 나쁜 인간이었다.

병동의 문이 수없이 열렸다가 닫혔다. 나는 몇 번이나 열린 병동 문 안으로 들어가 K를 데리고 나오는 상상을 했다. 풀밭으로 데려가 레몬 향이 나는 사탕을 하나씩 입에 물고 책을 읽고 같이 무엇인가를 쓰는 상상을 했다. 눈 내리는 도서관 마당에 앉아 낄낄거리며 수다를 떨던 시간이 되살아났다. 그러나 냉정하게 말하면 K가 무엇 때문에 그 지경이 됐는지 나는 알지 못했다. 얼마나 끔찍한가. 가까운 사람이 미쳐 가는데 나는 그냥 술이나 마시고 건성건성 살았다.

K가 병원에서 퇴원한 뒤 우리는 한 번 더 만났다. 기온이 높아져서 대낮엔 움직이기가 불편할 정도로 더웠다. 약 때문에 내내 잠만 잔 것 같았다. 눈두덩이, 입술, 어깨, 손 등 할 것 없이 전체적으로 통통하게 부어 살찐 애벌레처럼 보였다. 겉모습은 그랬지만 그녀의 내면은 가느다란 실에 매달려 간당거렸다. 의욕도 없어 보였고 갈등도 없어 보였다. 어쩌다 입을 열어 말을 한다고 해도 두 단어 이상은 연결을 시키지 못했다. 무슨 생각을 하는지 그녀는 내 얼굴은 쳐다보지도 않았고 뭔가 다른 생각에 빠져 있었다. 한참 만에야 굼뜨게 몸을 일으켜 에어컨을 틀었다. 버튼 하나를 누르는 데만도 몇 번의 실수가 이어졌다. 그제야 나는 K에게는 한 번도 하지 않았던 얘기들을 지껄이기 시작했지만 이미 너무 늦은 뒤였다. 재능이 있다, 천재적이다, 성공할 것이다, 너는 옛날부터 남달랐다, 니 편지를 받았던 날 내 인생은 달라졌다…… 어떤 얘기를 해도 K는 이미 다른 세상에 가 있었던 것 같다.

『인간은 모두가 죽는다』는 시간에 관한 소설이었다. 인간에게 주어진 제한된 시간을 길게 늘여 놓은 뒤, 존재의 비밀을 탐구하고 존재의 한계를 극복해 보려는 시도였다. 인간에게 주어진 시간이 제한 없이 늘어난다면 구원받을 수 있는 걸까. 그럼 포스카는 특별히 구원받았던 걸까. 구원이고 뭐고 주어진 시간도 거부하고 자기 마음대로 죽어 버리는 인간들은 어떻게 설명해야 하나. 나는 무한히 살고 싶은 인간의 욕망도 존중하지만 중간에 빨리 끝내고 싶어 하는 인간의 욕망도 존중한다.

소설의 여주인공 레진은 포스카를 사랑하게 되면서 현실과 환영을 혼동했다. 아니 현실에서 환영을 봤다. "세계는 느닷없이 순식간의 환영의 행렬에 지나지 않게 되고, 그녀의 손안은 텅 비어 있었다. 그들은 나란히 걷고 있었다. 그러나 한 사람 한 사람은 고독이었다."

이 소설을 읽고 있으면 온몸이 습기로 축축하게 젖어오고 이내 도시 전체가 공상과학영화 「블레이드 러너」의 한 장면처럼 부슬부슬 내리는 비에 젖는 것 같았다. 계동에서 경복궁까지, 경복궁에서 광화문까지 걷고 또 걸었다. 파리의 밤거리를 걷는 레진의 옆에는 너무나 오래 살아 지쳐 버린 포스카가 있었지만 내 옆에는 아무도 없었다.

글을 쓰겠다는 열망을 품는 순간부터 그 사람은 환자가 되어 버리고 만다. 그 일 외에 다른 일에서 정신줄을 놓아 버리는 것이다. 임신 초기의 울렁증처럼 평생 구역질이 날 것 같은 기분으로 살아야 하는 것이다. 거기서 정도가 심해지면 바보가 된다. 아무런 계획도 세우지 못하고 앞으로 나아가지도 못하고 그저 병을 앓는다. 어떻게 보면 내가 더 심각한 환자였다. 그러나 K가 나보다 더 중증이었고 훨씬 순수했다.

나는 술을 마시고 바닥을 기어 다녔다. 파리하게 마른 외국 남자가 다가와 나에게 말을 시키기도 했다. "언니 집 어디예요? 응? 어디예요? 내가 데려다줄게." 언니라는 말은 어디서 배운 걸까, 그 말을 가르친 놈이나 배운 놈이나 미친놈들이 따로 없다고 욕을 했다. "좋은 우리말이 얼마나 많은데 겨우 그런 말만 지껄여? 너 누구야?" 나는 소리를 질렀다. 사람들과 몸을 부딪치고 말싸움을 하고 삿대질을 했다. 사람들이 미친년이라고 쏘아붙였다.

사람들이 상대해 주지 않으면 하늘을 향해 솟은 빌딩 꼭대기의 네온사인, 비쩍 마른 나무가 내 대화 상대였다. 길거리에 놓인 벤치도, 공중전화도 내 대화 상대였다. 날씨에 따라 모든 게 달라 보였다. 초점도 뿌옇게 흔들렸다. 근경도 원경도 늘 의심스러웠다. 겨우 초점을 맞춰 도시의 어느 한 지점의 풍경을 가까이 당겨 들여다보면 살찐 고양이와 비둘기 천지였다.

늘 정겨워 보이던 계동 언저리도 중늙은이처럼 늙어 버린 노쇠한 지역일 뿐이었다. 도시 외곽으로 나갔다. 곳곳을 밟고 걸어 다녔다. 사람들이 떠나 버린 서울 외곽의 텅 빈 슬럼 지대, 국도변의 짓다 만 러브호텔, 일하던 사람 수십 명이 단체로 암에 걸렸다는 경기도의 유명한 공단 지대, 공항 근처, 공동묘지까지. 왜 그렇게 싸돌아다녔는지 모르겠다. 나는 뭘 보고 싶었던 걸까. 내가 뭘 보고 싶었는지는 잘 모르겠다. 어쨌든 몸은 훨씬 가벼워졌다.

나는 그때 뭔가를 자세히 들여다본다는 것, 사람들이 살아가는 공간을 탐구하는 것이 글을 쓰는 데 있어 무엇보다 중요한 일이라는 걸 알게 되었다. 공간을 제대로 설정하라, 그러면 글은 생각보다 훨씬 더 자연스럽게 써지고 훨씬 더 힘 있게 진행된다!

그때부터 도시를 배경으로 글을 썼다. 스쳐 가되 만나지 못하고, 만나되 먼저 이별을 통보해 버리고 마는 고독한 사람들의 일상을 쓰기 시작했다. 당연히 얘기는 늘 도시의 어느 특정한 공간에서 시작됐다. 패스트푸드점, 공항, 쇼핑센터, 서점, 미장원, 원룸 오피스텔의 현관, 기차가 지나가는 밀집 거주 지역의 옥상, 노래방, 비디오방, 병원, 사무실까지. 공간이 정해지고 나면 나도 모르게 그 안에서 인물들이 불쑥 튀어나와 내 눈앞에서 왔다 갔다 했다. 그들은 전화를 걸고 밥을 먹고 혼자서 기둥 뒤에 숨어 한숨을 내쉬었다.

주인공들은 늘 혼자여서 고독하면서도 막상 사람들과 부딪치는 걸 싫어하거나 두려워했다. 설사 누군가와 아파트 복도에서 마주치더라도 절대로 돌아보지 않았다. 손에 든 비닐 쇼핑백을 꼭 쥔 채 키를 꽂았다. '저 사람 누굴까.' '혹시 같이 식사하실래요?' '여기, 사세요?' 집에 있는 동안 복도에서 만난 사람과 대화를 나눴다. 달걀 오믈렛을 만들면서, 커피를 내리면서, 돌아가는 세탁기 속을 응시하면서 내내 헛것을 봤다. 그러다 나중엔 결국 물건과도 대화를 나눴다. 물건에 이름도 붙이고, 얘는, 쟤는 하는 식이었다.

다시 한 주가 시작될 때까지 그들은 절대로 밖으로 나오지 않았다. 나온다 하더라도 우연히 스칠 뿐 만나지 않았다. 나는 순간 알아 버렸다. 현실에 밀착해, 현실에 지치고 떠밀린 사람일수록 쉽게 환상을 본다는 것을. 환상은 현실과 결코 먼 것이 아니었다. 어쩌면 K의 병은 환상이 현실을 압도해 버린 데서 온 것인지도 몰랐다.

죽지 않는 인간 레몽 포스카의 마지막은 어땠을까. 그는 피렌체를 향해 쳐들어오는 제노아인을 상대로 싸움을 한 전쟁 영웅, 포스카 백작, 감옥에 갇힌 죄인, 앞서가는 혁명가로 살았다. 그는 사랑도 했고 전쟁도 했고 아픔도 겪었다. 불사의 인간이 자신의 긴 인생을 고백하고 어딘가로 떠난다. 인생 고수인 그가 레진에게 한 마지막 말은 무엇이었을까. 레진이 묻는다.

"그럼 나는요?"

나는 어떻게 되느냐고 묻는다. 그러자 포스카가 대답한다.

"조만간 종말이 옵니다."

그리고 그는 걷기 시작했다.

"문 앞의 계단의 층계를 내려가 성큼성큼 마을 밖으로 통하는 행길로 나갔다."

이것이 레진이 본 레몽 포스카의 마지막 모습이었다.

돈키호테 북 그룹

서른이 넘어서도 내 인생은 그저 그랬다. 동거하던 B 이후로 만났던 남자들은 B와 비슷한 정치적 성향을 가졌거나 B와 조금 다른 성적 취향을 가진 사람들뿐이었다. 몇 번의 연애가 지나갔고 또 그뿐이었다.

다만 이제는 뭔가를 빨리 시작하지 않으면 안 되겠다는, 너무 늦었다는 생각에 마음을 다잡아 봤지만 결국 아무 일도 못 하고 시간만 흘렀다. 여전히 나는 계동 아줌마들과 술이나 마시고 회사 직원들과 영화나 보러 다녔다.

그러던 어느 날 계동 글짓기 모임에 나오던 회원 한 사람이 갑자기 글짓기 교실로 뛰어왔다. "미국에서 조카가 왔어. 꼭 한국 여자랑 결혼하고 싶다는데, 퍼뜩 니 생각이 나잖아. 둘이 잘만 되면 김 작가가 나중에 미국으로 가도

되고. 아니면 너희들이 나와서 살아도 괜찮고. 식구 단출
하고 좋잖아. 선보자!" 너무 앞서간다는 표현이 딱 맞았다.
그러나 나는 무슨 이유에서인지 그 남자를 한번 만나 보
고 싶었다.

내가 얼굴을 따질 형편은 아니었지만 남자도 미남이라
고 말하기는 어려운 얼굴이었다. 그런데 뭐라고 표현할 수
없는 특이한 분위기가 있어서 몹시 대하기 어려웠다. 종로
에서 처음 만난 날도, 대학로에서 그다음 만났을 때도 남
자는 미국 얘기는 별로 하지 않았다. 뭘 물어보면 그냥 한
결같이 "똑같죠, 뭐 서울이랑." 하는 식으로 대답했다. 대
학로에서는 영화도 보고 길거리의 좌판 앞에 놓인 작은
의자에 나란히 붙어 앉아 타로 점도 쳤다. 길거리의 즉흥
바이올린 연주도 구경하고 불닭도 먹고 냉면도 먹었다. 비
교적 조용하고 편안한 데이트였다.

보도블록 위쪽의 팬시한 가게들 출입구 앞에 쌓여 있는
붉은 낙엽 색깔이 얼마나 예쁜지 입속에 넣어 보고 싶을
정도였다. 마로니에 공원을 산책하고 길 건너 서울대병원
입구 쪽에 있는 커피숍에 들어갔다. 불빛 천지인 창밖에
비해 실내가 훨씬 더 어두웠다. 커피가 나오기를 기다리는
동안 남자는 담배를 피우고 들어오겠다며 밖으로 나갔다.

중간 키에 말수가 적고 어깨가 넓은 남자가 마로니에 공
원 쪽을 바라보며 담배를 피우는 풍경은 그런대로 괜찮았

다. 남자를 보느라 자꾸만 창 쪽으로 고개를 내밀었다. 바람이 불 때마다 빨간색 나뭇잎들이 검은 새처럼 날아올랐다. 그 남자의 실루엣과 미국이라는 광활한 땅덩어리, 그리고 자유롭고 개성적인 미국인들의 얼굴이 오버랩됐다. 바로 그 순간, 난 미국이란 곳에 가기로 결심했다. 인생 뭐 별거 있나. 글이야 미국 가서도 얼마든지 쓸 텐데. 정말 그런 단순한 생각이 다였다.

그리고 채 겨울이 오기도 전에 달랑 트렁크 두 개를 들고 미국으로 갔다. 세계문학 전집 중의 한 권으로, 그때까지 읽지 못하고 미뤄 두었던 두께가 6센티미터나 되는『돈키호테』한 권만은 챙겨 갔다. 그때 김 작가가 생전 처음 나에게 편지를 줬다. 그리고 계동 글짓기 교실 아줌마들이 돈을 모아 담은 봉투도 건네주었다. 무엇보다 잊을 수 없는 건 안채 할머니가 준 편지와 꼬깃꼬깃하게 접은 만 원짜리 세 장이었다. 할머니의 편지는 이렇게 시작되었다.

영인아, 나는 1924년 갑자생. 우리 어머니 최 씨는 나를 낳고 1년 만에 돌아가셨다. 우리 어머니가 지금 살아 있다면 102세, 아버지는 105세다.

할머니의 돈에서는 찝찔한 막걸리 냄새가 났고, 아들딸 셋만 낳고 잘 살라는 게 결론인 편지에서는 더 이상한 냄새가 났다.

버지니아주에 있는, 그 남자의 부모가 주인이라는 세탁소에서 하루 열다섯 시간 이상을 일했다. 그곳에 간 지 채 한 달도 되지 않아 모든 걸 후회했다. 땅에 발을 딛고 서 있는 게 분명한데 도무지 모든 감각이 현실 같지가 않았다. 누가, 언제 보러 올지도 모르는 공연을 준비하는 연극배우처럼 매일매일 벽만 보고 일했다. 서울의 붉은 가을 풍경이 떠오를 때면 값싼 보드카를 마시고 잤다. 남자를 탓할 일도, 미국 공기를 탓할 일도 아니었다.

그곳 생활은 그리 오래가지 않았다. 어떤 일이 계기가 되긴 했는데 딱히 해결할 방법도 없었고 해결한다고 해도 달라질 게 없었다. 모든 것에 관해 입을 딱 다물어 버리고 싶은 순간도 있다는 걸 그때 처음 알았다. 아무리 멀리 와도 달라지는 건 없었다.

세탁소 사무실에 있는 접이식 의자를 펴 놓고 앉아 남자와 얘기를 했다. 남자는 나에게 미안하다고 말하면서 두 다리 사이로 얼굴을 묻었다. 머리칼을 쓰다듬어 주려고 손을 내미는 순간 남자가 머리를 치켜들었다. 그리고 이민국 직원 같은 얼굴로 딱 한 가지 질문을 했다. "돌아갈래요, 아니면 미국에서 살래요?"

아는 사람을 통해 나를 뉴저지로 보내 준 것도, 취직을 시켜 준 것도, 당장 쓰라며 용돈을 챙겨 준 것도, 왔다 갔다 하는 데 필요한 서바이벌 영어 표현을 적어 준 것도 그 남자였다. 남자는 무슨 사회복지사처럼 믿기 어려울 만큼 조용하고 깨끗하게 모든 일을 처리했다.

낯선 외국의 공항이나 기차역에 버려진 어린아이처럼 처음엔 모든 게 두려웠다. 지금까지 따뜻한 손을 가진 누군가가 옆에 있었던 것처럼 주변을 둘러봤다. 사람들이 모두 나만 쳐다보고 있는 것 같았다. 아무리 기다려도 아무도 데려가지 않는 인형처럼 하루 종일 쇼윈도 앞에 360도 회전하는 기분으로 서 있곤 했다. 벽에 걸린 커다란 시계만 쳐다보면서.

한 끼의 식사를 해결하는 일, 입에 맞는 한 잔의 커피를 사는 일, 버스를 타는 일, 지하철을 타는 일이 무슨 대작전이라도 수행하는 것처럼 어려웠다. 겨우 지하철 세 정거장을 이동하는 일이 세상에서 가장 어려운 미션이라는 듯이. 그사이에 몸의 모든 감각들이 다 열리면서 그동안 쌓인 찌꺼기들이, 어떤 기운들이 다 빠져나가 버렸다. 난 완전히 힘이 빠졌고 한편으로는 가벼워졌다.

서울로 돌아가기도 싫었고 미국에 남아 있고 싶지도 않았다. 매일매일 맨해튼으로 나가는 버스를 타고 아침 시장이 열리는 유니언 스퀘어 파크에 갔다. 가판대 위에 놓인 다양한 물건들을 구경하고 누런색 껍질이 붙은 치즈 하나, 빵 하나, 펄펄 끓인 사과즙 한 잔을 사 먹는 게 일이었다.

무료 콘서트가 열리는 주말에는 햇볕 아래 앉아 하루 종일 음악을 듣다가 스르르 잠이 들기도 했다. 무명 아티스트들이 끊임없이 공연을 했기 때문에 심심하지는 않았다. 시장 풍경, 음식 냄새, 사람들이 생기 있는 얼굴로 돌아다니는 가운데 있지 않으면 한순간도 견딜 수 없었다.

뉴저지 해컨색의 소규모 의류 업체 봉제 공장 작업실. 근처 뷰티 아카데미에 다니는 한국 학생들이 부러워 지나가는 애들을 넋 놓고 바라보곤 했다. 사실 봉제 공장은 아무래도 내가 오래 있을 곳이 못 되었다. 그러나 자기 이야기를 하고 싶어 하는 사람들은 그곳에도 넘쳐 났다. 자기 얘기를 하고 싶은 욕망은 세상의 많은 음식들만큼이나 다양한 맛과 모양새로 사람들을 자극하는 것 같았다.

일을 하는 시간 외에, 사장이 외국 출장을 가거나 조금이라도 시간 여유가 생기면 누가 모이라고 하지 않아도 다들 동그랗게 모여 앉았다. 우리들 등 뒤의 바닥에는 완성된 옷들, 만들다 만 옷들, 원단들, 색색의 실타래들이 갤러리 바닥을 잔뜩 메운 설치 작품들처럼 빼곡하게 들어차 있었다. 우리의 손을 거치지 않으면 안 되는 반제품들은 그대로 내동댕이친 채 자기 얘기들을 하기 시작했다.

어쩌면 미국의 심장부에 와 살면서도 영어도 제대로 못 하는 한국 사람들이 대부분이어서 그랬는지도 모르겠다. 맥주라도 한잔 들어가고 나면 얘기는 늘 같은 화두로 시작됐다. "내가 어떻게 해서 미국까지 오게 됐는지 알아? 내 얘기 좀 들어 봐." 듣고 보면 다 비슷했지만 모두 다 아프긴 마찬가지였다. 거기서 만난 친구들은 내가 힘든 일이 있거나 아플 때, 30분도 넘게 전화로 수다도 떨어 주고 이런저런 도움도 주고 싶어 했다.

그런데 신기한 것은 세탁소에서 나와 봉제 공장으로, 봉제 공장에서 네일 숍으로 떠도는 와중에도 마음 한 켠에는 계동의 글짓기 교실이, 또 철없는 김 작가가 있어 다행이라는 생각이 들면서 의지가 됐다는 점이었다.

뉴욕에서 강 하나 건너에 있는 뉴저지라는 곳의 한 귀퉁이가 1970년대 서울 시내 풍경과 비슷한 모습을 하고 있을 거라고는 상상도 하지 못했다. 뉴욕제과, 종로한의원, 아모레뷰티숍, 영진세탁소, 24시간해장국 같은 이름을 가진 한국 가게들이 즐비한 거리에 있는 셀리 네일 숍. 그곳이 바로 내 직장이었다. 누군가 하늘나라에서 나를 도와주는 증거가 있다면 서울에서나 뉴저지에서나 끊임없이 일자리를 찾았다는 것이다. 어쩌면 그것만으로도 감사해야 했다. 주인도 한국인이고, 주로 한국인 손님들이 많은 곳이라 영어를 못해도 큰 지장이 없었다.

네일 아트는 해컨색의 봉제 작업실에 다닐 때, 그 근처에 있는 뷰티 아카데미 학생을 커피숍에서 만나 용돈 정도의 돈을 주고 장난치듯 배웠다. 네일 숍에서 일하는 한국 여자들이 인기가 있고 돈벌이가 괜찮다는 소문만 믿고 시작한 일이었다. 뭔가 쓰겠다는 사람이 줄칼을 들고 남의 손톱이나 다듬으며 시간을 보낸다는 게 불만스러웠지만, 서울에 있었다고 해도 술만 마실 게 뻔했기 때문에 나쁘다고 할 수만은 없었다. 거울을 보면서 혼자 떠들었다. 내가 누군가! 미국이라고 해서 기죽을 사람이 아니지! 그러나 그건 단지 구호일 뿐이었다. 말할 수 없이 힘들었고 완전히 기가 죽었고 모든 것들이 다 공포의 대상이었다. 서울에서도 뉴저지에서도 나는 늘 밥벌이하기 바빴고 뭔가를 쓴다는 것은 꿈만 같은 일이었다.

그리고 내 얼굴, 내 외모는 커다란 핸디캡으로 다가왔다. 얼굴도 문제지만 술살로 인해 늘어진 허리 부근의 뱃살 때문에 전체적으로 두루뭉술해 보이는 몸매가 결정적이었다. 단기간에 몸매를 바꿀 수는 없는 일이었다. 그래서 머리를 활용하기로 했다. 아무런 특징이 없는 외모를 커버할 방법은 그것뿐이었다.

긴 머리를 더 부풀리고 검게 염색한 뒤 가능하면 얼굴 전체를 많이 가리고 몸매를 감추는 옷을 입었다. 조금 유쾌해 보이는 마술사 기분을 내는 것도 좋은 방법이라고 생각해서 눈가에 반짝이는 펄이 들어간 검은색 아이섀도를 진하게 발랐다. "언니 꼭 키메라 같아." 같이 일하는 N이 눈을 동그랗게 뜨며 말했다. 그리고 나니 전체적으로 좀 나아 보이긴 했지만 벗고 보면 술살과 뱃살은 그대로였다.

내 모습은 계동에 살 때와는 뭔가 달랐다. 거울 속의 내 얼굴을 들여다보던 순간의 감정이란 참으로 미묘했다. 입을 크게 벌리고 아에이오우를 그리며 찢어져라 웃고 있는데 눈에는 나도 모르게 눈물이 맺혔다. 힘들지만, 내가 여기에 지금 살아 있다는 실감, 뭔가 해 보자는 기운이 마구 솟아나면서도 눈은 빨갛게 충혈되어 어느 순간부터 눈물을 흘리기 시작하던 때의 얼굴이 지금도 기억난다.

사장은 아침마다 둘뿐인 직원을 세워 놓고 일장 연설을 했다. "여자들이 정기적으로 미장원에 가듯이 네일 케어를 받지 않으면 온몸이 근질근질해서 못 견디게 만들어야 해요. 그게 우리가 할 일이야. 무식한 사람들이 네일 케어를 손톱에 매니큐어나 칠하는 단순한 일이라고 생각하는데 그렇지 않아요. 절대로 그렇지 않지. 사람마다 손톱을 보면 그 인생이 다 드러나요. 우린 그걸 볼 줄 알아야 해. 손님의 친구가 되어 주어야 한다니까. 그녀의 고통, 그녀의 꿈, 그녀의 사랑, 그녀의 기쁨, 그런 것들을 손을 보고 다 읽어야 한다구." 그 순간 사장의 눈가에도 그렁그렁 눈물이 맺혔다. 그럴 때 사장은 정말 프로처럼 보였다.

"내가 맨해튼에서 네일 숍을 할 때, 정말 이름만 대면 다 알 만한 할리우드 여배우들이 직접 운전하고 한밤중에 조용히 숍에 왔다니까. 이름이 뭐더라, 수잔, 아니 엘리자

베스, 아니 뭐였지? 어쨌든 그 기라성 같은 배우들이 야구 모자 눌러쓰고 슬픈 얼굴로 들어와서는 몇 시간 동안 수다 떨고 케어받고는 결국 웃고 나갔다니까. 내가 그녀들이 나갈 때 그 멋진 엉덩이에 대고 뭐라고 말했는지 알아? 잘 살다 오세요! 그러면 그 그림같이 생긴 배우들이 나한테 고맙다고, 고민이 해결됐다며 내 볼에 키스를 하고 나갔어. 아, 정말 그럴 때마다 네일 아트를 시작한 게 얼마나 보람차고 기뻤는지." 김 작가와 거의 같은 수준의 뺑쟁이 아줌마가 뉴저지에도 있다니, N은 뭔가 잘못한 사람처럼 두 손을 배 위에 모으고 조용히 서 있는데 나 혼자 킥킥거리며 웃었다.

처음엔 손님의 손톱에 피도 내고 비명을 지르게 만들고 문제가 꽤 많았다. 사장이 여러 차례 경고를 했기 때문에 더 이상의 실수를 해서는 곤란했다. 잘리면 갈 곳도 없다는 생각에 몹시 긴장해 있었고 나 스스로에게 긴장을 풀어 줄 만한 심리적 여유가 없었던 게 문제였다. 그러나 얼마 가지 않아 나만의 긴장 푸는 방법을 찾았다. 그때까지 내가 읽은 책 중에 가장 재미있는 책, 아니 내가 가지고 있던 유일한 책 『돈키호테』를 읽는 것이었다.

나이 50이 넘어 세상을 구원하겠다고 거리로 나선 늙은 남자. 본명이 케사다인지, 키하나인지 하는 우스꽝스러운 남자가 등장해 온갖 해괴망측한 일을 다 벌이고 다니는 이야기였다. 그가 세상에 나선 이유는 다른 게 아니었다. "세상이 그를 원하"기 때문이었고 "하루빨리 세상에 나가 원한은 풀어 주고 굽은 것은 펴 주고 불합리한 것은 바로잡아 주고 미신을 깨우쳐 주며 빚은 갚아 주어야 했"기 때문이었다.

7월의 가장 더운 어느 날, 엉성하기 짝이 없는 "창과 가죽 방패를 거머쥔 채 숨겨진 마당 뒷문으로 빠져나와 들판으로 향하는" 돈키호테. 세상을 구하러 나가는데 멋진 장비를 갖추고 나가는 것도 아니고 얼굴 가리개도 없는 부서질 듯한 낡은 투구를 썼다. 그가 사랑하는 말 로시난테는 "길고 축 늘어진 몸집에다, 진짜 가늘고 삐쩍 마르게 척추까지 앙상하"고 "열병으로 문드러진 흔적도 있는 비루한 말"이다. 당당하게 만방에 알리고 나가는 것도 아니고 아무도 모르게 마당 뒷문으로 빠져나가는 이 영감탱이의 모습은 생각만 해도 웃음이 났다. 온종일 걸어도 아무 일도 일어나지 않아 자랑스러운 팔뚝의 힘을 보여 줄 기회를 얻지 못한 불쌍한 돈키호테, 말은 지치고 배는 고파 죽겠고, 이 우스꽝스러운 영감탱이에게 무슨 일이 일어날까, 책을 읽다 보면 나도 모르게 킥킥거리게 되었고 어느새 일할 시간이 다가왔다.

손님은 저녁 시간에 많았다. 예약을 하고 오는 손님이 대부분이었는데 맨해튼에서 직장에 다니는 한국인 여성들, 뉴저지에 주재원으로 와 있는 대기업 해외 지사 직원 부인들이 주 고객이었다. 대부분의 여자들의 얼굴에서 뭐라 표현하기 힘든 윤기가 흘렀다. 이마에서부터 턱선 끝까지 흰색도 핑크빛도 아닌 광택이 얼굴 전체를 압도했다. 계동 아줌마들의 얼굴을 뉴저지 여자들의 얼굴에 비한다면 폐경기를 향해 윤기라고는 없이 빠른 속도로 달려가고 있는 얼굴, 바로 그것이었다. 여자들이 비즈 장식을 밀고 숍으로 들어오는 순간부터, 강하고 오래 지속되는 어떤 향기가 좁은 네일 숍 안을 압도했다. 먹고살 걱정 없는 살 만한 여자들의 향기였다.

손님 Y. 그녀는 일주일에 한 번씩 왔다. 먼저 따뜻한 물에 손톱을 불리는 동안에도 아이들에게 전화가 걸려 올지 모른다며 불안해했다. 케어를 받는 도중에 파마가 풀린 부스스한 머리 옆에 휴대폰을 끼고 아이들한테 전화를 걸었다. 또 학부모들한테도 전화를 걸어 아이들 캠프 일정을 확인하고 준비물을 체크하고 정보를 교환하기 바빴다. 그녀는 아이들의 교육에 목숨 건 여자였다. 전화를 끊고도 어쩌다 입만 열면 자동적으로 아이들 얘기가 쏟아져 나왔다. "여기 오는 게 내 유일한 취미잖아." 정도가 자기 자신을 내보인 것의 다였다.

군데군데 예쁜 구석이 없지 않은 얼굴인데 전체적으로 보면 늘어지고 처진 느낌이 강했다. 의외로 완벽주의자여서 빈 그릇이 나는 대로 설거지를 해치우는, 그것도 더운 물로 고무장갑도 끼지 않고 설거지를 해 하루 종일 여러 차례 손을 혹사시키는 타입이었다. 손바닥은 말 그대로 사막의 갈라진 땅, 나이가 몇인지 손등은 벌써부터 반점투성이였다. "사모님, 가능하면 집에 계실 때 얼굴은 물론이고 손에도 자외선 차단제를 꼭 바르세요. 실내에 계실 때도 꼭 바르셔야 해요. 심지어 지하의 쇼핑센터 같은 곳에서 일하는 분들도 전기 불빛 때문에 꼭 바르셔야 하거든요." "그래? 사람들이 그걸 다 바르고 다닌다는 거야? 난 그런 걸 바를 시간이 없어." Y는 눈을 동그랗게 뜨고 내 얼굴을 쳐다보며 웃었다.

물에 불린 손톱 뿌리에 지저분하게 달라붙은 큐티클을 제거한 뒤 핸드크림과 오일을 잔뜩 발라 양손을 부드럽게 만져 따뜻하게 만들었다. 이쯤 되면 Y도 좀 조용해지고 몸의 긴장을 푸는 상태로 들어갔다. "손에는 우리 몸의 여러 기관을 가리키는 포인트가 있어요. 그래서 손 마사지를 하면 손님의 몸도 그만큼 좋아지죠." 엄지손가락으로 원을 그리듯이 손등부터 마사지를 하기 시작했다. 손가락 하나하나를 엄지와 검지손가락으로 잡고 꼭꼭 눌렀다. 어떤 순간에는 Y의 입에서 조용한 신음이 흘러나왔다. 손가락 끝을 잡고 오른쪽, 왼쪽으로 번갈아 가며 돌리면 손가락 관절이 시원하다고 했다. 손바닥 전체를 엄지손가락으로 꼼

꼼히 주무르고 손가락 끝을 뒤로 꺾어 스트레칭도 해 주었다. "아, 정말 시원하다." Y는 목 부근을 이리저리 돌리며 목운동을 하기 시작했고 어느 순간 꼬고 앉은 한쪽 다리에 걸린 슬리퍼가 소리를 내며 바닥으로 떨어져 내렸다.

Y는 보수적인 여자였다. "애 아빠 직업 때문에 화려한 건 할 수 없어."라고 말했다. 손톱에 묻은 때를 제거하고 베이스코트를 바르고 매니큐어를 칠하면 케어는 그걸로 끝이었다. 그러고 나면 여자는 다시 또 아이들의 교육에 미친 평범한 이민자로 돌아가 손톱에 바른 매니큐어가 채 마르기도 전에 휴대폰을 꺼내 들고 아이들에게 전화를 걸어 대기 시작했다.

일을 하고 나면 급속도로 허기가 몰려와, 뭐든 배 속으로 밀어 넣어야 했다. 허기지고 배고프고 눈앞에 아무것도 안 보이는 건 돈키호테 영감이나 나나 마찬가지였다. 우리는 숍 뒤쪽의 후미진 코너로 들어가 커튼을 치고 모여 앉아 차갑게 식은 커다란 샌드위치를 먹으며 투덜거렸다. "얘네들은 어떻게 샌드위치를 이렇게 크게 만들까? 이게 사람 입에 들어갈 사이즈라고 생각하고 만드는 거니? 진짜 무식해." 우리는 욕을 하면서도 치즈와 햄이 들어간 무식하게 큰 샌드위치를 우적우적 씹어 먹었다. "난 생리 중일 때는 이런 거 말고 정말 뜨끈한 국물이 먹고 싶어. 왜 그런 거 있잖아 우거지국, 생태탕." N이 투덜거리자 사장님은 먹던 샌드위치를 구겨진 종이 봉지 위에 소리 나게 떨어뜨리며 말했다. "지금 너 폐경기를 막 지난 내 앞에서 생리한다고 자랑하니? 난 생리 완전히 끝나서 그런 말 들으면 피가 솟구친다. 아흐!" 그리고 다시 샌드위치를 먹기 시작하는 사장님. 그 순간에 조종순이라는 그녀의 본명이 떠오르면 더 이상 웃음을 참기가 어려웠다. "너 왜 웃어?" 사장이 나한테 소리쳤다. "죄송합니다, 사장님."

N이 뒷정리를 하고 화장을 고치는 사이 나는 커피를 마시며 우리의 돈키호테 영감탱이가 겪는 일들을 또 읽기 시작했다. 말도 안 되게 웃기는 그의 기사 서품식 장면. 객줏집 손님들은 주인 남자가 이미 말해 주어 그가 미친 사람이라는 걸 다 알고 있었다. 세상 사람들이 다 미친 사람들이라고 알고 있는데 자기 혼자 진지해서는, 정신 상태가 정상이라고는 할 수 없는 객줏집 주인에게 부탁한다. "청컨대 부디 소인에게 내일 당장 기사 서품식을 베풀어 주십시오. 오늘 밤 바로 귀하의 성 예배당에서 밤새 무기를 지키며 예를 올리겠습니다." 그리고 객줏집 손님들과 말도 안 되는 몸싸움이 일어난다. 돈키호테가 하는 꼴을 보고는 "이런 재수 없는 기사 서품식을 빨리 끝내 버려야겠다."고 생각하는 객줏집 주인. 돈키호테는 열정에 불타 무릎을 꿇은 채 객줏집 주인이 "무슨 경건한 기도문을 뇌까리듯이 한참 장부책을 읽다가 중간쯤 손을 들어 목덜미를 내

리치"는 걸 맞고는 환희에 들뜬다. 장부책을 경전 삼아 읽고 치르는 기사 서품식이라니. 그리고 돈키호테는 그 자리에서 벌떡 일어나 세상을 구하러 떠난다. 사랑하는 말 로시난테를 타고는 객줏집 주인에게 "은혜에 감사하다는 말과 여러 이상한 소리를 지껄"이며 머리 숙여 인사하고 당장 길을 떠난다.

그리고 여기서 이 소설의 저자인 세르반테스가 갑자기 끼어들어 한마디 한다. "돈키호테가 지껄인 그 많은 말을 누가 다 여기 일일이 이야기할 수 있으랴." 나는 정말 궁금했다. 돈키호테는 무슨 말들을 지껄인 걸까. 또 그의 여신 둘시네아인지, 돌네시아인지 하는 여자 얘기만 줄창 했거나 나중에 돈이 생기면 은혜를 갚겠다는 말을 한 건 아니었을까. 맞아, 그랬겠지. 내가 혼자서 중얼거리면 우리의 현명하신 네일 숍 사장님께서 나를 째려보며 고용주로서의 권위를 내세우셨다. "리무버 새 걸로 갈았니? 야, 너 미쳤어? 맨날 혼자 중얼거리고 있게."

매주 수요일 밤마다 찾아왔던 A. 회색이나 베이지 색의 프라다 스타일 트렌치코트에 커다란 꽃무늬 머플러를 세련되게 매고 다녔다. 무슨 일을 하는지 알 수 없었지만 수요일 밤만은 프리라고 했다. 뱃살이라고는 없는 밋밋한 허리 주변은 업스타일의 타이트스커트를 입어도 아주 잘 어울렸다. 허리를 굽히고 앉아도 펴고 앉아도 날씬한 배는 정말이지 환상이었다.

A는 케어를 받는 동안 내내 책을 읽었다. 오, 여기 독서
광이 계셨군. 반갑고 또 반가웠다. 그녀는 댄 브라운의 신
작 소설을 한 손에 들고 계속 읽었다. 동그랗고 긴 계란형
의 손톱 모양보다는 양쪽 모서리가 각이 지고 앞쪽 손톱
부분이 편편한 각진 형을 원하는 걸로 봐서 컴퓨터를 많
이 다루는 직업을 가진 여자라는 걸 알 수 있었다. 은행 직
원, 아니면 비서, 아니면 공무원? 뭘까? 손톱이 시작되는
부분에 큐티클도 없고 전체적으로 각질도 없고 손등에 주
름도 없는 걸로 봐서 집안일을 직접 하는 여자 같지는 않
았다.

"댄 브라운 소설 재밌나요?" 질문을 하는 쪽은 오히려
나였다. "그냥 읽는 거죠, 뭐. 누구나 읽으니까요. 책 좋아
하시나 봐요?" 궁금해서 묻는 말투는 아니었다. 돈키호테
얘기를 하고 싶어 입술이 달싹거리고 꼭 한번 읽어 보라고
얘기하고 싶었지만 참았다. 왠지 A가 돈키호테를 읽는 모
습은 상상하기 어려웠다. 하지만 모를 일이었다. 집에 가면
하트 무늬가 잔뜩 박힌 파자마를 입고 밥통을 다리에 낀
채 밥을 먹으며 만화책을 읽을지도.

A는 기본 케어가 끝나면 손톱 끝부분에만 화려한 마블
디자인이나 큐빅을 붙여 마무리하는 방식을 좋아했다. 자
주색 기본 컬러에 흰색 큐빅을 한두 개만 붙여 주고 톱코

트를 잔뜩 발라 주면 A의 입꼬리가 귓가로 찢어져 올라갔
다. "전보다 훨씬 낫네요." 그게 칭찬이었다. 팁을 포함해
계산을 하고 다시 트렌치코트를 입고 머플러를 두르고 네
일 숍을 나갈 때까지 우리는 멍하니 A를 쳐다봤다.

A가 한 손으로 비즈 장식을 밀고 출입문을 나가기 전
다시 얼굴을 돌려 인사했다. "다음 주에 봐요." 그녀가 문
밖으로 나가 핸드백에서 자동차 키를 꺼내는 걸 보는 순간
N과 나는 케어 도구들을 정리하며 A의 말투를 흉내 내느
라 정신없었다. "그냥 읽는 거죠, 뭐. 누구나 읽으니까요."
"뉴욕에서 성공한 모양이지. 저 여자 완전 재수 없지 않아
요?" N이 입을 비죽거렸다. 나도 A의 말투를 따라 해 봤지
만 A처럼 말할 수는 없었다.

몇 년을 미국에서 살면 저렇게 차갑고 멋진 인간이 되는
걸까, 그게 몹시 궁금했다. 어쨌든 분위기 하나는 끝내주
는 손님 A. 나는 고객 관리 노트에서 그녀의 이름을 찾아
날짜와 시간 그리고 케어받은 내용을 적고 노트를 덮었다.

하루 중 깊은 밤이 되기 직전의 몇 시간, 셀리 네일 숍
앞의 차도 주변 거리가 사람들로 북적거렸다. 퇴근하고 장
을 보러 나온 사람들, 저녁 약속이 있는 사람들, 친구들 만
나러 나온 10대 애들이 길거리에 서 있었다. 미국이라는
게 믿어지지 않을 정도로 친근하고, 어쩌면 더 한국스러운
풍경이 거기 있었다. 그러나 조금만 눈을 돌려 보면 사방

이 너무 어두웠고 조금씩, 스멀스멀, 안 좋은 기억들이 떠올랐다. 그럴 때는 김 작가가 준 편지, 할머니가 준 편지를 꺼내 읽었다. 손톱 케어 도구들을 닦고 소독하고 정리하면서 수없이 편지를 썼다. 친애하는 김 작가님께, 보고 싶은 할머니께, 전직 간호사 K에게도 편지를 썼다. 그러다가도 써 봐야 쓰레기밖에 안 된다는 생각이 들면 괜히 옆에 앉아 졸고 있는 N에게 짜증을 부렸다. "넌 틈만 나면 자니? 도무지 지적인 활동이라는 걸 안 해." 그러면 N은 "언니나 계속해."라고 대답하고는 의자 위에 올린 다리의 방향만 바꾸고 계속해서 잤다.

멋지고, 늘 정돈되어 보이는 손님만 오는 건 아니었다. 다른 날보다 영업시간이 긴 금요일 저녁과 토요일 하루 종일이 주중의 피크였다. 다리가 통통 붓고 손이 다 부어오를 지경이었다. 사장조차 쉴 여유가 없이 셋이서 하루 종일 여자들 손톱만 만졌다. 금요일 밤이면 유난히 손톱에 부상을 입고 찾아오는 사람이 많았던 건 왜였을까. 금요일 저녁은 갈등과 분쟁의 시간이었던 걸까. 그걸 나만 몰랐던 걸까.

고통스러운 표정의 E. 그녀의 찢어진 손톱을 케어해 준 건 두 번째였다. 안 그래도 미어터질 것 같은 E의 얼굴은 막 오븐 레인지에서 꺼낸 잘 익은 고구마처럼 빵빵해 보였다. 눈두덩이며 광대뼈 부근이 불긋불긋한 걸로 봐서 금세 싸움을 하고 뛰쳐나온 게 틀림없었다. E는 왼손잡이여서 그런지 지난번에도 그랬고 왼쪽 중지 손톱이 잘 부러졌다. 그녀는 아무 말 없이 왼쪽 팔만 뻗었다. "또 찢어지셨네요. 날씨에 따라 유난히 손톱이 약해질 때가 있어요. 금방 감쪽같이 해 드릴게요." 나는 E를 안정시켜 주고 싶었다. 마음 같아서는 아무 일도 일어나지 않은 것처럼 해 드릴게요, 라고 말하고 싶었으나 손님의 얼굴에서 뭔가를 읽었다고 해서 아는 체를 해서는 안 되었다. 절대로 야구 모자를 벗지 않는 E. 나도 고개를 들지 않았지만 그녀가 오른손으로 떨어지는 눈물을 훔치고 있다는 건 보지 않아도 알 수 있었다.

왼쪽 가운뎃손가락의 손톱과 피부가 떨어지는 스트레스 포인트 부분이 가로로 쭉 찢어져 있었다. 지금 상태에서 손톱을 자르면 다른 손톱과 길이가 맞지 않아 금세 눈에 거슬리기 십상이었다. 원래 누구나 잘 찢어지는 부분이긴 하지만 가로로 찢긴 부분에 검은 이물질이 잔뜩 끼어 있었다. 돋보기를 꺼내 들고 찢어진 부위에 낀 이물질을 들여다봤다. "깨끗하게 닦아내야 하거든요. 잠깐만요." 순간 나는 흰 장갑을 끼고 사건의 인과관계를 파악하는 「엑스 파일」의 스컬리가 되었다. 네이비 칼라의 면섬유. 조직의 탄성이 약한 섬유 조직이 분명했다. 그냥 쉽게 남자들이 편하게 자주 입는 폴로 스타일의 면 셔츠가 떠올랐다.

뉴저지 동쪽의 한적한 주택가. E가 한국 남자와, 아니 미국 남자일 수도 있지만 여하튼 한 남자와 저녁을 먹고 있다. 촛불도 켜고 꽃병도 있는 따뜻해 보이는 식탁이다. 와인 잔을 부딪치며 건배를 한다. 생일 축하해. E가 남자에게 윙크를 건네며 말한다. 온통 붉은색 봉투를 건네는 E. 그러나 남자는 봉투를 탁자 위에 내려놓고 심각한 얼굴로 E를 쳐다본다. 자기야 미안해. 나 오늘 또 잃었어. 처음엔 잘나갔어. 남자가 고개를 숙이고 울기 시작한다. E가 침묵한다. 얼굴이 헐크처럼 변하기까지 걸린 시간은 불과 10초 정도. 뭐라구, 또 잃었다구. 내가 그 돈 다 갚은 게 바로 어제야. 그런데 오늘 또. 오늘 하루 쉬고 내일부터 다시 일해서 니가 진 노름빚 갚으라고? 이 나쁜 인간아. E가 와인 잔을 집어 든다. 남자가 벌떡 일어나 E에게 다가가 저지하려고 한다. 서로 상대의 몸을 때리기 시작한다. 누구의 얼굴에서인지 피가 보인다. 남자가 집에서 뛰쳐나가고 E는 혼자 남는다. E는 헐크처럼 숨을 거칠게 몰아쉰다. 손톱이 또 찢어졌다. 그녀는 찢어진 손톱을 보고 나서야 엉엉 울기 시작한다. 스컬리는 흰 장갑을 벗으며 E에게 말한다. "손에 힘 빼시고 편하게 계세요."

손톱 손질용 파일로 찢어진 손톱 표면을 다듬었다. 찢어진 손톱에 언제 무슨 일이 있었느냐는 듯이 감쪽같이 인조 손톱을 만들어 붙여 주는 게 내 일이었다. 깨끗해진 손톱에 다시 풀을 바르고 손톱 사이즈에 맞는 팁을 붙였다. 손톱용 가위로 팁을 잡고 파일로 갈아 다른 손톱들과 길이를 맞췄다. 접합 부분이 표가 나지 않게 잘 마무리하고 표면을 매끄럽게 정리한 뒤 영양제를 바르고 매니큐어를 발랐다. 그리고 어느 정도 시간이 지나 애초에 붙였던 팁을 떼어 냈다. 마지막으로 큐티클 오일을 바를 때까지 E는 아무 말도 하지 않고 찢어진 자기 손톱만 내려다보고 있었다. 이런 경우 아무 일 없었던 것처럼 빨리 인조 손톱을 완성시켜 집에 보내는 게 상책이었다.

E가 돌아가고 오랜만에 정말 뭔가 써 보고 싶은 생각이 들었다. E와 남자의 깨진 저녁 시간, 그 식탁의 풍경 따위들. 그러나 또 써 봐야 쓰레기들밖에는 되지 않을 거란 생각에 쓰고 싶은 욕망을 접었다. 미국까지 와서 쓰레기를 남길 필요는 없었다.

10대 여자애들 몇 명이 몰려들어 왔다. 지갑에서 용돈을 꺼내 흔들며 손톱에 하트와 아이러브유를 새겨 달라고 떼를 썼다. 지들끼리는 영어로 떠들고 우리들한테 얘기할 때는 한국말을 했다. "야 니네들 똥꼬 다 보이겠다." 사장님이 애들을 쳐다보고 웃으며 한마디 했다. 애들은 건강하고 행복해 보였다. 얼굴도 예쁘고 몸도 예쁘고 어디 하나 예쁘지 않은 구석이 없었다. 광택이 없는 메탈릭한 흰색 매니큐어를 두 번 덧바르고 그 위에 검은색으로 알파벳 I를 쓰고 붉은색으로 하트를 그려 주었다. 건조기에 손톱을 대고 머리를 맞댄 채 떠들고 있는 발랄하고 상큼한 나이의 애들을 보고 있으려니 내 인생이 몹시 후줄근하게 느껴졌다.

그러나 정말 후줄근한 인생은 따로 있었다. "내가 저놈들과 여태껏 보지 못한 맹렬한 싸움을 벌일 테니까." 하고 부하인 산초 판사에게 큰소리를 뻥 치는 주인공. 돈키호테 영감은 번번이 사람을 잘못 봐 결투다운 결투를 벌이지 못한다. 그냥 자기네들 갈 길을 가는 사제들을 납치범으로 오해해 싸움을 걸었다가 부하인 산초만 흠씬 두들겨 맞게 만들어 버린다. 그러다 진짜 싸움꾼인 청년 비스카야를 만나고 "이 비스카야 주먹맛에 확실히 죽어 볼 테야."라는 으름장과 함께 진짜 싸움이 벌어질 것 같은 으스스한 분위기가 전개된다. 둘이서 칼을 치켜들고 단박에 죽여 버리겠다고 고함을 치는 장면에 이르면 이번에야말로 진짜 싸움이 벌어지려나, 어깨에 힘을 주고 누런 책에 집중한다. 그런데 그때 우습게도 작가인 세르반테스가 또 나타나 "그러나 불행한 일은 바로 이 순간, 이 대목에서 싸움 사건을 종결하지 못하고 이 이야기의 작가가 이야기를 끝맺는다는 것이다."라고 말하면서 그렇게 말하는 자기를 '제2의 작가'라고 소개한다. 이게 도대체 뭔가, 이 싸움의 결과를 다음 장에서 확인하라니, 진짜 웃기는 구성이 아닐 수가 없다. 그리고 다음 장에서 확인해 보니 먼저 한번 내리치긴 했지만 결과적으로 돈키호테는 "여지없이 패배하여 땅에 떨어지는 처참한 몰골이 되"고 만다.

"언니야 밥 먹어." 아이고 참, 한심한 돈키호테 영감을 걱정할 즈음 N이 소리쳤다. 미리 주문해 놓은 해장국을 찾아온 N이 네일 숍은 잠깐 휴식 중이라는 표지판을 내걸고 밥을 차렸다. 그러고 보니 시간이 꽤 흘렀고 창밖은 벌써 깜깜했다. "오늘은 더 이상 예약 손님이 없으니까 밥 먹고 치우고 한 시간만 더 있다 들어가라." 다크서클이 생긴 사장님의 눈가, 다리 아프다고 투덜대는 N, 나도 뒷목이 뻐근하고 허리가 아팠다. 그때 갑자기 밖에서 누군가 쾅쾅거리며 문을 두드리기 시작했다. 우린 그 사람이 누군지 다 알았다.

우리 셋이 다 좋아하는 불청객 L이었다. 그녀는 화가 지망생으로 뉴욕에 있는 예술 대학에 다녔다. L은 네일 케어를 받으러 오는 게 아니었다. "넌 꼭 우리가 밥 먹을 때만 오더라." 그러니까 L은 밥을 얻어먹으러 왔다. N이 핀잔을 주었지만 L은 절대로 기가 죽지 않는다. "언니들 잘 있었어?" 물감 냄새 잔뜩 나는 몸으로 돌아가면서 포옹부터 하고 좁디좁은 마루짝으로 무조건 돌진해 들어와 궁둥이를 대고 앉아서는 무조건 우리가 먹는 음식에 젓가락을 들이댔다. "사장님 오늘 화장발 죽인다. 마스카라질 너무 잘했다. 야, 이 밥 좀 봐. 언니들은 모를 거야. 내가 여기 처음 왔을 때 얼마나 들어와 보고 싶었는지. 내가 밖에서 기다리고 있을 때 언니들이 이 안에서 막 떠들면서 밥 먹는데 진짜 들어오고 싶었다니까." L은 늘 말이 많았다. "야, 이거 다 여기 식당에서 시켜 온 밥이야. 한국에서 날라 온 특별한 게 아니라구. 그리고 우리만 한국 사람이니? 뉴저지에 한국 사람 천지잖아." N이 또 한마디 했다. "그래도 이 커튼 뒤에서는 뭔가 특별한 한국 얘기를 들을 수 있을 것 같았단 말이야. 아, 너무 좋아." L은 체구에 맞지 않게 엄청나게 많이 먹었다. 금세 밥 한 공기를 다 비웠다.

"너는 여기서 아예 아르바이트를 해라." 사장님의 말에 L이 뛸 듯이 좋아했다. "내가 여기서 아르바이트를 할 수 있을 만큼 시간이 많으면 얼마나 좋겠어요. 생리통이 너무너무 심해서 배를 쥐어뜯으면서도 작품을 해야 한다니까. 뜨거운 방바닥이 너무 그립고 어떤 때는 펑펑 소리를 내며 운다니까, 진짜. 나 집에 가고 싶어." "야, 우리 사장님 생리 얘기 안 좋아하셔." N이 또 한마디 했다. "빨리 무슨 얘기든 한국 얘기 좀 해 봐. 그리고 냉장고에 있는 한국 음식들 다 내놓으란 말이야." "미쳤구나, 너." 계속되는 N의 핀잔.

L은 케어 도구들 뒷정리도 하고 가격표를 새로 써 예쁘게 장식해 벽에 붙였다. "화가가 맞긴 하네. 똑같은 펜으로 그리는데 우리가 그린 거랑 완전 다르다." N의 감탄에 L도

보조개를 드러내며 웃었다. "내가 반드시 셸리 네일 숍을 소재로 한 작품을 만들어 첫 번째 개인전 때 소개하겠어, 언니들이 그리는 그 수많은 손톱 그림들이 등장하는. 내가 여기서 얻어먹은 밥이 얼만데."

그때 누군가 문을 열고 들어왔다. 글래머러스한 몸매를 지닌 흑인 여자가 번쩍거리는 화장을 한 얼굴을 출입문 안으로 들이밀었다. "여기서 일할 수 없을까요?" L이 사장님의 얼굴을 한번 쳐다봤다. 통역을 해야 하는데 사장님의 의중을 모르니까 사장님의 얼굴을 볼 수밖에. "쟤 여자 아니고 남자다. 가라 그래." 눈썰미 하나는 끝내주는 우리 사장님. 그 여자가 문을 열고 나간 뒤 우리는 다 창에 붙어서서 여자가 걸어가는 뒷모습을 뚫어져라 쳐다봤다. 그러고 보니 다리에 심상치 않은 근육이 보였다. "사장님, 그런 거 어떻게 알아요?" 앞치마를 벗는 우리의 사장님의 시원시원한 대답은 이랬다. "태어나서 지금껏 사람만 봤는데 그걸 모르니. 니네들이 달고 있는 건 눈이 아니고 뭐니. 콧수염 자국도 선명하던데 한 번 더 오면 그때는 거절하지 않고 일을 시킬 생각이야."

홀딱 볶고 나니 금세 밤 10시가 넘어 버렸다. "나 먼저 간다." 사장님이 핸드백을 들고 숍을 나섰다. 숍 앞에 차가 와 서 있었다. "하루 종일 일하느라 지쳤는데 나 오늘 밤 죽었다. 애들아, 저 인간이 어디서 비아그라를 구했단다."

"아, 사장님 좋겠다. 난 언제 했는지도 기억이 안 나. 부러워요." 사장님은 머리를 가로젓는다. "뉴저지는 물이 안 좋은 게 틀림없어. 죽어라 바람피우는 뉴저지 남자들 정말 지겹다. 바람피우다 피우다 지치면 집으로 온다니까." 사장이 탄 차가 주택가 쪽으로 커브를 돌았다. 식료품을 파는 가게도 다른 가게들도 불이 꺼져 있었다. 거리는 어둡고 검고 푸른 하늘만 느리게 움직였다.

손에 팸플릿을 잔뜩 든 한 여자가 가게 안으로 들어가고 있었다. 뒤따라 들어갔더니 여자가 팸플릿을 주면서 네일 숍 안에 타이 마사지 숍 코너를 같이 운영해 보면 어떻겠느냐고 물었다. 우리는 더 이상의 공간이 없어 그런 건 꿈도 못 꾼다고 말했다. 그랬더니 여자가 이 넓은 미국 땅에 자기의 공간은 손톱만큼도 없다고 말하며 명함을 놓고 나갔다.

여자 셋이 모이면 무슨 얘기를 할까. 얘기는 늘 연애 얘기로 치달았다. L은 남자를 묘사할 때 섹스를 잘했다, 못했다는 얘기부터 했고 N은 착했다, 착하지 않았다는 얘기부터 했다. 나는 글을 잘 썼다, 책 읽는 걸 좋아했다는 식의 얘기부터 했다. 갑자기 탁자 위에 올려 둔 전화기를 뚫어지게 쳐다봤다. 왜 그런지 나를 미국에 데려온 장본인인 세탁소 남자가 자꾸 떠올랐다.

그 남자는 정말 이상했다. 그 남자가 나에게 생일 선물로 준 게 야외용 튜브였다. 야외용 튜브 따위를 생일 선물로 주다니, 나는 신경질을 내며 그걸 발로 밟아 뭉개 버렸다. 바람이 꽉 차면 그 안에 물을 넣고 그 속에 들어가 몸을 담글 정도의 크기였다. 어디 마트에서 이벤트용 공짜 선물로 받은 걸까, 무슨 의미가 있는 선물일까 고심했지만 아무리 생각해도 기분이 좋지 않았던 게 사실이었다.

"내가 얼마 전까지 사귀다 끝낸 남자애는 머리도 좋고 공부도 잘하고 부자인 데다가 센스도 있었어. 섹스는 또 얼마나 잘하는지, 내가 완전히 맛이 갔잖아. 그런데 문제가 뭔지 알아? 마약에 미쳤어. 내가 어떤 돈으로 공부를 하는데, 우리 엄마 아빠 뒤로 넘어지는 꼴은 못 보겠더라구. 그래서 끝냈잖아. 후회는 없어." L은 얼굴도 예쁘고 마음먹은 대로 사람을 사귈 수 있을 만큼 성격도 좋았다.

어릴 때부터 관심은 많았지만 섹스를 잘한다는 게 어떤 건지 나는 잘 몰랐다. 세탁소 남자는 섹스도 조용히 했다. 세탁소 남자를 생각할 때면 그 조용한 섹스가 떠올랐다. 신음 소리조차 내지 않는, 너무 고요해서 졸리기까지 했던, 좋았다거나 나빴다는 말로 표현할 수 없는 이상한 느낌의 섹스였다. "너는 남자 얼굴 밝히는 게 단점이야. 남자는 얼굴만 보면 안 된다." N은 늘 바른말만 했다. "언니야, 그럼 얼굴 안 보고 뭘 봐. 얼굴이 제일 먼저 보이잖아. 얼굴 먼저 보고 돈 있나 보고 착하면 좋고 아니면 좀 참고 그런 거 아냐?" L이 대들었다. "남자는 마음이 깊어야 해." N은 좀처럼 자기 애기는 하지 않는 대신 확고한 고집을 갖고 있었다.

"그러니까 그 마음이 보여야 말이지. 사실은 내가 진짜 좋아하는 남자가 있어. 지금 보스턴에서 공부하고 있어. 처음 만났을 때는 정말 좋았다. 이상형이었어. 핸섬하고 따뜻하고. 그런데 애가 점점 시들시들해져 가는 거야. 공부에 찌들어 가지고. 언니 내가 뉴욕에서 그 자식 만나려고 일주일에 한 번씩 직행버스 타고 왕복 여덟 시간을 길에 깔았어. 그렇게 1년 가까이 다녔다. 그런데 어느 날 보니까 애가 완전히 늙어 있더라구. 정말 공부에 찌들어서는 겨우 밥숟갈이나 들 정도의 힘만 있는 거야. 입만 열면 공부 때려치우겠다고 하면서도 그렇게는 못 하고. 산책을 가도 벤치에 앉아서 졸기만 해. 섹스는 완전 엉망이었지. 그래서 끝냈어.

그런데 가끔 보스턴행 버스에서 보던 풍경이 꿈에 나타나. 뉴욕을 벗어나는 동안 내내 눈앞에 보이던 거대한 공동묘지들. 정말이지 장관이었어. 또 딱 한 번 서는 그 정류장, 화장실로 이용하곤 했던 맥도날드 앞 광장에서 보는 아침 풍경 말이야. 그리고 또 있어. 내가 탄 버스가 차비가 제일 쌌거든. 시내 중심부에서 보스턴으로 가는 차도 있는데 나는 늘 그 버스를 탔어. 차이나타운에 정류장이 있는

데 정말이지 그 정류장 끝내줘. 길거리에 울긋불긋하게 지은 중국풍의 붉은색 건물이 있고 거기서 중국 여자가 표를 팔아. 화장실도 없고 손님을 위한 의자도 몇 개 없어. 길거리에 서 있으면 차 시간이 되어 중국 여자가 울긋불긋한 깃발을 들고 나와서 소리쳐. 보스턴, 보스턴, 하고 말이야. 나는 중국 여자가 소리치는 그 보스턴이란 말이 주는 느낌이 너무 좋았어. 사랑하는 사람을 만나러 가는 느낌, 움직이는 느낌, 살아 있는 느낌이 들었어. 어쩌면 난 그 소리를 듣기 위해 갔는지도 몰라. 지금도 가끔 보스턴을 생각해. 어쩌면 내가 제일 좋아했던 사람은 그 사람이야. 비록 섹스는 엉망이었지만. 아, 생각났다 그 이름. 버스에 빨간색으로 대문짝만 하게 써 있었어. 보스턴행 메가버스."

세탁소 남자는 전화를 받지 않았다. 길거리 위로 뜨거운 바람이 불고 검은 하늘 위에 파란 구름이 섞여 있었다. 나는 네일 숍으로 들어갔다가 다시 나왔다. 그리고 또 전화를 걸었다. 이번에는 전화를 받았다. "별일 없어요?" 남자가 나에게 물었다. 나는 남자에게 하고 싶었던 말을 했다. "잘 지내요. 모든 걸 감사하게 생각하고 있어요. 오늘 전화를 한 이유는, 그 생일 선물, 그 야외용 튜브 말인데요. 기억나요?" 남자 쪽에서 약간의 부스럭거리는 소리, 달그락거리는 소리가 들려왔다. 남자는 대답을 안 하다가 잠깐 뒤에 말했다. "아, 네. 그거요. 기억나요. 왜요?" "도대체 여자 생일에 그런 이상한 선물을 하는 사람이 어디 있어요? 아무리 생각해도 이해가 안 가서 꼭 물어보고 싶었어요." 남자는 또 대답을 안 하다가 잠깐 뒤에 말했다. "왜요? 난 괜찮은 선물이라 생각했는데. 즐겁잖아요. 여름에 정원에다 물 받아 놓고 선탠하면 좋을 거 같았어요. 그뿐이었어요. 기분 나빴다면 사과할게요."

막상 얘기를 꺼내 놓고 보니 할 말이 없었다. 문득, 박스에 차곡차곡 넣어 가지고 왔더라면 꺼내 보기라도 했을 거라는 생각이 들자 오히려 남자에게 미안했다. 전화를 끊고 허공에다 대고 혼자 떠들었다. 내가 비키니를 입고 정원에서 물 받아 놓고 거기 들어가 놀 수 있을 정도의 몸매가 된다고 생각하셨군요. 정말 충격적이네요. 완전히 저를 과대평가하셨어요. 그래도 뭐 기분이 나쁘진 않네요.

연애 얘기는 처음엔 재미가 있지만 나중엔 그저 했던 얘기의 끝없는 반복일 뿐이었다. 그리고 하면 할수록 그만큼 더 고독해졌다. "자, 내가 진짜 재밌는 얘기 해 줄게. 다들 들어 봐." 나는 소지품을 두는 곳으로 가 가방 안에서 『돈키호테』를 들고 나왔다. 의자 세 개를 동그랗게 놓고 앉았다. "북 그룹이야. 이제부터 내가 세상에서 제일 웃기는 남자 얘기를 해 줄게. 들어 봐."

"여자들의 순결을 지키고, 과부들을 보호하고, 불쌍한 사람들이나 고아들을 구제하는 일을 맡기 위해서지. 이런

기사의 한 사람이 여기 있는 바로 나라는 사람일세." 나는 말을 끝내고 청중의 반응을 살폈으나 모두들 묵묵부답이었다. "웃기지, 웃기지 않아? 돈키호테는 늘 여자들의 순결과 처녀들에게 관심이 많았어. 너무 웃기지 않아?" "뭐가 웃기고, 뭐가 재밌다는 건지 잘 모르겠어, 언니야. 그래서 돈키호테가 처녀들의 순결을 어떻게 지켜 주는데? 어떤 여자들이 돈키호테한테 순결을 지켜 달라는데? 왜?"

L은 말끝에 입이 찢어져라 하품을 했고 N은 한쪽 팔에 얼굴을 기댄 채 졸고 있었다. "그러니까 미친 거지. 돈키호테와 한 번이라도 얘기를 나눠 본 사람들은 금방 알아차렸어. 전쟁도 없는 평화로운 시절에 기사 복장을 하고 돌아다니며 처녀들의 순결 어쩌구 하는 이 사람이 미쳤다는 걸 한눈에 알아봤어. 미친 사람이 지껄이는 얘기니까 재밌잖아." 아쉽게도 L과 N은 딴 곳만 쳐다보고 더 이상 반응이 없었다.

출입문 쪽, 비즈 장식 너머의 차도와 그 건너편 거리는 완전히 깜깜했다. 가끔씩 자동차만 노란색 불빛을 뿜으며 획획 지나갔다. 나의 북 그룹 멤버들은 그놈의 생계 때문에, 미국에서 어렵게 시작한 공부 때문에 무척이나 피곤해했다. 그걸 이해 못 할 내가 아니었지만 왠지 기운이 빠졌다. 하기는 내 두 다리도 돌덩이처럼 단단하게 부어올라 손가락의 압력조차 느껴지지 않을 지경이었다. 나 역시도 몹시 피곤했다. N은 그대로 자고 L과 나는 거울 앞에 가 서 서 기지개를 켰다. 마스카라가 다 번져 눈꺼풀 아래쪽이 검게 물들어 있었고 얼굴은 짙게 그늘져 보였다. 거울에 보이는 나는 마치 기름을 뒤집어쓴 오염 지역의 물새 같은 몰골이어서 왠지 처량하고 또 우울했다.

일요일. 나는 쇼핑센터에 가서 결국 그놈의 야외용 튜브를 사고야 말았다. 처음 본 건 야자수 잎이 너무 크고 천해 보여서 싫었고, 어떤 건 바닥 두께가 너무 얇아 바람이 조금만 불어도 날아갈 정도로 불안정해 보였다. 내가 산 건 흰색 토끼와 검은색 토끼가 번갈아 그려진 푸른색 튜브였다. 지름이 1미터도 넘는 크기였고 높이만 해도 꽤 높아서 정원에서 물을 받아 놓고 들어가 앉아 팔을 내놓고 있으면 꽤나 편안할 것도 같았다. 내가 굳이 실물을 보겠다고 해서 박스에서 꺼내 펴 보긴 했지만 그걸 일일이 접어 박스에 다시 넣는 종업원의 얼굴을 보자 미안한 생각이 들었다. 그러거나 말거나 그냥 두고 새것으로 받아 가지고 나오며 혼자 중얼거렸다. '미친 거 아냐, 이런 걸 생일 선물로 주다니. 내가 무슨 10대 애들도 아니고 더구나 가정주부도 아닌데.'

나는 세탁소 남자를 욕하고 있었다. 아니 욕하고 싶었다. 사람을 미국까지 데려와 놓고, 또 뉴저지까지 오게 해놓고 그 흔하디흔한 안부 전화 한번 안 하는 그런 인간은 계속 같이 살았다고 해도 심심하기 짝이 없을 게 뻔했다. 그러면서도 한편으로는 남자가 준 튜브를 가져오지 않고 미친 듯이 밟아 버린 게 후회스러웠다. 어떤 디자인이었는지 도무지 기억이 나지 않았다. 기억이라도 난다면 저질 안목을 폄하하고 품질을 탓하고 저주라도 하고 싶었지만 그럴 수도 없었다. 그래서 뭐든지 버릴 때는 단번에 버려서는 안 된다는 게 그 순간의 교훈이었다. 집 안에 버리는 것도 꺼려져서 손으로 접고 발로 구겨 큰길 버스 정류장에 있는 커다란 쓰레기통 속에 넣었을 때만 해도 손뼉을 칠 만큼 속이 시원했었다. 솔직히 전체적으로 개구리 빛깔이 진하게 돌았던 그 야외용 튜브 따위가 내 마음속에서 풍선 부풀듯 다시 떠오를 거라고는 전혀 예상하지 못했다. 어쨌든 튜브에 바람이 빠질 때마다 수시로 채워 넣기 위해 전용 펌프까지 구입하고야 말았으니 말이다. 그러나 그 모든 게 내가 원해서 저지른 일인걸.

그즈음 N의 룸메이트가 이사를 갔다. 정말이지 너무나 불편한 한국인 집에 방만 하나 세 들어 살던 나로서는 N이 같이 살자고 해 주기를 간절히 기다렸다. 그리고 N은 나를 실망시키지 않았다. 남미 사람들이 많이 살고, 나도 잘 아는 해컨색이었다. 차고를 개조해 만든 집이었는데 천장이 너무 낮았다. 또 집 안으로 들어가면 알 수 없는 기름 냄새와 축축한 땅 냄새가 목구멍 깊숙한 곳까지 들어

찼다. 다행스럽게도 N은 야외 활동을 즐기는 체질이어서 틈만 나면 운동복을 입고 햇빛을 쬐겠다고 바깥으로 나돌았다. 그래서 N이 나가고 나면 그 집은 내 세상이 되었다.

물도 채우지 않은 튜브 속에 수시로 들어갔다 나왔다 하며 책도 읽고 글도 썼다. 전에는 뭘 쓰려고 해도 생각만 있고 쓸 수가 없어서 힘이 들었지만 글도 술술 풀려 힘도 들지 않았고 재미도 있었다. 우울하지 않은 건 아니었지만 우울해서 글을 쓰지 못할 정도는 아니라는 게 몹시 신기했다. 너무 우울하면 글을 못 쓴다는 건 사실이었다. "뉴저지 사는 네일 아티스트 출신의 유명 작가가 하나 나오겠군." N이 나를 놀렸다. "한번 써 봐. 인생이 얼마나 깊어지는데." N은 또 나를 놀렸다. "깊겠지, 얼마나 깊겠어. 언니는 다른 사람들보다 내장층도 지방층도 두터우니까."

하지만 내가 쓴 글들이 정말 소설답다거나 문학적으로 뛰어나다거나 한 것은 아니었다. 그건 그냥 그렇고 그런 글일 뿐이었다. 그러나 왠지 일거수일투족이 다 의미가 있는 것 같고 내가 느끼는 걸 표현하지 않으면 중요한 걸 다 놓쳐 버릴 것 같았다. 시계가 째깍거리는 움직임도 기록해 두어야 할 것 같고 그 순간만큼은 충만한 감정으로 가득 차 있어야 할 것 같은 느낌이었다. "언니, 글 쓸 때도 꼭 그렇게 눈 화장을 해야 하는 거야? 언니 좀 이상해 보여." N은 내 얼굴 앞에 거울을 갖다 들이대며 묻곤 했다.

"너도 해 봐. 다른 사람이 된 느낌, 괜찮아, 이런 느낌."

뭔가 성취감이 느껴지면 차갑게 식은 피자 한쪽을 들고 야외용 튜브 속으로 들어가 내가 쓴 걸 큰 소리로 읽었다. 글이 마음에 안 들면 튜브 속으로 휙 던지며 "쓰레기야, 꺼져."라고 소리를 질렀다. 양치도 안 하고 세수도 안 하고 외출도 전혀 안 했다. 글 쓰는 시간을 방해받고 싶지 않아 모든 생필품들을 미리 잔뜩 사다 두었다. 생리대, 휴지, 세제, 시리얼, 우유, 치약, 치실 등 필요한 건 다 있어서 운전도 못하지만 갑자기 밖에 나갈 일도 없었다.

토요일까지는 네일 숍, 일요일에는 글쓰기, 다시 월요일부터는 네일 숍, 일요일에는 글쓰기 패턴으로 시간이 흘러갔다. 잘 흘러가다가 어느 순간 참을 수 없이 우울해지면서 온몸이 욱신거릴 때도 있었다. 눈앞에 지나다니는 사람이라는 사람은 다 보기도 싫고 화가 머리끝까지 치밀어 오르는 순간이 되면 견딜 수 없이 힘들어졌다. 어딘가로 숨거나 뭔가 극약 처방이라도 받지 않으면 죽을 것처럼 우울해지는 순간이 오면 대책 없이 가라앉았다. 너무 가라앉으면 아무것도 쓸 수 없었다. 하루에 겨우 세 줄, 아니 여섯 줄 정도를 쓰고 괜히 머리칼을 부여잡고 세수만 해 댔다. 그러다 문득 변기에 걸터앉아 엄청나게 부어오른 허벅지 사이에 걸린 팬티를 보면 싱겁게도 생리를 하고 있었다. 매달 생리를 하면서도 왜 매번 닥쳐오는 평범한 생리 전 증후군에 대해서는 예측이 불가능할까. 그러나 막상 생리가 시작되고 나면 신경이 몹시도 날카로운 상태에서도 강렬하게 뭔가를 쓰고 싶다는 욕구가 생겼다. 왜 난 생리 현상의 흐름까지도 모두 글쓰기와 연관이 되고 마는 것인지 알 수 없었다.

임신 중일 때 어떤 여성 작가들의 경우 평소보다 몇 배더 쓰고 싶은 강렬한 욕구를 갖는다는 글을 읽은 적이 있다. 여자들은 왜 그럴까? 아기를 낳고 싶어서가 아니라 그런 욕구를 느껴 보고 싶어서 임신을 해 보고 싶었던 나. 신이 나긴 했지만 뭔가 쓴다는 것은 굉장히 힘들었다. 노트에 뭔가를 한 줄씩 적으며, 컴퓨터 앞 자판을 노려보며 외롭고 힘든 시간을 보냈다. "발표도 안 하는 글을 뭐 하려고 써? 언니 몰골이 어떤 줄이나 알아? 물 먹은 하마 꼴이야." N은 늘 나를 보며 비현실적인 사람이라고 말했다.

그러나 내가 아무리 물 먹은 습지 동물처럼 잔뜩 부풀어 있다고 해도 글쓰기를 멈출 수는 없었다. "너나 뭘 안 쓰지! 넌 진짜 이상해. 햇빛 드는 양지만 찾아다녀 봐야 결국 얼굴만 타잖아." 난 오히려 마음 놓고 N을 비난했다. 생각해 보면 나는 김 작가와 떨어져 살았던 어린 시절에도 쓰지는 않았지만 언제나 혼자 놀기 위한 대본이 필요했던 것 같다. 혼자만의 공간, 혼자만의 등장인물, 혼자만의 날씨, 그래서, 그런데, 그랬거든, 그건 아니고 등으로 계속 이어지는 이야기들이 무궁무진했었다. 이야기만이 시간을 이길 수 있었다.

머리털이 다 꼬이고 팔다리가 잘려 나간 인형들, 플라스틱으로 만든 조악한 장난감도 이름을 짓고 서로 대화를 시켰다. 누군가가 나를 사랑한다고 착각하면서 사랑을 확인하는 아름다운 말들을 미친 듯이 쏟아 내곤 했었다. 어릴 때의 그 놀이 습관이 지금의 글쓰기 습관으로 옮겨 온 게 맞다면 나는 태어나면서부터 글을 써 온 셈이다. 그러나 달리 생각하면 어린 시절에 오로지 나만 그런 특별한 능력을 가졌던 게 아니라는 건 분명했다. 어느 집이나 아이들이 자주 가지고 노는 인형들엔 학대받은 흔적이 역력했고 그게 바로 모든 아이들이 나와 같은 능력을 가지고 있었다는 증거니까 말이다.

어쨌든 시간은 갔다. 몸은 미국에 있었지만 내가 쓰는 글들은 계동의 어느 골목, 또 언젠가 스쳐 지나갔던 서울의 어느 골목길을 배경으로 이어지고 또 이어졌다. 물론 며칠이 지나 읽어 보면 또 그냥 그렇고 그런 쓰레기들에 불과했지만 쓰레기를 잔뜩 넣은 비닐 파일은 내가 애지중지한 야외용 튜브의 높이 정도로 쌓여 갔다. 그것의 대가는 자주 터지는 코피와 어지럼증, 그리고 귀에서 들리는 이상한 소리였다. 조금 과장하자면 다음에 쓸 이야기의 주인공들을 위한 문장들이 귀에서 소곤거리고 있어서 그걸 받아 적어 두지 않으면 안 될 것 같았다.

놀라운 것은 나도 모르게 스토리의 양이 점점 늘어나 굉장히 많은 분량의 글을 쓸 수 있게 되었다는 사실이었다. 중편 분량이 금세 넘어 버릴 때의 짜릿함이란 그 무엇과도 비교하기 어려웠다. 그때의 기세라면 아주 긴 소설도 쓸 수 있을 것 같았다. 나도 그즈음엔 서울에 돌아가면 김 작가처럼 어떤 잡지에라도 작품을 한번 보내 볼까, 사기충천해 있었던 게 사실이었다.

새로운 한 주가 시작됐다. 네일 숍의 N과 나 그리고 사장님은 하루 종일 잠시도 쉴 틈이 없었다. 케어 중인 손님 자리에도, 대기 소파에도 빈자리가 없다. 라디오에서 들려오는 노래, 간간이 들려오는 손님들의 전화 통화 소리. 모두 다 막 다가오는 할로윈 축제 얘기였다.

급기야 헛것도 보였다. 나는 피곤해 죽겠는 두 눈에 잔뜩 힘을 주고 앞에 앉은 손님의 손톱을 들여다보며 큐티클을 제거하는 중이었다. 그런데 자꾸 옆자리에 눈이 갔다. 사장님 앞에 앉은 손님이 왼손은 사장님에게 맡긴 채 오른손 손가락으로 바닥에 뭔가를 쓰고 있었다. 잘못 봤겠지, 고개를 다시 돌린 순간 N의 앞에 앉은 손님도 뭔가를 쓰고 있었다. 앞에 앉은 세 손님 모두, 그리고 그녀들의 손톱을 케어하던 N과 나 그리고 사장님, 심지어 대기 소파에 앉아 있던 모든 손님들이 손을 내밀어 허공에, 수첩에, 앞사람의 등 뒤에 뭔가를 쓰고 있었다. 모두들 긴 손가락을 내밀어 뭔가를 쓰고 있다니. 아! 너무 기쁜 나머지 나는 소리를 질렀다. 이것이야말로 아트다! 뒤이어 아얏! 하고 내 앞의 손님이 비명을 질렀고 나는 그제야 정신을 차렸다. 앞에 앉은 손님의 손가락에서 똑똑 떨어지는 피. "내가 너 때문에 못 산다." 달려오는 사장님의 무서운 얼굴.

어느 때보다 열정에 넘친 나는 셸리 네일 숍에 오는 한국 손님들을 대상으로 라이팅 클럽을 같이 해 보자는 내용을 담은 광고 전단지까지 만들었다. 물론 길 건너 가게에 갈 때 보면 내가 준 광고지가 쓰레기통 주둥이에 딱 걸려 들어가지도, 나오지도 못한 채 펄럭이고 있기도 했지만 시간을 두고 기다려 볼 작정이었다.

나는 L에게 보다 많은 양의 전단지를 만들어 달라고 부탁했고 L은 학교에서 뉴저지로 건너올 때마다 컬러 프린터로 뽑은 광고지를 한 봉투씩 가지고 왔다. "너 부업까지 하니? 손톱 다듬기도 힘든데 무슨 라이팅 클럽이야. 진짜 생긴 것도 이상한 애가 하는 짓도 이상해. 글을 아무나 쓰냐구! 진짜!" 네일 숍 사장님은 나를 몹시 못마땅해하셨던 것 같다. 그러거나 말거나 나는 어떤 방해 공작도 막을 준비가 되어 있었다. "언니, 언니가 좋아하는 돈키호테 그 사람, 언니 그 사람 닮았다." L의 그 말은 정확했다. 나는 미친, 여자 돈키호테였다.

맨해튼과 뉴저지를 연결하는 조지 워싱턴 다리를 그곳 사람들은 그냥 '조다리'라고 불렀다. 나는 운동 나가는 N을 따라 그 조다리가 잘 내려다보이는 공원에 산책 나온 한국 사람들에게 광고 전단지를 나눠 주었다. "차라리 신문에 광고를 낼까?" 내가 흥분하면 N은 내 엉덩이를 때리면서 한마디 했다. "제발, 연애할 생각이나 좀 해 봐. 아니면 그냥 조용히 운동해서 살이나 빼든가." 그런 말을 들을 때마다 세탁소 남자가 생각나긴 했지만 글쓰기 욕구보다 그를 만나고 싶은 욕구가 강한 적은 기필코 단 한 번도 없었다. 도대체 쓰는 게 뭔데! 나는 미친 것 같았다.

해컨색의 라이팅 클럽

해컨색의 라이팅 클럽은 11월의 첫 번째 일요일에 시작되었다. 세면대에 떨어뜨린 목걸이가 검은 구멍 속으로 후룩 빨려 들어가는 꿈을 꾸고는 깜짝 놀라 벌떡 일어나 앉았다. 아침 10시였다. 그즈음 나는 꿈 일기까지 쓰고 있어서 아침에 일어나면 지난밤 꿈을 분석하느라 만화로 풀어놓은 꿈풀이 상징 사전부터 뒤지곤 했다.

라이팅 클럽은 오후 3시에 시작하기로 되어 있었다. 하늘이 맑기는 했지만 오후 날씨도 계속해서 맑을 것인지는 알 수 없었고, 며칠 전에 간단한 문의 전화가 걸려 오기는 했지만 누가 올지도 전혀 알 수 없었다. 정말 웃기는 건 건들건들한 목소리의 남자가 "거기가 파이팅 클럽 맞나요?" 하고 걸어 온 전화였다. 권투 글러브를 끼고 샌드백이라도 두들기는지 주변 소음에 땀내가 듬뿍 묻어났다. "파이팅요? 아뇨, 죄송합니다만 라이팅 클럽입니다."라고 공손하게 응대했을 때 상대방은 여전히 걸걸한 목소리로 "라이팅요? 아 조명!"이라고 말해 네일 숍에 있던 모두가 배를 잡고 깔깔거렸다.

전단지의 한 부분이 찢어진 건지, 이물질이 붙은 건지, 라이팅 클럽의 '라'가 파이팅 클럽의 '파'로 보이려면 어떤 시련을 거쳐야 하는지는 알 수 없었지만 그런 전화가 걸려온 건 사실이었다. 차라리 김 작가처럼 소박하게 글짓기 교실이라고 할걸 괜히 라이팅 클럽이란 이름을 붙였나 후회스러웠다.

N은 텔레비전을 보며 커피를 마시고 있었다. 텔레비전에서는 911 신고 전화 녹음을 계속해서 틀어 주고 신고자의 목소리를 자막 처리까지 하면서 흔하디흔하게 일어나는 총기 사건을 지루하게 보여 줬다. 정신이 멀쩡한 사람도 하루 종일 그 방송을 보고 있으면 자기도 모르게 정신이 이상해질 것 같았다.

그러거나 말거나 커피를 마신 뒤 집 안 청소부터 시작했다. N은 부엌 청소를 도와주었고 자발적으로 화장실 청소도 했다. N이 무슨 이유로 평소 관심도 없던 라이팅 클럽을 위해 그렇게 고분고분 날 도와주었는지는 미스터리였다. 좋게 말해 청소지, 일종의 가구 대이동을 하지 않으면 사람들이 들어올 공간이 없었다. 일단 거실 한가운데 늘어놓은 것들을 벽 쪽에 있는 가구들 앞으로 다 밀었다. 몇 명이 올지 알 수 없지만 나는 최소한 다섯 명 정도는 예상하고 있었다. "다섯 명도 안 오면 어쩌지? 한 명도 안 오는 건 괜찮지만 딱 한 명만 오면 어떡해?" 나는 안절부절못했다. "여자면 공짜로 손톱이나 다듬어 보내고 남자면 주소가 잘못됐다고 하고 그냥 보내지, 뭐. 아, 일단 잘생겼는지 얼굴은 확인하고." N은 간단하게 대답도 잘했다.

불안했다. 커피를 마셔도 우유를 마셔도 계속 가슴이 뛰었다. 라이팅 클럽이 시작되기도 전에 심장마비가 와서 죽을 것 같았다. "노래 좀 불러 봐." N이 고개를 돌려 날 쳐다보며 말했다. N이 다시 고개를 돌렸고 내 귓가에 어떤 소리가 들렸다. "그게 무슨 노래야?" 내가 N에게 물었다. "뭐라구? 나 노래 안 했는데." 내가 노래까지 부른 모양이었다. "라이팅 클럽도 좋지만 들어가서 좀 씻어라. 언니한 테서 이상한 아저씨 냄새 나." 샤워를 하는 동안에도 계속해서 노래를 불렀던 것 같다. 내가 무슨 빌어먹을 짓거리를 시작한 것인지, 도무지 알 수가 없었다.

베이글을 먹고 있을 때 L에게서 전화가 왔다. 잠이 덜 깬 목소리로 라이팅 클럽이 몇 시에 시작하는지 물었다. 나는 '아마추어 화가까지 올 거 없다'고 단호하게 말했다. 그러면서도 계속 불안했는데 그 이유는 금세 찾을 수 있었다. 야외용 튜브 속에 들어가 있으면 될 것을 그걸 창고 수납공간 쪽으로 치워두고는 좌불안석이었다. "미안해, 난 이게 없으면." N이 날 한심하다는 눈빛으로 쳐다봤다.

튜브 안에 들어가 앉자마자 파노라마처럼 김 작가가 계동의 글짓기 교실에서 했던 얘기들이 좌르륵 떠올랐다. 정말 대부분이 뻥이었지만 긴장을 푸는 데 주효했던 얘기들은 다시 돌아봐도 타이밍과 주제가 절묘했다. 그 엄마에 그 딸일까? 글짓기 교실을 2대째 운영하다니, 자랑스러운 감정 또한 드는 게 사실이었다. 그런데 자기소개말부터 막혔다. 원래 소개할 것도 없는 데다가 거짓말도 잘 못 하고 나는 원래 말을 잘하는 사람이 아니었다. 말을 잘한다기보다 하고 싶은 말이 몸에 그대로 드러나 손해를 많이 보는 스타일이었다.

"글쓰기를 좋아하시나요?", "아니, 커피 좋아하시나요?", "글을 쓸 때 어떤 기분이 드시나요?" 따위의 질문을 중얼거리며 깊은 숲속에서 길을 잃은 사람처럼 두 손을 잡고 뱅글뱅글 돌며 천장을 올려다봤다. 김 작가와 계동 글짓기 교실 회원들이 함께 만든 그 조악한 문집이라도 갖고 왔다면 한번 들여다보고 싶은 심정이었다. 그때 초인종이 울렸다. "벌써 누가 온 거야?" 우리는 동시에 현관 쪽을 돌아봤다. 문을 열었을 때 N의 엄마가 서울에서 보낸 소포 박스를 들고 항공 운송 회사 페덱스의 직원이 웃는 얼굴로 서 있었다.

　도무지 사고를 치지 않는 날이라고는 없던 시골 영감 돈 키호테의 신하 산초 판사가 영양가 없는 방랑을 계속하고 있는 돈키호테를 설득하는 대목은 어쩌면 그렇게 그 순간 의 내 마음과 똑같았던 걸까. 산초 판사는 돈키호테를 따 라다니다가 객줏집에서 흠씬 두들겨 맞은 뒤라 심사가 매 우 복잡했다. "소인이 이런 일을 당하면서 솔직히 얻은 결 론은요, 우리가 찾아다니는 모험인가 행운인가가 우리에 게 가져다줄 것은 수많은 불행밖에 없을 거라는 생각이고 요, 이러다 종국에는 우리 오른발이 어느 발인지도 모르 게 될 것이구만요. 소인의 좁은 소견으로는요, 그냥 우리 고향으로 돌아가는 게 옳은 생각 같네요. 지금 보리와 밀 수확철이고 농사일이 바쁠 테니까 사람들 말처럼 이렇게 '천방지축', '동분서주' 헤매고 다니는 것보다는 그게 훨씬 낫지요." 돈키호테는 물론 큰소리를 치면서 나무랐지만 내 심정도 영리한 산초 판사의 마음과 같았다. 돈키호테도 빨 리 그냥 집으로 돌아가고 나도 라이팅 클럽을 당장 그만두 고 싶었다.

　한국식으로 방바닥에 앉아 클럽을 진행할 예정이어서 거실 한가운데를 비워 놓았다. 방석 여러 개를 놓고 양초 세 개를 한가운데 놓았다. 처음 만나는 사람들이 너무 환 한 불빛 아래 있다 보면 어색해져서 서로 인상만 쓰게 될 것 같아서였다. 화장을 고쳤다. 평생 그렇게 긴장한 적은 없었던 것 같다. 가만히 있어도 겨드랑이에서 땀이 나고 뱃살이 떨렸다. 그때 초인종이 울렸고 우리는 나란히 현관 앞으로 걸어 나가 문을 열었다.

"여기가 해컨색 라이팅 클럽 맞나요?" 휠체어에 앉은 여자가 밝게 웃고 있었다. 현관 밖에 막 코너를 돌아 달려가는 장애인 보호 기관의 자동차 꽁무니가 보였다. 손에 작은 허브 화분을 든 채 우리를 쳐다보고 있는 여자는 얼굴의 반이 커다란 눈 두 개로 꽉 차 있었다. "죄송합니다만 저희 집은 장애인 시설이 전혀 되어 있지 않아서요. 어쩌죠?" 나는 첫 번째 회원을 돌려보내야 하는 안타까운 마음을 표현하지 않을 수 없었다. 여자는 커다란 눈으로 우리를 쳐다봤다. "난 최대 다섯 시간까지 화장실에 가지 않고도 견딜 수 있는데, 아마 여섯 시간 정도도 가능할 것 같아요." 우리는 일단 휠체어를 집 안으로 끌어들이느라 소란을 피웠다. 의욕을 갖고 참여하겠다는 사람을 막을 도리는 없었다.

"제인이라고 합니다." N이 현관문을 닫자마자 여자가 악수를 청했다. 나이도, 취향도 짐작하기 어려운 스타일이었다. 우리가 마실 차를 준비하는 사이 여자는 자유자재로 휠체어를 밀며 좁은 집 안을 물고기처럼 돌아다녔다. "악어가 된 기분이 네요. 집이 온통 습기 천지네. 기분이 으스스하고 어쨌든 특이해요." N이 머그잔을 들고 와 여자의 손에 들려 주었다.

"어디서 소식 들으셨어요?" N이 물었다. "아, 내가 얼마 전에 스시 바에 가서 저녁을 먹었는데 거기 테이블에 간장 그릇을 받쳐 놓은 종이가 올려져 있더라구요. 무심코 읽었죠. 그게 바로 당신들이 돌린 라이팅 클럽 전단지였어요. 그런데 사실은 사고를 당하기 이전, 벌써 오래전이죠, 9·11이 일어나기도 훨씬 전이니까. 미안해요, 미국 사람들은 언젠가부터 9·11을 기점으로 모든 일을 설명하기 시작한답니다. 그때는 내가 번역을 좀 했거든요. 그 종이에 적힌 글들을 읽고 있는 순간에 어떤 일이 일어났는지 아세요? 내 등이 뻣뻣해지면서 힘이 주어지는 거예요. 지난 몇 년 동안 아무런 감각이 없던 등에 힘이 생긴 거죠. 그 자리에서 벌떡 일어났어요. 스시 바 사장이 깜짝 놀라 홀로 뛰어나왔죠. 바닥에 뺨을 대고 앞으로 넘어졌어요. 그게 다예요."

"어떤 걸 번역하셨는데요?" 내가 물었다. "뭐 별건 아니었구 제가 일문과를 나왔거든요. 『세무 상담 기법』, 『부가 가치세 알기』, 뭐 그런 책들. 주로 일본책을 영어로 옮겼죠. 사람들 사는 데 별로 도움은 안 되는 책들이죠. 없어도 그만인 것들." N이 커다란 초코칩이 수북하게 담긴 접시를 들고 와 양초 옆에 놓았다. "나 그거 하나만 집어 줄래요?"

여자가 N에게 말했다. 여자가 초코칩을 먹으며 눈을 휘둥 그렇게 뜨고 N과 나를 번갈아 쳐다보는 사이 두 번째 회원이 벨을 눌렀다. 우리는 말은 안 했지만 둘 다 아싸, 하는 기분으로 현관으로 나갔다.

시골 할머니들이 논밭에서 일할 때 입는 헐렁한 몸뻬 스타일의 작업복을 입은 우람한 체구의 남자가 현관에 서 있었다. 남자의 손에는 헬멧과 휴대폰이 들려 있었는데 남자가 헬멧 안에서 구겨진 라이팅 클럽 전단지를 꺼내 들여다보며 말했다. "맞나요?" 남자가 우리 둘에게 물었다. "네, 맞아요." "저는 레오폴드라고 합니다. 글쓰기에 관심이 많죠." 먼지 탓인지 전체적으로 회색 가루를 뒤집어쓴 것 같은 이미지였다. 춥지도 않은지 반팔 셔츠 위로 드러난 팔뚝의 근육이 대단했다. 나는 살짝 부담스러운 기분이 들었다. 우리는 잠깐 뜸을 들인 뒤 두 팔을 벌려 환대의 제스처를 보이며 어서 들어오라고 했다. 신발 끈을 푸는 데 거의 2분 정도가 걸렸다. 남자의 발은 엄청나게 컸고 뿜어내는 발 냄새가 대단했다. "안녕하세요, 레오폴드 씨." 제인이 먼저 인사를 건넸다.

레오폴드는 투덕투덕하게 생긴 전형적인 한국 남자였다. "허드슨강 옆에 있는 쇼핑센터 건축 현장에서 일해요." 그는 간단히 자기소개를 한 뒤 집 안에 있는 사람들을 순서대로 쳐다보며 미소를 지었다. 우리가 마지막 참가자일 거라고 생각한 회원은 그로부터 약 10분쯤 뒤에 도착했는데 머리를 잔뜩 부풀리고 거의 팬티처럼 작은 미니스커트를 입은 10대 후반의 여자애였다. "엘리스예요." 여자애가 머리를 숙여 인사했는데 그 여자애가 마지막 회원은 아니었다. 흰 천 가방에 프린트한 종이를 잔뜩 넣어 가지고 들어온 푸른 줄무늬 셔츠의 할아버지가 마지막 회원이었다.

회원들이 동그랗게 둘러앉아 있는 모습을 본 나는 화장실에 들어가 달달 떨며 밖으로 나가지도 못했다. 괜한 일을 벌인 것 같아서 마구 후회가 되었다. 나는 살짝 N을 불러 수납장 안에 있는 술병을 좀 가져다 달라고 부탁했다. "냄새나면 안 되잖아. 그냥 어떻게 좀 해 봐." N이 그렇게 미울 수가 없었다. 나는 거울을 보고 앞머리를 두어 번 매만진 뒤 밖으로 나갔다. 내가 주뼛거리며 서 있는 사이 N이 부드럽게 말문을 열었다. "저기 여러분, 오늘 저희 라이팅 클럽에 오신 걸 환영합니다. 여기 서 있는 이 듬직한 여자분이 여러분을 여기까지 오시게 한 사람입니다. 인사하시죠. 그리고 이 사람 어머니가 한국에서 꽤 유명한 작가분이세요." 나는 갑자기 손톱을 물어뜯고 머리를 부비다가 또 손톱을 물어뜯으며 아무 말도 못 하고 서 있었다.

모두들 얼굴만 쳐다보고 있는 사이 우리의 할아버지 회원이 가방 안에 든 것들을 꺼내 바닥에 확 풀어놓았다. 이런저런 크기의 노트들이 우르르 쏟아져 나왔다. "내가

1936년생입니다. 지금 70이 넘었죠. 내 나이의 한국 남자들이 그렇듯이 파란만장한 인생을 살았어요." 할아버지는 안경을 밀어 올려 가며 연설을 시작했고 가장 어린 엘리스는 벌써부터 휴대폰을 꺼내 틱틱 누르고 지루해 죽겠는 얼굴이 되었다. "나는 어릴 때 전쟁을 겪었고 지금은 미국에 와서 살고 있지 않습니까. 이 노트에 보면 내 또래의 남자들이 겪었던 모든 일들이 다 상세히 기록되어 있어요. 지금은 이렇게 할 일 없는 노인네가 되어 초라해졌지만 이 노트에 말이지, 우리 세대는 여러분들과 달라요. 이 몸에 말야, 그 격한 시간들이 고스란히 다 들어 있어요." 할아버지의 표정이 비장해졌다. "저기요, 어르신. 상세하게 기록되어 있다고 해서 파란만장하다고 해서 다 의미가 있는 건 아니잖아요? 일단 오늘의 호스트인 저분의 얘기를 좀 들어 보죠." 나를 가리키며 할아버지를 진정시킨 건 제인이었고 이제는 무슨 말이든 해야만 했다.

"아, 네, 저는, 저기, 셸리 네일 숍에서 일하는, 오늘 너무 감사드려요. 저는, 어릴 때부터 글쓰기를, 아니, 중고등학교 시절에 글쓰기를 좋아했어요. 그런데 쓰는 것보다 읽는 게 더 좋아요. 아무튼 많이 가르쳐 주세요." 아까부터 큰손으로 얼굴을 가리고 있던 레오폴드가 나섰다. "가르치긴요, 저희가 배우러 왔는데. 나는요, 진짜 술 마시고 일하고 글 쓰는 일 말고는 하는 일이 없어요. 지금도 굉장히 어색

하네요. 술이라도 한잔 하면서 얘기를 시작하면 분위기가 훨씬 나아질 것도 같은데. 어떤가요? 제가 차가 있으니까 나가서 맥주를 좀 사 오겠습니다. 저기요, 저랑 같이 마트 가실래요?" 레오폴드가 자리에서 일어나며 N에게 말했고 N은 엉겁결에 일어나 얌전한 처녀처럼, 자석처럼 레오폴드를 따라 나갔다.

제인이 엘리스를 뚫어지게 쳐다봤다. 멀뚱하게 앉아 있는 엘리스의 표정이 힘들어 보였다. "엘리스, 지금 몇 살이야?" 그녀는 눈을 위로 치켜뜨더니 "먹을 만큼 먹었어요."라고 말했다. 분위기는 다시 냉각되었다. "그래서 여기 왜 왔는데?" 제인이 엘리스에게 또 물었다. "그냥 왔어요." 나는 레오폴드와 N이 어서 돌아오기만을 기다렸다. 그사이 제인과 할아버지는 뉴저지의 집값, 교회 소식, 변비에 좋은 음식들, 선호하는 개 종류 등의 그렇고 그런 얘기들을 나눴다.

레오폴드와 N이 돌아왔을 때 우리는 다 경악했다. 소주와 맥주가 담긴 종이 박스 두 개가 들어오고 뒤이어 커다란 비닐봉지에 담긴 안주거리용 스시까지. "우리가 돈을 걷어서 드릴게요. 회비로 처리해야죠." 제인의 말에 레오폴드가 머리를 긁적거렸다. "아이구, 아뇨, 그러지 마세요. 돈을 벌어도 쓸 데가 없어요. 술 떨어지면 또 나가기 싫어서 많이 사 왔습니다. 남으면 제가 가져갈게요."

정말 술이 남을지는 어쨌든 두고 볼 일이었다. 이 세상에 술이 없었다면, 심약하고 어리바리한 사람들은 다 어떻게 되었을까. 제인은 우리보다 조금 높은 위치에 앉아서 술판을 진두지휘했다. 필요한 물건이 있으면 날쌔게 휠체어를 움직여 달려갔고 누가 뭔가를 흘리면 금세 지적했다. 뭘 하든 행동이 빨랐다. 현관 쪽에 쌓인 술병은 이미 박스의 반을 비우고 있었다. 처음 만난 사람들이라서, 어쩌면 다시 만나지 않을지도 모르는 사람들이어서 더 많은 얘기를 하게 되는 경우가 있다. 바로 해컨색의 라이팅 클럽이 그랬다.

술이 몸속으로 퍼지면서 긴장이 풀렸고 나도 모르게 쿡쿡 웃음이 나왔다. "자, 무슨 이야기라도 해 보세요. 글쓰기에 관한 얘기가 아니어도 좋아요." 내 혀가 꼬부라졌다고는 느끼지 않았는데 지금 생각해 보면 많이 꼬부라졌던 것 같다. 발음에 신경 쓰느라 지나치게 입술에 힘을 주고 있었으니까 말이다. 사실 한쪽에서 계속 소줏발을 세웠던 건 다름 아닌 엘리스였다. "서울에 살다가 미국에 왔는데 와서 몇 년 못 가 엄마 아빠가 헤어졌어요. 언닌 공부를 잘해서 예일로 갔고 저는 한동안 엄마랑 살았어요. 지금은 혼자 살아요." "오죽하면 헤어졌겠어?" N이 먼저 거들었다. 그러자 할아버지가 또 거들었다. "저기 말이야, 엘리스. 내가 나이 든 사람이라서 이런 말 하는 게 아니고, 자네가 말이지 진정으로 말이야, 늙어서도 글을 오래 쓰고 싶으면 알코올을 멀리해야 하네. 헤밍웨이를 비롯한 유명 작가들이 남긴 명작은 대부분 말이야, 그들의 뇌가 알코올에 찌들기 이전에 쓴 것들이야. 그러니까 젊었을 때 쓴 거지. 그렇게 술을 먹다가는 명작은커녕 시집도 못 간다!" 다혈질인 할아버지는 내내 못마땅한 표정을 짓고 있더니 결국은 한 방 날렸다.

그때 커다란 한숨 소리가 들렸고 우리는 모두 레오폴드를 주시했다. "저는 사실, 한국에 있을 때 시집을 한 권 낸 시인입니다." 나는 그 시인이란 작자들의 생리를 너무도 잘 아는 터라 별로 놀라지도 않았지만 다른 사람들은 깜짝 놀란 표정이었다. "한국엔 시인이 워낙 많잖아요!" 초를 치는 발언이었던 것 같다. N이 내 얼굴을 노려봤다. "내가 어떻게 해서 여기까지 왔는지 그런 건 별로 중요하지 않습니다. 요즘엔 자기가 원하는 나라에 가서 사는 게 훨씬 쉬우니까요. 어르신 말씀대로 알코올도 문제고 사랑도 문제고 돈도 문제죠. 하지만 제일 큰 문제는 도무지 영감이 떠오르지 않는다는 거예요. 뮤즈가 날 버린 거라구요. 난 버려졌어요." "오, 레오폴드, 당신이야말로 글쓰기로 인해 고통받고 있는 사람이군요." 제인이 나섰다.

"저는 잘나가는 사람이었어요. 부모도 잘 만났고 공부도 많이 했죠. 결혼도 잘했고 대체로 다 좋았어요. 그런데 어느 날 자동차 사고가 났어요. 내가 잘못한 것도 아닌데 내가 제일 많이 다쳤어요. 사고가 나고 한동안 죽는 생각만 했어요. 여러 가지 방법으로 죽는 일을 시뮬레이션했죠. 그러다 글을 쓰기 시작했어요. 일기며 가계부, 아이들에게 쓰는 편지까지 내 모든 일상이 글로 채워졌죠. 나는 제대로 걷지도 못하는 이상하게 생긴 엄마잖아요. 그런데 우리 애들은 내가 특별한 존재인 줄 알아요. 제가 쓴 편지를 가지고 다니면서 친구들에게 읽어줄 때 아이들의 환상속에서 나는 다리를 못 쓰는 사람이 아니라 특별한 사람으로 탈바꿈했죠. 아이들도 다리를 못 쓰는 엄마를 가진 실존을 견디려면 환상이 필요했겠죠. 하지만 남편은 다른 여자를 찾아 떠났어요. 나는 남편을 미워하지 않아요. 왜냐하면 나는 사실 성적으로도 그리 문제가 많지는 않았어요. 정말 그래요. 가장 뜨거운 말로 남편을 흥분에 이르게할 수 있었거든요. 그런데 남편은 아이들에 비해 상상력이 좀 부족했어요. 어쨌든 그게 내가 여기 있는 이유예요."

"무슨 글을 쓰시죠?" 레오폴드가 N에게 물었다. "저요? 전 아무것도 안 써요. 이 좁은 집에서 두 사람이 글을 쓸수는 없죠. 보세요, 집이 좁잖아요. 저 언니 글 쓸 때 보면, 옆에 있는 사람 잡아먹을 것 같은 표정이 되더라구요. 씻지도 않아요."

"뭘 쓰지 않았으면 옆자리에 앉은 친구를 죽였을지도

몰라요. 어떤 날 보면 노트 한가득 욕만 써 있죠. 또 어떤 날 보면 모르는 단어들만 한가득 써요. 또 어떤 날은 그걸로도 모자라 전자사전을 분해했어요. 씹어 먹고 싶었거든요." 엘리스는 가냘파 보이는 외모와는 전혀 다른 사람이었다. 배통이 커 보여 말술을 마셔도 끄떡없을 것 같은 레오폴드는 그렇다 치고 엘리스는 어린 외모와 달리 노련한 술꾼이었다. "교회에 다녀야지, 교회 안 다니니까 그렇지." 다혈질 할아버지는 계속해서 엘리스를 못마땅해했다.

"일주일에 한 번씩 한국에서 도착하는 텔레비전 드라마 비디오나 보는 게 내 일이죠. 얼마 전까지는 차를 몰고 마음대로 다녔는데 재수 없게 사고를 내고는 자식들이 차도 가져가 버렸어. 오늘은 며느리 차를 얻어 타고 왔지. 말년이 이게 뭐야! 좀더 다이내믹할 줄 알았는데. 내가 이 라이팅 클럽 전단지를 보고 얼마나 즐거웠는지. 이 지루하기 짝이 없는 뉴저지에도 뭔가 쓰려는 인간이 있구나, 교양 있는 사람들이 많구나, 정말 뿌듯했다구."

그때 갑자기 술병 몇 개가 우르르 쓰러지는 소리가 났다. 우리의 엘리스가 드디어 꼿꼿하게 접고 있던 다리를 옆으로 펴느라 소란스러워졌다. 그 순간, N이 줄칼을 들고 제인의 손톱을 다듬어 주며 둘이서 눈을 맞춰 가며 뭐라 뭐라 떠들고 있었다.

"자! 제 말 모두 잘 들으세요. 이 라이팅 클럽의 운영 수

칙을 말씀드릴게요." 나는 주머니에서 꺼낸 쪽지를 펴 들고 읽기 시작했다. 술 탓에 발음이 자꾸 헛나가는 걸 느꼈지만 어쩔 수 없었다. "첫 번째, 모든 회원은 이 주에 한 번씩 자기가 써 온 글을 발표해야 한다. 단, 반드시 자신이 쓴 글이어야 한다. 두 번째, 모든 회원은 회원들이 발표한 글을 미리 읽고 와 토론에 참여해야 한다. 세 번째, 모든 회원은 아무리 화가 나도 인신공격성 코멘트를 삼가고 가능하면 긍정적인 코멘트를 하려고 노력해야 한다. 네 번째, 모든 회원은 한 달에 10달러의 참가비를 내야 한다. 다섯 번째……." 내가 다섯 번째라고 말하려는 순간 갑자기 또 술병이 와장창 쓰러지는 소리가 났다.

어느새 종이에서 눈을 떼고 좁은 집 안을 둘러보니 N이 레오폴드 옆자리에 앉아 술잔을 부딪치며 웃고 있었다. "야, 너 글 쓰는 사람 안 좋아하잖아." 내가 N에게 삿대질을 했는지 N의 목소리가 커졌다. "이 사람 글 안 써. 집 짓는 사람이라잖아. 건축가." "하하, 맞아요. 저 집 지어요." "허드슨강의 오염이 날로 심각해지고 있네. 강이 죽었어. 레오폴드 자네 그거 아나? 맨해튼을 보게. 저기는 내가 보기에 악마의 도시야. 밤이면 악마들이 나타나 높디높은 마천루를 경중경중 뛰어다니며 생지랄을 하지. 한 사람씩 골라서 귀에 악마의 씨를 집어넣으면 그 사람이 다음 날 아침에 일어나 멀쩡한 사람들한테 총질을 해 댄다네. 악마의 목소리가 계속 들려오니까 참을 수가 없는 것이지. 원래, 지옥에서 꽃이 더 잘 피는 법이지." "와, 할아버지 진짜 멋있다." 엘리스가 할아버지를 더 부추겼다. 할아버지는 벌떡 일어나 화장실로 갔다. 그리고 비틀거리며 화장실에서 나와 두 팔을 치켜들고 말했다. "그럼 우리 술도 한 박스 비웠겠다 허드슨강 변으로 산책이나 갑시다."

다섯 번째 운영 수칙은 말하지도 않았는데 모두들 부산하게 일어나 옷을 입고 가방을 챙겼고 제인이 장애인 보호기관에 전화를 했다. "자, 다들 기다리세요. 여기서 아무도 운전을 해서는 안 돼요. 저를 도와주는 분이 올 때까지 다들 기다리세요. 음주 운전은 절대 안 됩니다."

잠시 후에 차가 왔다. 12인승 자동차를 개조한 차로 제인의 휠체어가 가볍게 차 안으로 들어 올려졌다. 운전기사는 시에라리온에서 온 흑인이었는데 혀를 동그랗게 말아 굴리며 노래하듯 떠들었지만 역시 나는 무슨 말인지 잘 알아듣지 못했다. "한국 사람들 참 좋다구, 한국 여자를 사귄 적도 있다는데." 우리가 제일 골칫덩이라고 생각했던 제인은 벌써 한 번에 차에 타고는 운전기사의 말을 통역까지 하고 있는데, 멀쩡한 인간들이 술에 취해 제대로 차 안에 타지도 못하고 법석을 떨고 있었다. 발밑에 떨어진 나뭇잎들이 발에 툭툭 걸렸다. 해컨색의 일요일 밤은 너무 어두웠고 방향도 없이 거센 바람이 불었다.

제인은 자동차 한가운데 고정 장치에 묶여 있었고 양쪽으로 N과 레오폴드, 할아버지와 엘리스 그리고 내가 앞사람을 보며 죽어라 수다를 떨었다. 자동차가 언덕배기를 올랐다가 내리막을 내려갈 때는 다들 몸이 옆사람 쪽으로 쏠리면서 괜히 웃었다. 할아버지는 기분이 좋은지 「황성옛터」를 중얼거렸고 엘리스는 휴대폰을 들어 앞사람 옆사람 얼굴을 계속해서 찍어 댔다. "미국은 참 좋은 나라야. 다리가 불편한 내가 부르기만 하면 한밤중에도 차가 온다니까. 내가 가고 싶은 곳은 다 데려다준다구." 제인이 말했고 우리는 다들 입을 맞춰 "미국은 정말 좋은 나라지!"라고 고함치듯 떠들었다.

운전기사가 우리를 내려놓은 곳은 쇼핑센터와 어린이 미술센터가 한 건물에 있는 허드슨강 변의 주차장이었다. 주차장 뒤쪽으로 돌아가면 바로 강이었다. 불빛이 손끝에서 떨어지는 반짝이 가루처럼 허공에서 빛나는 맨해튼 풍경이 눈앞에 펼쳐져 있었다. 사람들은 모두들 펜스에 턱을 대고 강바람을 맞으며 맨해튼을 건너다봤다. "오, 뮤즈여 돌아오시오. 아자, 열심히 씁시다." 레오폴드가 강에 대고 소리를 질렀다.

강 산책이 끝난 후 어떻게 헤어졌는지 잘 기억나지 않는다. 시에라리온 출신의 운전기사가 모든 사람들의 집에 들러 한 사람씩 내려 주고 갔던 것 같다. 초과 근무에 대해 고맙다는 인사나 제대로 한 건지 기억도 안 났다. 흥분한 상태에서 고맙다고 볼에다 뽀뽀라도 했겠지. 다섯 번째 운영 수칙은 말했겠지? 모든 회원은 이 클럽에서 절대로 탈퇴할 수 없다! 그게 다섯 번째 수칙이었다.

월요일 새벽녘에 눈을 떴을 때 내 얼굴은 무섭게 부어올라 있었다. 그토록 금기시하던 일, 오랜만에 라면을 끓여 먹고 잤던 것이다. 애 낳은 여자처럼 잔뜩 부풀어 오른 얼굴을 부비는 순간 어떻게 해서 보게 되었는지 기억도 잘 나지 않는 영화 「줄리아」의 스토리가 떠올랐다.

제인 폰다가 연기한 주인공 '릴리'는 예민한 성격의 유명 작가였다. 그녀는 명문 고등학교와 명문 대학을 졸업하고 작가가 되었다. 사랑하는 사람과 함께 경치 좋은 바닷가를 돌며 글을 썼고 책을 낼 때마다 큰 성공을 거두는 인기 작가였다. 그러던 어느 날 어린 시절 친한 친구였던 '줄리아'가 연락을 해 온다. 줄리아는 의사가 되기 위해 옥스퍼드에 갔다가 빈으로 유학을 떠나고 히틀러의 독재 정치에 저항하는 레지스탕스 운동에 가담한다. 줄리아는 릴리에게 베를린까지 비자금을 들고 와 달라고 부탁한다. 그리고 베를린 역 근처의 카페에서 오랜만에 만난 두 사람. 아름답고 똑똑했던 줄리아는 한쪽 다리를 절며 지친 모습으로 나타난다. 그 짧은 만남 이후 릴리는 줄리아가 나치에게 체포되어 온갖 고문을 당한 뒤 피살되었다는 비극적인 소식을 듣게 된다. 영화에서는 줄곧 릴리와 줄리아의 아름답던 소녀 시절이 바닷가의 아름다운 풍경과 겹치고 릴리는 끊임없이 글을 쓰고 절망하면서 쓰고 또 쓴다.

아마도 나는 릴리와 나 자신을 동일시하고 싶었던 것 같다. 세상을 바꾸겠다고 혁명에 뛰어든 친구를 위해 비자금을 들고 베를린으로 가는 작가. 맨발로 바닷가를 거닐면서 글도 쓰고 사랑도 하고, 사는 것처럼 사는 작가.

출근 준비를 하는 아침 내내 어떤 생각 하나가 자꾸만 머릿속에서 맴돌았다. 긴 실 같은 것이 몸에서 풀어져 나와 어딜 가도 따라다니는 것 같은 느낌이 들었다. 술을 많이 마시기도 했지만 뭔가 변화가 일어난 게 틀림없었다. 라이팅 클럽이 시작된 날 왜 갑자기 세탁소 남자 생각이 났는지 잘 모르겠다.

어쨌든 그때 마침 전기가 통한 듯 내 휴대폰이 울렸고 나는 거기에 찍힌 번호가 세탁소 남자라는 사실에 거의 기절할 뻔했다. 그도 내가 그리웠던 것일까? 다시 만나자고 하면 뭐라고 반응해야 할까, 잠깐 고민했다. 하지만 사람 말은 끝까지 들어봐야 하는 법이었다.

"안녕하세요? 접니다." 나는 좀 기쁘기도 하고 뭔가 농담을 하고 싶어서 목소리에 애교를 섞었던 것 같다. "어머, 저에게 전화를 다 하셨네요. 왜요? 혹시 무슨 하실 말씀이라도." "잘 지내시죠?" 나는 건방이 잔뜩 들어간 목소리로 말했다. "그럼요, 잘 지내죠. 제가 매일 질질 짜기라도 할까 걱정하셨어요? 그러는 분은 잘 지내시죠?" 상대방의 목소리는 여전히 차분했다. "저는 그냥 똑같습니다. 다른 게 아니구." 왜 나는 하필, 그때 그런 이상한 얘길 꺼냈는지 모르겠다. "사실은 나 야외용 튜브 샀어요." 그는 몇 초 동안 침묵하더니 보다 분명한 목소리로 다시 입을 열었다. "그랬군요. 사실은 영인 씨 어머님이 많이 아프시다구 하네요. 이모가 그러는데 무슨 시설에 가 계신다고, 연락해 달라고 해서." 나는 그 순간 무척이나 자존심이 상했다. 그의 목소리는 다시 작고 차분해졌다. "정말 미안합니다. 이런 소식을 전하게 돼서." 그제야 나는 사태를 제대로 파악했고 고개를 돌려 옆 거울에 비친 내 얼굴을 보았다.

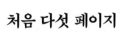

처음 다섯 페이지

"내 얘기 좀 들어 볼래." 김 작가가 한 그 말을 들었을 때 이사벨 아옌데의 소설『파울라』의 첫 문장이 떠올랐다. "파울라, 엄마 얘기를 들어 보겠니." 그러나 파울라는 식물 인간이 되어 누워 있고 엄마는 딸이 깨어나길 바라며 끊 임없이 말을 걸었다. 누워 있는 사람은 내가 아니라 김 작 가였지만 언젠가 김 작가도 잠결에 나에게 그렇게 말했던 것 같다. 술에 취해 들어왔을 때 발로 이불을 걷어차며 이 마에 손을 얹은 채 분명 그랬다. "야, 내 얘기 좀 들어 봐."

"뉴저지에서 네일 아티스트로 착실하게 잘 커 가고 있는 사람을 왜 부르고 난리야." 나는 투덜거렸지만 김 작가의 몸은 이미 엉망이 되어 있었다. 김 작가는 약간 색깔이 바 랜 푸른색 환자복을 입고 손을 배 위에 올린 채 입을 벌리고 잠들어 있었다. 가까이 가서 보면 마른 입술 주변에 가는 주름이 자글자글 잡혀 있는 게 보였다. 손마디가 갈퀴처럼 여위고 살갗이 몹시 얇아 보여서 김 작가의 손을 보고 있으면 저절로 손을 잡게 되었다. 사람이 홀쭉해져서 얼굴과 몸에는 뼈만 보이고 마르고 건조한 죽은 나무 같았다. 그나마 윤기 있게 움직임이 살아 있는 곳은 눈동자뿐이었다.

복도에서 보이는 병실 창은 반투명의 줄무늬로 반쯤이 가려져 있어 안이 잘 보이지 않았고 김 작가가 누워 있는 방에는 실제 가구라고는 하나도 없었다. 종이로 만들고 물감으로 손잡이를 그려 넣은, 입체감이라고는 없는 가짜 옷장, 종이를 붙여 만든 가짜 전화기, 검정 종이로 만든 가짜 텔레비전 화면이 벽에 붙어 있었다. 철제 다리가 붙은 침대와 난방용 라디에이터 그리고 벽에 붙은 비상벨, 모서리에 각이 없는 보조 의자 한 개만 진짜였다. 운동 능력이 떨어지는 환자들이 가구에 부딪쳐 사고가 날까 봐 취한 조치였을까, 아니면 값싸고 흔한 병원 인테리어 방법 중의 하나였을까. 어쨌든 가구들뿐만이 아니라 그 방 안에 있는 김 작가도, 또 비행기를 타고 날아온 나도, 흰 옷을 입고 왔다 갔다 하는 간호사들도 다들 가짜 같았다.

뉴욕에서 서울로, 서울에서 병원까지 가는 동안에도 나는 김 작가의 상태를 전혀 짐작할 수 없었다. 그저 얼굴 한

번 보러 가는 거라고 생각했다. 실제로 얼굴을 본 지 오래였으니까. 전화 통화를 하긴 했지만 김 작가가 아프다는 말을 한 적은 한 번도 없었다. 우리는 그냥 늘 그랬듯이 황당한 얘기들만 했다. 비유로, 거짓말로 구질구질한 실존의 고통을 비켜 갔다. 그게 우리 모녀의 오래된 스타일이었으니까.

영화를 몇 편이나 보고 음악을 듣고 또 신문을 보고, 잡지를 보고 다시 영화를 봐도 여전히 비행기 안이었다. 김 작가에게 무슨 일이 일어날지도 모른다는 불안감, 빨리 가야겠다는 생각이 엉덩이를 들썩이게 만들었고 나는 자꾸 비행기 뒤쪽에서 왔다 갔다 했다. 입안이 마르고 눈은 따가운데 잠시도 잠을 이룰 수가 없어서 비행기에 있는 동안 줄곧 깨어 있었다. 창 덧문이 열리고 닫히는 사이, 잠깐 잠이 들었다가 퍼뜩 눈을 뜨는 순간 해컨색의 라이팅 클럽이 떠오르기도 했다.

11월의 어느 일요일 밤에 정말 그 라이팅 클럽이 열리기나 한 걸까. 다들 술을 마시긴 했지만 나중에 앨리스가 이메일로 보내 준 라이팅 클럽 회원들의 사진은 뭔가 좀 이상했다. 사선으로 그어진 불빛은 보이는데 정작 사람들의 얼굴은 잘 보이지 않았다. 눈을 크게 뜨고 들여다보면 불빛 저 안쪽에 숨어 있는 제인의 은색 휠체어 바퀴가 언뜻 보일 뿐, 차가 흔들린 탓인지 카메라가 흔들린 탓인지, 다들 귀신처럼 어둠 뒤에 숨어 있어 전체적인 윤곽을 확인하기가 어려웠다.

인천공항에 내리자마자 서울 시내로 들어가는 버스를 탔다. 한 시간 남짓 후 강변역 시외버스 터미널에 내렸고 거기서 버스를 탔다. 가평까지는 한 시간 반 정도 걸렸고 거기서 또 앞쪽에 작은 깃발을 매단 택시를 탔다. 가평 시내를 벗어나 좁다란 도로로 달리기 시작하면서 앞 유리로 쏟아져 들어오는 따뜻한 햇빛 때문인지 피곤이 확 몰려왔다. 나도 모르게 잠깐 졸았던 것 같다. 머리가 심하게 흔들리는 순간 눈을 떴고 택시는 돌길 위를 달리고 있었다. "손님이 가자니까 가는 거지, 진짜 우린 이런 데 가고 싶지 않지!" 어디다 대고 반말이냐고 쏘아붙이고 싶었으나 대꾸할 힘도 없었다. 돌길 오른쪽은 저수지였고 왼쪽 산등성이 아래로는 야트막한 전원주택들이 들어서 있었다.

산을 등지고 서 있는 3층짜리 핑크 색 건물 앞에서 차가 섰다. "여기가 그 병원이야." 운전기사는 끝까지 반말이었다. 그래도 난 미국에서 온 사람이랍시고 팁까지 건넸다. 정신병원과 노인 요양 시설을 겸하고 있다는 병원 입구까지 걸어가는 동안 왠지 기분이 오싹했다. 저만치 철문이 보이고 그 철문 안쪽에 갑자기 움직임이 빨라지며 주변을 뱅그르르 돌기 시작하는 개 몇 마리가 보였다. 벨을 누르자 한참 만에야 목소리가 들렸다. 신분 확인을 하는 동안 내내 개들이 짖어 댔다. 미친 사람들이 사는 곳에 들어가고 싶지 않았다. 한번 들어가면 다시는 나오지 못할 것 같기도 했고 문이 열리고 내가 들어간 후에는 출입구가 사라져 버릴 것 같기도 했다.

2층으로 올라갔을 때 김 작가는 다른 환자들과 같이 중앙 거실에 앉아 과자를 먹고 있었다. 옆자리에 앉은 남자 환자들은 느릿느릿 카드를 돌렸다. 고함을 질러 대고 울고 까무러치고 전기 충격을 가하고 기절하고 시끄러울 줄 알았는데 분위기는 그리 나쁘지 않았다. 옆사람과 떠들고 있던 김 작가는 나를 본 순간 "안녕!" 하고 오른손을 들어 흔들었다. 그리고 "먼저 가 볼게요." 하고 소파에서 일어나 내가 있는 복도 쪽으로 걸어왔다. "왔니?" 김 작가는 친절하게도 내 가방을 왼손에 받아든 채 미국에서 돌아온 잘난 딸의 얼굴을 물끄러미 쳐다봤다. 그리고 내 어깨 위에 오른팔을 둘렀다. 우리는 아무 말 없이 복도를 걸었다. 우리는 생전 처음 함께 여행을 떠나는 것 같았다. 복도 끝에 있는 문을 밀자 바로 활주로였고 비행기 한 대가 서 있었다. 우리는 선글라스를 쓰고 비행기에 올라탔다. 멋진 여행이 시작되려고 했다.

다행히 병실은 1인용이었다.

"내 얘기 좀 들어 볼래? 며칠 전 밤에 말이야, 여기서 무슨 일이 있었는지 아니? 자려고 누웠는데 창밖에서 갑자기 센 불빛이 비쳐 드는 거야. 여기가 2층 맞잖아. 내가 창을 열고 내다봤는데 앞에 번쩍번쩍 빛나는 검은색 차들이 여러 대 와서 서 있는 거야. 깜짝 놀랐지. 노인네들이 입에 게거품을 물고 죽어 나자빠진다고 해도 절대로 야근은 안 하는 의사들과 병원 책임자들이 도열한 채 현관에 서 있었어. 너 지금부터 내가 하는 말 아무한테도 얘기하면 안 된다. 검고 긴 리무진 안에서 누가 나왔는지 아니, 여왕마마가 실려 온 거야." 김 작가는 두 눈을 동그랗게 뜨고 입술에 손가락을 올리고 쉬쉬거렸다. "여왕마마가 비척거리며 정원 바닥에 깐 돌멩이 위로 넘어지려는 순간 경호원들이 몰려와 부축을 해야 했다니까." 나도 무심코 자리에서 일어나 마당 쪽 창밖을 내다봤다. 김 작가 말처럼 그 병실에서는 병원 현관 입구 쪽이 환하게 내다보였다.

"여왕마마가 누군데? 도대체 누구 얘기하는 거야?" "누구긴, 우리나라의 최고 여왕이지." "그래서?" "그런데 여왕마마가 왜 여기까지 실려 왔게?" "내가 그걸 어떻게 알아. 빨리 말해 봐." "이건 진짜 비밀이다. 너만 알고 있어야 해." 김 작가는 잔뜩 뜸을 들였다. "아이 진짜, 김 작가님 그냥 말해 보세요. 기운 빼지 말고." "왕실에서 몰래몰래 술을 하도 마셔서 알코올중독자가 된 지 오래래. 여왕마마가 밤새 슬프게 울어서 도무지 잠을 잘 수가 없었어. 이런 으슥

한 곳에 치료를 하러 온 거 보면 술을 엄청나게 많이 마신 게 틀림없어. 새벽녘에야 울음소리가 그치고 조용해졌단다. 의사들이 아래로 끌고 간 게 틀림없어. 지하에 전기 충격실이 있거든."

거짓말인지 진짜인지 알 수 없지만 뉴저지에서 돌아온 나를 맞이하는 김 작가의 환영사는 황당했다. 간이침대에 누워 잠깐 잠이 들었다가 김 작가의 헛소리를 듣고 깨어났다. "불이야, 불." 김 작가가 소리를 질러 댔다. "뭐가 타는 소리가 들리는데, 넌 안 들려? 물소리도 들리는데, 너 화장실에 물 틀어 놓은 거 아냐? 물소리가 자꾸 들리잖아. 빨리 가서 물 좀 잠그고 와." 김 작가는 밤새 병실 안을 돌아다니며 알 수 없는 말들을 해 댔다.

다음 날 아침, 비교적 정신이 말짱해 보이는 김 작가는 계속해서 뭔가를 썼다. 어떤 때는 검은 뿔테 안경까지 쓰고 도무지 아픈 사람이라고는 할 수 없는 집중력 있는 표정으로 뭔가를 계속 써 댔다. 그럴 때의 얼굴은 완전히 글쓰기에 몰입해 있어서 내가 옆에 있는지도 잘 모르는 것 같았다. 흰 종이는 힘차게 갈겨 쓴 글씨로 빼곡했고 자잘한 그림도 그려져 있어 작은 여백조차 보이지 않았다. 김 작가는 어디를 가든 자기가 쓴 원고가 든 비닐 파일을 옆구리에 끼고 다녔다.

그뿐이 아니었다. 김 작가는 2층 병실에 있는 모든 환자들에게 일일이 편지를 썼다. 아침이면 주머니에 편지를 가득 넣고 방마다 돌아다니며 편지를 꺼내 주는 게 일이었다. 편지를 받는 사람은 트랜지스터 라디오를 귀에 댄 채 딴 세상에 가 있거나 허공을 응시하며 가만히 누워 있는 것만으로도 힘들어 보이는 경우가 많았다. "답장 꼭 보내 주세요." 김 작가는 진지하게 말하고 가벼운 발걸음으로 병실을 순례했다.

처음엔 어디가 아픈지, 어떤 상태인지 잘 알 수 없었다. 너무 많이 쓰고 너무 열정적으로 움직여서 도무지 아픈 사람이라고는 믿어지지 않았다. 내가 김 작가의 상태를 직접 눈으로 보게 된 건 사실 며칠 지나지 않아서였다.

환자들이 2층 로비에 앉아 텔레비전도 보고 왔다 갔다 하기도 하는 비교적 여유로운 시간이었다. 다른 사람들처럼 차라리 아무 일도 하지 않으면 좋겠는데 김 작가는 여전히 바쁘게 돌아다니다가 막 병실로 돌아온 뒤였다. 그러다 갑자기 이마를 두 손으로 잡고 눈이 안 보인다고 했다. 어지러워서 침대 위에서 내려오고 싶다고도 했다. 손을 잡아 아래로 내려오게 했고 김 작가는 병실 바닥에 퍼질러 앉아 자꾸 웃었다. 자기 몸을 긁적이기도 하고 꿀꺽꿀꺽 소리 나게 침을 삼키며 알아들을 수 없는 말을 하기 시작했다. 그리고 온몸을 바들바들 떨었다.

비상벨 소리를 듣고 온 건지, 지나다 그냥 보고 들어온 건지는 몰라도 간호사가 달려왔다. 그 병원에서는 아무도 그 정도 일에 호들갑을 떨지는 않는 분위기였다. 다들 태연히 복도를 지나갔다. 볼살이 발갛게 오른 간호사가 힘있어 보이는 팔뚝으로 김 작가를 달랑 안아 침대 위에 올려놓고는 밴드로 몸을 조여 침대에 밀착시켰다. "할머니, 넘어지면 안 되니까 침대 위에 있어요. 내려오면 큰일 나. 할머니 이름 뭐죠? 이름 말해요, 할머니." 김 작가는 침대 위에서 눈을 굴리며 계속해서 몸을 바들바들 떨더니 더 이상 못 참겠다는 듯이 소리를 질렀다. "지금 누구보고 할머니래, 당신?" 김 작가가 그러거나 말거나 간호사는 더 큰 소리로 말했다. "못 내려오게 잡고 계세요. 내려오면 어지러워서 금방 넘어져요. 고관절이라도 부서지면 큰일 나니까. 자, 할머니 이름 뭐예요?" 그러자 김 작가가 고개를 돌리며 한마디 했다. "몰라! 내 이름 몰라, 난 아무것도 몰라!" 간호사가 나에게 절대 자리를 비우지 말라는 주의를 주고 나갔다. 할머니라니, 그러고 보니 김 작가는 정말 할머니처럼 보였다.

경련이 끝나면 몹시 우울해했고 토할 것처럼 웩웩거렸다. 추워서 몸을 웅크린 채 꼼짝도 안 하려고 했다. 그러다 갑자기 팔을 풀고 소리를 질렀다. "내가 왜 여기 있어야 하니? 말해 봐!" "아프다잖아. 치료가 필요하대." "어떤 미친 인간이 그러니? 난 아프지 않아." 김 작가는 내 말을 전혀 듣지 않으려고 했다. "난 그냥 길을 가다가 가방을 떨어뜨리고 몇 번 찻길을 그냥 건너고 그랬을 뿐야. 그랬다고 사람을 병원에 가두니?" "가두긴 누가 가둬, 아프잖아. 눈에서 불이 보인다며?" "그래, 불은 보여. 불은 보이지."

항경련제 덕분에 김 작가는 이틀간 거의 죽은 듯이 누워 있었다. 주변이 너무 고요했다. 정적 속에서 미친 듯이 뛰는 김 작가의 심장 소리만 크게 들렸다. 건너편 산 위의 나무들은 조금씩 붉게 물들었고 병원에 있는 환자들은 나날이 흰색으로 작아지는 것 같았다. 건물 외벽은 핑크지만 안은 온통 흑백인 병원이 싫었다. 사람들은 왜 여기 온 걸까. 너무 자기 자신에게 집중했던 게 아닐까. 눈이 반쯤 돌아가고 입에서 게거품을 뿜어내게 하는 게 뭘까. 환자들의 뇌 속을 시원하게 들여다보고 싶었다.

병원에 단둘뿐인 의사를 만나는 일은 하늘의 별 따기보다 어려웠다. 면담 신청을 해도 거절되기 일쑤였고 좀 더 급하고 중한 환자들이 있다는 이유로 매번 연기됐다. 그들의 의학 지식이 얼마나 되는지는 모르지만 서른을 좀 넘은 듯한 젊은 의사 둘이서 2층부터 3층까지 빈 병실 하나 없이 꽉 찬 병원의 모든 노인 환자를 케어했다. 둘 중에 김 작가 주치의라고 소개받은 의사 방으로 들어갔다. 병실이나 의사의 진료실이나 건조하긴 매한가지였다.

"커피 좀 드릴까요?" 남자 의사가 진찰 데스크 앞에 놓인 의자를 권하며 말했다. "설탕은 넣지 않습니다만." "미 안합니다. 이거밖에 없는데." 의사가 커피믹스 한 봉지를 들어 흔들고는 종이컵에 넣고 물을 넣은 뒤 스틱으로 저었다. "혹시 가족력이 있으신가요?" 있는지 없는지 모르는 나는 대답을 하지 못했다. "저희가 협력 병원에 의뢰해서 뇌파, 뇌 촬영, 피 검사까지 모든 검사를 다 했는데 환자 분 측두엽에 종양이 있습니다." "정말요? 지금 농담하시는 거 아니죠?" 의사는 연필을 잡고 뱅글뱅글 돌리며 말했다. "네, 유감스럽게도."

믿을 수 없는 진단이었다. "그런데 무슨 뇌종양 환자가 매일 글을 쓰죠? 원래 직업이 작가이긴 하지만요." "제가 잘 모르긴 하지만 측두엽에 문제가 있는 환자들 중에 유명한 작가들도 있었다고 들었습니다. 『백치』를 쓴 그 누구죠? 아, 도스토옙스키도 그랬다더군요. 물론 정확한 데이터가 있는 건 아닙니다. 어쩌면 어머님도 그런 분인가 봅니다.

커피 맛이 없었던 건 다 이유가 있었다. 설탕이 종이컵 밑바닥에 엉켜 가라앉아 있었다. 의사의 방에서 나와 곧장 정원으로 걸어갔다. 병원에서 거주하는 건강한 노인들이 마당에 서서 건너편 호수 쪽을 쳐다보며 맨손체조를 했다. 벌써부터 모자에 파카 조끼에 단단히 옷을 챙겨 입고 마스크까지 착용하고 있었다. 햇살이 아직 따뜻하긴 했지만 추운 날씨였다. "지금은 상태가 괜찮아 보이지만 저러다 심각하게 나빠지기도 합니다. 당분간 불편하시더라도 좀 지켜보시는 게 좋을 것 같군요." 의사가 주머니에 손을 찔러 넣은 채 차분하게 말했다. 곧 겨울이 닥칠 터였다.

병실로 돌아갔을 때 김 작가는 침대의 머리 쪽을 높이 세운 채 등을 기대고 앉아 글을 쓰고 있었다. 앞에 쓴 종이를 옆에 놓고 자기가 쓴 것들을 확인하기도 하고 종이를 높이 쳐들고 뒤집어 보고 또 바로 놓고 읽기도 했다. 뇌종양에 걸린 사람이 쓰는 글은 어떨까. 순간 어이없게도 나는 김 작가가 부러웠다. 나에게는 들어가 앉아 있을 야외용 튜브도 없고, 병원이 뮤즈가 강림했던 뉴저지도 아니고, 라이팅 클럽을 빌미로 한 술 파티도 더 이상 열 수 없었다.

『파울라』의 엄마가 딸에게 보내는 세 번째 편지의 첫 문단은 읽을 때마다 신선하고 감동적이었다.

우리 엄마의 인생은 절대 글로 써서는 안 되는 소설과도 같았다. 엄마가 돌아가신 후 50년이 지날 때까지는 엄마와 관련된 미스터리와 그 비밀들을 폭로해서는 안 된다. 그렇지만 나를 화장해서 바다에 뿌려 달라는 유언을 후손들이 들어줬을 경우, 아마 그때에는 나도 물고기 밥이 되어 있을 거다.

엄마와 나는 늘 의견이 맞지 않아 티격태격하면서도, 엄마에 대한 내 사랑이야말로 내 인생에서 가장 오래 지속된 사랑이었다. 그 사랑은 내가 잉태되던 날 시작되어 거의 반세기가량 유지되어 오고 있단다. 게다가 엄마의 사랑이야말로 유일하게 무조건적인 진실한 사랑이지. 아무리 열정적인 연인들이나 효자들도 그렇게는 사랑하지 못할 거다.

지금 엄마는 나와 함께 마드리드에 있단다. 일흔 살의 나이라 하얀 은발에 주름투성이지만, 모든 것을 무채색으로 퇴색시켜 버린 요 몇 달 동안의 고통에도 불구하고 아직 엄마의 초록빛 두 눈은 옛날 열정 그대로를 간직한 채 반짝거린다.

지금 엄마는 나와 함께 마드리드에 있단다. 지금 김 작가는 나와 함께 병원에 있단다. 낳지도 않은, 있지도 않은 내 딸을 향해 그렇게 말한다. 지금 우리 엄마 김 작가는 나와 함께 병원에 있단다. 내가 뭘 어떻게 해야 하니?

잠깐씩 우울해졌다. 무슨 일이 있었던 건지 알 수 없었다. 내가 세탁소 남자를 따라 미국으로 가기 직전만 해도 김 작가는 명랑하고 쾌활했다. 여전히 계동 아줌마들과 신나게 살았다. 밥도 잘 먹고 술도 잘 마시고 수다도 떨면서. 나는 별의별 생각을 다 했다. 혹시 그 남자, 장이 찾아와 고등어 굽던 여자가 떠났다며 행패를 부린 건 아닐까. 하지만 그건 너무 오래전의 일이었다. 그렇다면 나의 아버지라는 사람이 찾아와 마지막 생이라도 함께하자고 괴롭히기라도 한 걸까. 아니면 새로운 사랑에 빠졌다가 다시 실패한 걸까. 왜 머리에 종양이 생긴 걸까?

그날 밤에 많은 비가 내렸다. 후두둑거리며 떨어지는 빗소리가 무섭도록 크게 들렸다. 병실 기온이 낮은 탓인지 김 작가는 환자복 위에 방한용 코트를 걸쳐 입은 채 몸을 떨고 있었다. 빗소리가 커지면서 김 작가가 더 심하게 몸을 떨었다. 귀를 막고 얼굴을 찌푸리면서 발끝에 잔뜩 힘을 준 채 빗소리가 들려오는 창 쪽을 가끔씩 쳐다봤다. "귀가 너무 아파. 귀가 없었으면 좋겠어." 김 작가가 귀를 뜯어내려는 듯 양손에 힘을 주어 잡아당겼다. 우르르 쾅, 천둥소리가 들리고 김 작가가 갑자기 웃으며 소리를 질렀다. "귓속에 벌레가 있다니까, 벌레 좀 끄집어내 줘, 이 바보."

나는 의사가 말한 것처럼 심한 몸 떨림이 오지 않기만을 기도했다. 무서운 발작이 오지 않기만을 바랐다. 조금 가라앉은 듯했다. 다가가 앉아 어깨를 꽉 잡고 무슨 얘기든 해야 했다. 김 작가가 순간 내 목을 끌어안았다. 너무 꽉 끌어안아 나도 모르게 힘을 주어 밀쳐 내려고 했다. 그래서는 안 되는 거였다. 김 작가는 토할 것처럼 또 구역질을 해 댔다. "빨리 집에 가고 싶어!" 김 작가가 겨우 입을 열어 발음했다. "가게 될 거야. 며칠 후면 가게 될 거야." "내가 다 잘할게. 제발 집에 가자." 김 작가가 아기처럼 내

목에 대롱대롱 매달렸다. 복도를 지나가던 환자들이 문 앞에 서서 구경했다. "제발 이러지 마. 좀 진정하라구." 그래서는 안 되는데 결국 나는 환자에게 화를 내고야 말았다. 나는 그곳에서 뛰쳐나오고 싶었다.

침을 흘리고 헤헤 웃으면서 김 작가가 또다시 몸에 힘을 주어 매달렸다. 몸이 막대기처럼 단단하게 뭉쳤다. 곧 굳어 으스러질 것만 같았다. "곧 갈 거야. 뉴욕으로 갈 거야. 뉴욕에서 살고 싶다고 했잖아." 뉴욕이라는 말이 마술을 일으킨 걸까. 김 작가가 순간 몸에 힘을 풀고 뒤로 축 늘어졌다. 나도 같이 축 늘어졌다. 다행히, 다행히 큰 발작만은 피한 것 같았다.

가평의 정신병원을 뉴욕에 있는 고급 요양 시설로 바꾸기로 했다. 김 작가에게는 환상이 필요했다. 이곳이 병원이 아니라는 환상, 병원에 있는 게 아니라 뉴욕에 있다는 환상을 주고 싶었다. 환상 안에서 평화로울 수 있다면 나는 뭐든 해야만 했다. 나는 오랜만에 김 작가를 만나기 위해 뉴욕에 온 사람이 되어야 했다. 김 작가는 아침마다 막 구운 크루아상 단 두 개를 사기 위해 맨해튼 중심가의 횡단보도를 아주 천천히, 느린 보폭으로 건넌다. 푸른색 환자복이 아닌 분홍색 잠옷 위에 길고 검은 코트를 걸치고, 세상에서 제일 여유로운 표정으로 걸어간다. 뉴요커들이 김 작가에게 아침 인사를 건넨다. 봉주르 마담, 헬로 레이디!

김 작가는 손을 흔들며 활짝 웃는다.

종이에 알파벳 하나씩을 써서 벽에 붙였다. 브이아이피라는 단어와 김 작가의 이름도 붙였다. 푸르스름한 환자복을 입고 침대 위에 누워 있는 김 작가의 등 뒤에 베개를 두개 넣어 주었다. 잠시 후 김 작가가 어깨를 들썩이며 웃었다. "조금 있으면 네일 케어를 담당하는 사람이 와서 김 작가님 손을 예쁘게 다듬어 준대요. 정말 여기 서비스 끝내주죠?" 김 작가가 힘없이 대답했다. "네, 당신들 마음대로 하세요."

다행히 미니 손질 도구가 내 가방 안에 들어 있었다. 의자를 당겨 침대 옆으로 다가가 앉았다. 힘을 주어 손을 잡으려고 해도 김 작가의 손끝에는 힘이 주어지질 않았다. 손톱 층이 아주 얇고 큐티클 층이 거의 사라지고 없었다. "무슨 색을 발라 드릴까요, 작가님? 아무래도 작가님처럼 우아한 분에게는 연두색과 흰색의 배합이 좋을 것 같은데요." 김 작가는 눈을 휘둥그레 돌리다 내 얼굴을 쳐다봤다. "니 마음대로 하세요." "마음대로 하라니요, 제가 알기로 작가님은 성질 나쁘고 얼굴 예쁘기로 유명한 분인데 이렇게 고분고분하시다니. 아휴 놀라워라." 내가 생각해도 그렇게 하고 있는 내가 너무 대견했다. 파일로 손톱 끝을 갈아내는 소리가 들렸다. 삭삭삭삭, 내 허벅지 위로 김 작가의 흰 손톱 가루가 떨어져 내렸다. 아직 경련 억제 효과가 살아 있어 발작을 일으키지는 않았다. 그러나 또 언제 몸을 부들부들 떨지 알 수 없었다.

그 후 며칠 동안 김 작가는 매우 조용히 지냈다. 우울증 증세가 심해지고 몸이 축 늘어져 소란을 피울 힘도 없어 보였다. 그러나 김 작가가 무슨 생각을 하고 있는지 나는 짐작할 수 없었다. 건강함이 사라진 대신 얼마나 많은 미지의 것들이 김 작가의 머릿속을 휘젓고 다니는지, 어쩌면 그녀는 뿌리도 약한 들꽃 몇 개를 잡고 언덕 위에서 곤두박질치지 않기 위해 애쓰고 있는 중인지도 몰랐다.

그 주 토요일 낮, 몇 명의 음악가들이 병원을 찾아와 연주회를 했다. 세미 정장을 입은 음악가들이 반짝거리는 악기를 꺼내 베토벤, 모차르트 등 귀에 익숙한 음악들을 연주했다. 환자들을 문병 온 가족들도 환자 옆에 같이 앉아 음악을 들었다. 침을 흘리는 입가를 닦아 주기도 하고 손을 잡고 미소를 짓기도 했지만 대부분의 환자들은 옆에 있는 가족을 모르는 사람처럼 대했다. 갈등을 주고 아픔을 주고 혼돈을 불러일으켰던 가족들은 이제 환자들의 기억 속에서 사라져 모르는 사람들이 되어 버렸다. 어쩌면 그게 나을지도 모른다는 생각이 들었다.

『돈키호테』를 읽어 주었다. 김 작가는 전보다 색이 더 바랜 듯한 푸른색 환자복을 입고 두 손을 배 위에 올린 채 얌전히 천장을 올려다보고 있었다. 내가 읽는 소리를 듣고 있는지, 안 듣고 있는지 잘 알 수 없었다. 잠깐 물을 마시는 사이 김 작가가 말했다. "병원에서 나가면 진짜 제대로 된 걸 써야겠어. 이제 정말 그럴 수 있을 거야." "그럼 그래야지! 누가 말려, 꼭 써." 나는 계속해서 『돈키호테』를 읽어 주었다. "병원에서 나가면 너한테 잘해 줄게. 맛있는 것도 해 주고 니 말도 더 잘 들을게." 이건 또 갑자기 웬 고백모드! 녹음이라도 해 두고 싶었다. 김 작가는 더 이상 토하지도 않았고 침을 흘리지도 않았다. 믿기 어려울 정도로 얌전했다.

다음 날 아침부터 김 작가는 또다시 뭔가를 쓰기 시작했다. 감지 않은 머리는 부스스한 채 그대로였고 수면 양말도 그대로 신고 있었다. 푸른색 환자복 위에 병원에서 일괄 지급한 것으로 보이는 핑크색 울 스웨터를 입은 채 침대 위의 식판에 상체를 괴고 앉아 뭔가를 썼다. 순환의 시간이었다. 뭔가를 쓰라고 자꾸만 부추기는 조울증의 시간, 아무리 피하려고 해도 반드시 찾아오고야 마는 지긋지긋한 떨림의 시간, 그리고 아무런 욕망도 갖지 못하게 만드는 무서운 침묵의 시간. 그중에서 아무것도 하지 못하게 만드는 침묵의 시간이 제일 무서웠다. 그래도 뭔가를 쓸 때가 쓰지 않을 때보다 나았다.

"나 서울 갔다 올게. 보험회사에 가서 병원 서류를 내고 와야 해." 김 작가는 내 얼굴은 쳐다보지도 않고 한 손을 들어 흔들었다. 이른 아침부터 환자들이 복도에 나와 다리를 한 짝씩 들었다가 내리고 팔을 쳐들어 돌렸다가 내렸다. 느리지만 나름의 활기가 있었다. 몸을 움직여 보려는 활기, 더 이상 세포의 경화를 내버려 두지 않겠다는 활기, 망가지지 않으려는 활기, 너무나도 느려 터진 병원 특유의 아침 활기가 있었다.

미국에서 돌아와 쌓인 피로 때문인지 버스에서 내내 잤다. 얼마나 피곤한지 입에 과자를 넣고 우물거리는데도 잠이 왔다. 아침 일찍 서두른 탓에 다시 가평으로 돌아갔을 때는 막 어두워진 즈음이었다. 김 작가는 그때까지도 뭔가를 쓰고 있었다. 문이 열리고 닫힐 때마다 침대 아래 떨어진 종이들이 펄럭거렸다. "그만 써. 지겹지도 않아?" 김 작가가 어깨를 내리고 내 얼굴을 물끄러미 쳐다봤다. "오늘 무슨 일 있었는지 알아? 유명한 여자 화가가 병원에 들어왔잖아. 정말 이름만 대면 다 아는 사람이야." "왜 또? 누구처럼 여왕마마로 살기 힘들어서 알코올중독자가 됐대?" 김 작가는 팔짱을 끼고 심각한 얼굴로 대답했다. "아냐, 아냐, 이번엔 치매야."

다음 날 아침, 김 작가의 편지는 평소보다 한 통 늘었다. 화가에게 가는 편지 봉투에는 예쁜 새도 한 마리 그려 넣었다. 김 작가는 바쁘게 병실을 오르내리며 거의 간호사 수준으로 활발하게 돌아다녔다. 너무나 멀쩡해 보여

서 다른 생각은 별로 들지 않았다. 나는 언제나 그렇듯 몇 시간 후에 일어날 일들조차 짐작하지 못하는 사람이었으니까.

환자들이 모두 마당으로 나와 체조를 하는 시간이었다. 나도 마당으로 따라 나갔다. 느리고 단순한 음악이 흘러나와 병원 건물 전체를 감쌌다. 모두들 두꺼운 방한복에 모자를 쓰고 마스크까지 쓰고 나와 운동 코치를 따라 동그랗게 원을 그리며 천천히 운동장을 돌았다. 김 작가의 말이 사실인지 어쩐지 온통 형광색으로 예사롭지 않게 차려입은 여자 하나가 운동하는 사람들의 대열에서 조금 떨어진 벤치에 앉아 담배를 피우는 중이었다. 그 담배 연기는 신기했다. 운동을 하던 남자 환자 중 몇 명이 대열에서 벗어나 그 여자 앞에 가 선 채 상체를 숙이고 담배 연기를 들이마셨다.

나는 병원 건물 안으로 들어와 거실 소파에 앉아 창밖을 내다보았다. 너무 졸려서 꾸벅꾸벅 졸았다. 그러다 눈을 뜨면 다시 창밖을 내다보고 또 졸고. 1분 정도밖에는 지나지 않았던 것 같다. 아니 길다고 해도 3분 정도였다. 갑자기 창밖에서 웃음소리가 들려왔다. 웃음소리조차 느리고 기운이 없었다. 운동의 효과가 있는 모양이지, 다행이라고 생각하며 눈을 반쯤 감은 채로 창밖을 내다봤다. 한 사람이 옷을 벗고 대열에서 벗어나 원의 안쪽을 뱅글뱅글 돌고 있었다. 미친 사람들이니까 이해해야지, 다들 미친 사람들 아닌가. 너무 졸렸고 다시 눈을 감았다. 그러다 다시 눈을 뜨고 벌떡 일어나 창밖을 내다봤다. 다큐멘터리 사진집 속의 기아 소녀처럼 마른 몸으로 사람들의 꼬리를 따라다니며 힘없이 뛰고 있는 사람이 보였다. 나 미쳐, 바로 김 작가였다.

그날 밤에 그토록 피하고 싶었던 것이 결국 오고야 말았다. 김 작가는 계속해서 입을 오물거리며 뭔가를 씹는 듯한 동작을 하다가 또 한참 동안 멍해지다가 또다시 입맛을 다시고 입을 오물거렸다. 점차 경련의 동작이 커지고 그때까지와는 다른 양상의 발작이 일어난 것은 밤 10시쯤이었다. 나는 김 작가의 얼굴이 잘 보이는 쪽으로 얼굴을 향한 채 침대에 턱을 괴고 있었다. 먼저 침대가 흔들렸다. 비도 오지 않는데 침대 위에 거센 폭풍이 몰아치고 거친 나뭇가지들이 김 작가의 얼굴을 후려치고 그녀의 몸은 저 혼자서 깊은 낭떠러지로 떨어지는 것 같았다.

나는 아무것도 할 수 없었다. 김 작가의 몸을 꽉 붙들어 주는 것밖에는 할 수 있는 일이 없었다. 간호사가 와서 주사를 놓고 갔지만 웬지 주사도 효과가 없었다. 밤이 되면서 발작이 더 심해졌다. 급기야 김 작가가 나를 밀쳐 내고 베개 위로 튀어 올라 바닥으로 쿵 떨어졌다. 김 작가를 붙잡고 어쩌고 할 틈도 없이 순식간에 일어난 일이었다. 나

는 소리를 질렀다. "엄마, 정신 차려." 김 작가는 구역질이
치미는데도 입을 꼭 다문 채 목구멍 밖으로 쏟아져 나오
려고 하는 것들을 나오지 못하게 했다. 금세라도 토할 것
같았다. 김 작가가 팔을 뻗어 나를 잡으려고 했다. 내가 허
우적거리는 그녀의 팔을 잡았다. 그녀는 입으로 아무런 소
리도 내지 않았다. 나는 사람들을 불렀다. 아무도 오지 않
았다. 김 작가의 얼굴은 고통으로 쭈글쭈글했고 눈동자는
반쯤 위로 치켜져 올라가고 허리는 완전히 비틀어져 있었
다. "엄마, 이러지 마. 이러면 안 돼." 나는 소리를 쳤고 김
작가의 몸은 자꾸만 비틀렸다. 그때 여러 명이 문을 박차
고 들어왔다. 김 작가의 몸에 주사기를 찔러 넣을 즈음 그
녀의 눈은 이미 저 하늘나라 쪽으로 거의 다 간 것처럼 보
였다. 김 작가의 몸이 굳는 것 같았다. 나는 그녀를 안았
다. 그녀의 머리를 꼭 안고 계속해서 흔들었다.

밤새 김 작가의 머리를 꼭 안은 채 얼굴을 어루만지며
앉아 있었다.

다행히 김 작가의 심장은 멈추지 않았고 경련은 가라앉
았다. 김 작가는 너무 가벼워서 한숨에 달랑 안을 수 있었
다. 어느새 새벽녘이었다. 나는 그녀를 침대에 눕히고 베개
를 머리에 맞게 대고 이불을 덮어 주었다.

푸르게 밝아오는 새벽하늘이 창 너머로 보였다. 바로 그
때 병원 정문으로 검은 리무진들이 자갈을 짓이기는 소리

를 내며 몰려들었다. 손으로 창을 닦고 내다봤다. 검은 양복을 입은 건장한 남자들이 먼저 내리고 가운데 있는 리무진에서 흰 잠옷 위에 나이트가운을 입고 슬리퍼를 신은 여자가 부축을 받으며 내렸다. 여자는 눈을 비비며 다시 차 안으로 들어가려다가 경호원 두 명이 양쪽에서 팔을 잡자 동작을 멈췄다. 아주 천천히, 병원 현관 쪽으로 걸어오는 그녀는 다리에 거의 힘을 주지 못했다. 정말 김 작가의 말대로 대통령 부인인지 왕실의 여왕마마인지 하는 여자가 또 알코올중독으로 입원하시는 중인 모양이었다. 김 작가는 잠이 든 것 같았다. 아, 미쳐 가는 불쌍한 여자들을 어쩌나!

다음 날도 그다음 날도 김 작가는 침대 위에서 내려오지 못했다. 주사기를 통해 몸 안으로 들어가는 약만이 그녀를 지탱했다. 방 안이 어두컴컴했다. 죽음이 급속도로 몰려오고 있는 것 같았다. 무서웠다.

며칠 후 그녀가 이른 봄 꽃망울이 터지듯 천천히 깨어났다. 의지와 몸이 따로 놀아 그녀는 겨우 입을 열어 숨을 쉴 뿐이었다. 엄청난 지진 해일이라도 목격한 사람처럼 그녀는 아주 조용해졌다. 거짓말처럼 또 방 안으로 초겨울의 햇살이 마구 비쳐 들었다. 나는 김 작가에게 『돈키호테』를 읽어 주었다. "김 작가님, 빨리 일어나세요. 뉴욕 시내 산책을 나가야죠. 뉴욕은 겨울일수록 운치 있답니다." 나는 마치 돈키호테의 하인 산초 판사가 된 것처럼 말했다. 김 작가는 희미하게나마 웃음을 보였다.

길거리를 지나가던 요정이 돈키호테의 둘도 없는 여인 둘시네아가 걸린 마법을 풀어 주려면 산초가 엉덩이에 매질을 당해야 한다고 말하는 부분이었다. 일종의 복화술 장면, 나는 이 장면을 좋아했다. 우리 돈키호테 영감의 하인 산초가 매를 맞지 않겠다고 먼저 고집을 부렸다. "제 몸에 아무도 손대지 못해요. 제가 뭐 엘 토보소의 둘시네아를 낳기라도 했답디까? 그녀의 눈이 죄지은 것을 제 엉덩이가 갚게요? 우리 주인 나리라면 그럴 수 있지요. 나리는 그녀의 일부여서 기회가 있을 때마다 그녀를 '나의 영혼', '나의 생명'이라고 부르고, 그의 의지이며 안식처이니 그녀를 위해 매를 맞을 수 있고 또 맞아야지요. 그녀가 마법에서 풀려나도록 필요한 모든 노력을 다 쏟아야지요. 하지만 제가 매를 맞다니요? 절대 사절입니다!"

그러자 요정이 둘시네아의 입을 빌려 신세 한탄을 시작했다. "오, 불행에 빠진 하인이여! 물통 같은 영혼. 코르크 나무 같은 가슴, 돌멩이처럼 차갑고 돌처럼 무정한 심장이여! 파렴치한 도둑놈, 누가 자네에게 시키던가? 누가 자네에게 높은 탑에서 땅으로 뛰어내리라고 하던가, 이 인간의 탈을 쓴 원수여. 누가 자네에게 두꺼비 열두 마리, 동아뱀 두 마리, 뱀 세 마리에게 먹혀 죽으라고 청하던가? 아니면,

무슨 잔인한 날카로운 신월도로 자네 아내와 자식들을 죽이라고 자네를 설득하려 하던가? 그리했다면 그때 자네가 대답을 피하며 아첨을 떠는 모습을 보여도 크게 놀랄 일은 아닐지 몰라. 그런데 매질 3300대 정도를 문제 삼다니."

쩨쩨하지 않고 통 큰 하인인 산초는 돈키호테와 한솥밥을 먹는 도리로 '고행을 받아들이겠다'고 다짐하고 기쁨에 찬 돈 키호테는 "산초의 목을 끌어안고 볼에다 수천 번 키스를 퍼붓는" 것으로 감사의 인사를 한다. 물론 그 후로도 많은 일이 일어났지만 둘시네아의 마법이 풀렸다는 소문을 들은 돈키호테는 죽음을 맞이한다. 그리고 엄마로부터 열입곱 번째 편지를 받은 『파울라』도 끝이 난다. "너는 지금 어디를 헤매고 있니? 너를 이 세상으로 다시 데려오기 위해, 파울라, 너를 위해 글을 쓴다."라는 엄마의 소망에도 불구하고 파울라도 끝이 난다. 나는 『돈키호테』의 결말 부분을 김 작가에게 읽어 주지 못했다. 읽을 수가 없었다. 돈 키호테는 내가 아는 한 가장 멋진 남자였는데 김 작가에게는 그 얘기를 하지 못했다.

　　여기 그 용맹성이 아주
　　극단에 치닫던 강력한
　　시골 양반이 누웠노라.
　　죽음도 그의 삶을 죽임으로써

승리하지 못한 듯 보이도다.
온 세상 사람들을 얕보았던
그는 온 세상의 허수아비이며
무서운 도깨비였다, 좋은 기회를
맞았던 그의 운명의 평판, 미쳐서 살고 정신 들어 죽다.

다시 말하지만 돈키호테는 내가 아는 한 가장 무모하고 멋지고 상상력이 뛰어난 남자였다. 얼마나 멋진 남자였으면 이런 묘비명이 붙었을까. 돈키호테는 죽으면서 말했다. "여러분, 서서히 이야기합시다. 과거는 과거이고 지난날의 보금자리에 오늘의 새들은 없지요. 나는 미치광이였습니다. 그리고 이제 제정신입니다." 돈키호테는 죽었다. 돈키호테의 사인(死人)은 "불쾌감과 권태, 우울증"이었다. 모두 다 패배였다.

미쳤던 사람이 멀쩡한 정신으로 돌아오면 죽는다는 말이 정말일까. 돈키호테처럼 김 작가도 어느 순간 제정신으로 돌아왔다. 침대를 높이 세운 채 베개를 두 개 받치고 기대앉아 이런저런 얘기를 했다. 뭔가 불편해하는 것 같아 어깨 부분에 담요를 말아 끼워 넣어 주었다. "훨씬 편하네." 김 작가가 말했다. 그 목소리가 노란색 카스텔라의 촉감처럼 폭신폭신했다. 나는 의자에 앉아 두 무릎을 붙인 채 무척 긴장해 있었다. "미국에서도 뭘 좀 썼니?" 나는 웃었다. 그런 생뚱한 질문을 받을 거라고는 생각해 본 적이 없어서였다. "써 봐야 그렇지 뭐. 다 쓰레기지." 김 작가는 머리를 창 쪽으로 천천히 돌렸다. "넌 똑똑한 애였어. 정말 똑똑했어." 모든 부모들이 성인이 된 자식에게는 다 그렇게 말하는 법이다. 나는 또 웃었다. "글은 말이야, 재미있게 써 야 해. 그래야 계속 쓸 수 있어. 그래야 계속 읽을 수도 있 지. 다들 시간이 없잖아."

가상의 공간, 뉴욕의 요양 시설에서 펼쳐진 김 작가의 글쓰기 강의는 아주 심플했다. 그녀는 말을 마친 뒤 신문 을 읽고 싶다고 했고 나는 신문을 갖다 주었다. 그녀는 바 스락거리는 소리를 내며 신문을 읽었다. 혀를 차는 소리가 들리기도 했다. 옆방에서 들려오는 라디오 소리만이 주위 를 압도했다. 갑자기 바스락거리는 신문지 소리가 커다랗 게 들렸다. 그녀는 손에 들려 있던 신문지를 아무렇게나 배 위로 내려놓았다. 그리고 얼마 후 작은 목소리로 말했 다. "시원한 맥주 한잔 마시고 싶네."

계동의 겨울

미쳤던 사람이 정신이 돌아오면 죽는다는 말은 사실이
아니었다.

'글쓰기를 사랑하는 계동 여성들의 모임' 회원들과 김
작가와 친했던 시인들을 만나 장례 절차를 의논할 때까지
만 해도 그녀는 곧 죽을 것 같았다. 김 작가가 살아난 건
어쩌면 늘 헌팅캡을 쓰고 다녔던 시인이 준비한 그 조사
(弔詞) 덕분인지도 모르겠다. 우렁찬 목소리로 커피숍이 떠
나가라 읽었던 조사의 한 부분은 김 작가의 실제 모습보다
훨씬 더 부풀려진 느낌이 없지 않았다.

"우리의 영원한 친구 김 작가님, 당신의 지혜와 열정 덕
택에 우리는 그 험난한 시대를 살아갈 수 있었습니다. 당
신이 우리 앞에 나타났던 그날이 떠오르는군요. 당신은 우

리가 쓴 그 말도 안 되는 글을 사랑해 주었고 정성껏 다듬어 주었습니다. 당신은 늘 열정과 사랑으로 우리의 비루한 인생을 위로해 주었고 희망을 잃지 않는 모습을 보여 준 진정한 리더였습니다. 그러나 김 작가님, 우리는 아직 당신을 보낼 수 없습니다!"

뻥이 심하기는 했지만 직설적이어서 오히려 감동적이었다. 말러의 「대지의 노래」 중 한 곡이었는지, 아니면 다른 가곡이었는지, 세상으로부터 버려진 자의 정서를 노래하는 느린 성악곡을 공동묘지에서 진행될 장례식 때 배경 음악으로 쓰자는 의견이 나왔다. "김 작가님이 좋아하는 곡이니까 가실 때 틀어주면 좋지. 죽는 게 별건가. 좋아하는 음악을 더 이상 못 듣게 되는 게 죽는 거 아닌가." 나는 김 작가가 말러를 좋아하는지도 몰랐다. "조 선생님 너무 멋지세요. 어떻게 그런 말을!" 글짓기 교실 회원 한 사람의 말에 헌팅캡 시인이 팔을 내저으며 대답했다. "아아, 그건 내가 한 말이 아니고 아인슈타인이 한 말이야. 천재 과학자의 말이라고 하기에는 참 단순하면서도 깊게 와닿죠." 느린 성악곡이 공동묘지에 서 있는 조문객들의 허리 아래 부근을 천천히 맴도는 상상만으로도 김 작가의 죽음이 실감 났다. 갑자기 입안에 떫고 신 무엇인가가 꽉 들어차 온몸이 심하게 비틀리는 느낌이 들었다.

나는 사람들을 만나고 다시 병원으로 돌아갔다. 병원

주변의 모든 풍경에 손바닥 한 뼘 크기만 한 얼음벽들이 둘러쳐져 있는 것만 같았다. 그리고 강추위가 찾아왔다. 병원은 강 위의 얼음집처럼 고립되었다.

도망치고 싶었다. 당장 공항으로 가서 미국으로 가는 비행기를 타고 싶었다. 무슨 어려운 박사 과정을 목표로 영원히 끝내지 못할 공부라도 시작하는 게 좋을 것 같았다. 영원히 끝나지 않을 일을 시작해 버리면, 그러면 가서 오지 않아도 되니까. 김 작가는 어차피 죽겠지. 김 작가가 조금 먼저 가는 것뿐이잖아. 머릿속이 몹시 복잡했다.

그리고 사흘 후, 장례 문제를 함께 의논했던 분들이 무거워 보이는 검고 긴 코트를 입고 병문안을 왔다. 방문객들은 장례식에 참석한 듯한 슬픈 얼굴로 걸어 들어와서는 김 작가의 어깨를 안고 훌쩍거렸다. 김 작가는 말없이 한 사람 한 사람의 손을 잡고 빙그레 웃었다. 또 그들이 선물로 가져온 땅콩과 비스킷, 예쁘게 수놓은 흰 천을 두 손에 올려놓고는 이리저리 돌려가며 쓰다듬었다. 김 작가는 뭔가 재미있는 얘기가 생각난 얼굴로 말을 시작했다가는 기운이 없어 말을 못 하고 웃기만 했다. 입심 좋은 계동 아줌마들이 차례대로 돌아가며 김 작가가 알 만한 사람들의 최근 소식을 일일이 전해 주는 데만도 두 시간이 걸렸다. 아무개 회원 딸이 증권회사 다니는 반듯한 집안의 남자와 결혼했다는 얘기도 반복, 어느 회원 남편이 밤낚시를 갔다가 팔뚝만 한 고기를 잡은 뒤 늦둥이를 낳게 됐다는 얘기도 반복. 담배가 피우고 싶어진 시인 아저씨들이 이제는 도저히 못 참겠으니 나가자고 하지 않았으면 그 만남은 밤을 새워도 끝나지 않았을 것이다.

아침이면 병원 건너편 산등성이 깊은 곳까지 짙은 안개가 꼈다. 안개가 숲을 가리고 하늘을 지웠다. 아침에 해가 반짝 났다가 몇 시간도 안 지나 금세 다시 해가 지고 긴 밤이 찾아왔다. 추위 때문에 아무도 병원 밖으로 나가지 않았다. 건강 체조도 산책도 모두 다 중단됐다. 2~3일 만에 한 번씩 병원에 필요한 물건을 갖다 주는 배송 차량이 오는 것 외에 음악회, 지역 유지들의 방문, 심지어 환자 가족들의 방문도 겨울 동안에는 뜸했다. 그렇게 차단된 병원 안에서 환자들은 하얗게 늙어 갔다.

김 작가는 다른 환자들에게 편지를 전해 줘야 한다고 번잡을 떨거나 병원 내부를 뱅글뱅글 도는 일은 하지 않았다. 가끔 꽤 긴 시간을 집중해 책을 읽거나 뭔가를 썼고 다시 그만큼의 시간을 잤다. 자고 일어나면 화장실로 가 세수를 한 뒤 로션을 바르고 머리를 빗었다. 거울을 쳐다보는 순간마다 내뱉었던 김 작가의 한숨 소리가 지금도 생생하다. 식사도 그럭저럭 했고 얼굴색도 좋아졌다. 그리고 무엇보다 발작 횟수가 점점 줄어들었고 설사 발작을 한다고 하더라도 경미한 정도여서 거의 표가 나지 않았다.

이게 뭐지? 나는 캡슐 속에 넣어 둔 생물체를 관찰하듯 김 작가의 달라진 일상을 관찰했다. 의사도 김 작가가 좋아지고 있는 이유를 잘 설명하지 못했다. "모든 게 다 그대로야. 그런데 뭐지?" 우리는 서로 고개를 갸우뚱거릴 뿐이었다. "어쩌면 환자의 몸이 급격하게 노화되고 있는 상태이기 때문인지도 모릅니다." 그러면 어떤가. 노화를 적극적으로 받아들이고 목숨을 지킬 수 있다면 다행이었다. 지금도 나는 김 작가의 상태가 왜 좋아졌는지 그 뚜렷한 이유를 모른다.

거의 병원의 간호사 수준으로 김 작가를 보살피는 일에 단련이 된 내게도 커다란 변화가 찾아왔다. 30대 중반이 넘도록 꼼짝도 안 하던 살들이 저절로 빠지고 있어서 나 스스로도 놀랄 지경이었다. 그러나 그 대가로 생기는 얼굴 주름은 피할 길이 없었다. "살은 빠져서 좋은데, 너 너무 늙었다. 그래서 어디 연애나 하겠니!" 어느 날 신문을 보던 김 작가가 안경을 벗으며, 옛날의 그 새침한 얼굴로 돌아가 그 말을 하는 순간, 나는 결심하지 않을 수 없었다. 여기서 나갈 때가 되었군!

해가 바뀌자마자 나는 김 작가와 살 집을 구하기 위해 다시 계동으로 갔다. 계동길로 바로 들어가지 못한 채 풍문여고, 덕성여고가 있는 감고당길 주변을 맴돌다가 삼청동길로 접어들었다. 삼청동은 카페와 옷 가게, 액세서리와 소품들을 파는 상업 지역으로 변해 있었다. 서울 시내에 있으면서도 변방인 것만 같던 그 옛날의 고적함은 찾아볼 수 없었다. 내가 미국으로 간 사이, 김 작가가 계동 글짓기 교실을 접고 병원으로 들어간 사이, 북촌은 전통과 현대가 조화된 서울의 명소로, 값비싼 동네로 탈바꿈했다.

계동 글짓기 교실에서 김 작가랑 수다 떨고 커피 마시기 좋아하던 한 회원 집에 찾아갔다. 김 작가가 맡겨 놓은 짐이 그 집에 있었다. 북촌에서 가장 잘 지은 한옥집들이 많다는 가회동길. 개방형 한옥집을 구경하러 온 외국인 여행객들이 선글라스를 낀 채 가이드의 설명을 듣고 있었다. 지은 지 50년이 넘는 오래된 성당 뒤에 있는 그 집은 가회동의 다른 집들보다 덜 화려하고 크기도 작았다. 빛이 적게 드는 좁은 골목의 그 집 대문 앞에 선 순간 모든 것이 차분해졌다.

테이블 위에 진한 유자차와 초콜릿 쿠키가 놓였다. 김 작가와 친했던 그 회원은 둥그런 어깨와 부드러운 미소를 가진 사람이었다. 어색하지 않을 만큼만 조금씩, 이것저것 김 작가 소식 위주로 대화가 이어졌다. 다 큰 그 집 아이들 소식, 점점 몸이 아픈 곳이 늘어 가는 글짓기 교실 회원들 소식, 관광 명소가 되어 나날이 변화하는 계동 이야기도 빼놓을 수 없었다.

가족사진이 든 액자 여러 개가 거실 콘솔 위에 놓여 있었다. 벽에 걸어 말린 꽃다발, 귀퉁이가 깨져 나간 도자기 인형, 손으로 직접 짠 듯한 흰색 쿠션 커버, 소박하지만 모든 게 자연스럽고 나름대로 개성이 있었다. 무엇보다 특이한 건 집에서 나는 알 수 없는 향기였다. 서향집의 따가운 햇빛도 몸의 감각을 이완시켰다. 따뜻한 차를 마신 탓인지 아늑한 기분에 빠져 조금씩 문이 열려 있는 방 어디로든 들어가 이불 속으로 파고들고 싶어졌다. "아줌마, 너무 피곤해서 그런데 잠깐만 눈 좀 붙이고 싶어요." 집을 구하고, 중요한 일을 해결해야 하는 시점인데 머리가 아래로 쏟아져 내릴 것처럼 무거웠다. 벽 쪽에 붙어 있는 침대에 눕자마자 금세 잠이 들었던 것 같다. 수돗물 소리, 접시가 달그락거리는 소리가 들려올 때까지.

꿈을 꾸었다. 바닷가였다. 뗏목처럼 생긴 평평한 배에 탁자와 의자를 싣고 노를 저으며 먼바다로 나가고 있는 김 작가의 뒷모습이 보였다. 책을 읽기에는 자외선이 너무 강했다. 내 앞의 바다는 무섭게 출렁거리는데 김 작가가 나아가고 있는 바다는 평온해 보였다. 나는 소리를 질렀다. 그녀는 허리에 손을 얹은 채 꼿꼿하게 뱃머리 쪽만 쳐다봤다. 형체도 없는 자외선이 하늘에서 폭포처럼 쏟아져 내리고 아무 소리도 들리지 않았다.

미리 준비해 준 저녁밥을 대접받은 후 창고 안을 구경할 수 있었다. 함석으로 만든 비좁은 창고 한 켠에 세로로 세워져 있는 김 작가의 글짓기 교실 책상이 보였다. 그 집 대학생 아들이 맨발에 슬리퍼를 신은 채 창고 안으로 들어갔다. 그가 흰 발꿈치를 들어 올려 책상을 들어내려고 힘을 주었을 때 긴 겨울이 지나도록 차가운 바닥에 붙어 있던 나무 책상 모서리가 쩍, 하는 소리를 내며 떨어져 나갔다. "의자도 있었지, 아마." 플라스틱 바구니며 쓰지 않는 화분들을 겹쳐 올려놓은 의자 두 개도 겨우 찾았다. 모두 열 개쯤 됐던 의자가 달랑 두 개만 남아 있었다. "다음에 찾아갈게요. 아직은 집을 구하지 못해서." 손을 털고 창고 문을 닫았다. "그래, 나중에. 아, 그리고 박스도 몇 개 있어. 온다고 전화만 하면 미리 찾아 놓을게. 그건 아마 집 안에 어디 뒀을 거야."

김 작가의 글짓기 교실이 있던 아기자기한 계동 골목길은 아니었다. 드르륵 소리를 내며 문이 열리면 차가운 골목의 냉기가 왈칵 밀려들어 오던 촘촘한 골목길 사이도 아니었다. 우리는 지금의 북촌문화센터 바로 위쪽, 안국역에서 10분도 걸리지 않는 계동 초입에 기적처럼 지낼 곳을 얻었다. 김 작가와 내가 갈 곳이 없다는 소식을 들은 수필가 한 분이 배려를 해 준 덕분이었다. 건물주가 수필가의 남편이었다. 나도 전에 그 남편을 한두 번 본 기억이 났다.

배도 빵빵하게 나오고 얼굴이 팽팽하던 분이었는데 머리
카락도 세고 배도 홀쭉해 보였다. "곧 헐릴 건물이어서 세
를 안 놓고 있어. 지저분하지만 여기라도 와 있어."

어떤 용도로 지어진 건물인지 알 수 없지만 건물의 외양
은 독특했다. 3층짜리 건물에 층마다 테라스가 복도처럼
빙 둘러 있어서 사원 건물을 연상시켰다. 1층엔 중국 물건
을 파는 가게가 들어와 있었고 2~3층은 비어 있었다. 1층
복도 벽을 따라 놓인 긴 탁자 위에 연극 무대의 소품 같은
유선전화기 두 대가 보였다. 전화기 앞에서 긴 머리를 질
끈 묶은 채 수화기를 들고 중국어로 얘기하는 여자들은
좀처럼 앞 얼굴을 보여주지 않은 채 완강히 전화기에 붙어
있곤 했다.

2층으로 올라갔다. 주인 아저씨가 담배 한 개비를 입에
문 채 한 손을 들어 가게 문에 걸려 있는 차양을 걷었다.
문틀에 박힌 두 개의 못 위에 차양을 걸치고 힘을 주어 문
을 열었다. 오른쪽 창으로는 현대건설 본사 건물 주변이
보였고 왼쪽 창은 인사동 쪽 대로변 방향으로 나 있었다.
"춤을 춰도 실컷 춰. 이래 봬도 꽤 넓어." 넓으면서도 어두
웠고 어두우면서도 아늑한 느낌이었다. 천장이 높고 텅 빈
시멘트 바닥인 그 공간을 보는 순간 내 머릿속으로 어떤
그림 하나가 획 지나갔다.

무려 일주일 동안 그 집을 닦고 꾸몄다. 바깥 날씨가 쌀

쌀했지만 별로 추운 줄도 몰랐다. 잠은 소파에서 자고 온 풍기 하나로 버텼다. 채 한 가지 일도 마무리하지 못한 채 해가 지곤 했다. 해 질 무렵이면 창을 열거나 복도로 나가 계동 골목 쪽을 내다봤다. 좁고 막다른 골목들이 나무의 잎맥처럼, 실핏줄처럼 얽혀 있었다. 골목 한 귀퉁이에서 뛰어놀던 아이들의 상체가 폭죽처럼 툭툭 튀어 오르며 보였다 안 보였다 했다. 다닥다닥 맞닿은 기와지붕들 한가운데 섬처럼 뭉쳐 있는 옥상 장독대와 비죽이 솟아오른 마른 나무들을 쳐다보고 있으면 어느새 주변이 어두워졌다.

공간을 크게 삼등분한 뒤 안쪽은 김 작가의 공간, 출입문 쪽은 내 공간, 그리고 가운데는 비워 두었다. 방이 아닌 툭 트인 넓은 공간을 꾸미는 아이디어를 얻기 위해 인테리어 잡지를 참고했다. 침대와 책상, 의자 그리고 옷장을 양쪽에 하나씩 넣었다. 가스레인지를 연결하고 찬장을 달고 정수기를 달았다. 몸이 아픈 김 작가를 위한 특별 선물, 전기장판도 깔아 주었다. 그 집에 뭔가를 배달하러 오거나 설치하러 온 사람만 해도 10여 명, 내가 계동의 지역 경제 활성화에 기여한 바 또한 적지 않았다는 것을 인정해 줬으면 한다.

김 작가를 다시 데려오기 위해 병원으로 가기 전날, 가회동 글짓기 회원의 집에서 오크 색 탁자와 의자 두 개 그리고 박스 몇 개를 찾아왔다. 짐 옮기는 일을 도와준 그 집 대학생 아들이 보리차를 마시며 새로 꾸민 집을 둘러보고 한마디 했다. "여긴 영화 세트장 같아요. 누나는 여기서 뭐 하세요." 그럴 수밖에 없는 것이 뉴저지 셀리 네일 숍에서 번 돈이 거의 다 들어갔다. 그만한 돈이 나한테 있다는 게 정말 다행이었다. "뭐 하긴, 그냥 살지!" 대학생이 머리를 끄덕였다.

탁자 홈에 낀 때를 닦아 낸 뒤 거실 한가운데로 옮겼다. 계동 글짓기 교실에서 쓰던 의자 두 개는 왜 그런지 초등학생들용처럼 작아 벽 한쪽에 장식물처럼 기대 놓는 것으로 만족했다. 탁자와 함께 가져온 박스 두 개를 풀었다. 계동 글쓰기 회원들이 함께 만들었던 문집 스무 권 정도와 버리고 간 책들과 노트, 김 작가가 쓰던 노트 등이 나왔다. 그 틈에서 책등이며 모서리가 누렇게 바랜 채 먼지를 잔뜩 뒤집어쓰고 있는 시몬 베유의 『노동 일기』가 보였다. 반가움이, 서러움이 동시에 밀려왔다. 나는 그 책을 손에 잡는 순간 침대로 가서 누웠고 매 장마다 밑줄이 그어진 책장을 넘기며 읽기 시작했다. '명상'이란 소제목이 붙은 장에 재미있는 곳이 눈에 띄었다.

이미 저질렀지만 앞으로는 피해야 할 실수(하루 두 번씩 읽어야겠다.)

1. 기계에 재료를 너무 많이 집어넣게 되면 ─ 판지 작

업의 경우 —— 큰 사고가 일어날 수 있다.

2. 재료를 가까이서 보지 않는 일.(그렇게 하다가 500개나 망친 적이 있다.)

3. 견본을 무시하는 일.

4. 재료를 거꾸로 놓는 일.(리벳 작업을 하면서 두 번이나 저질렀으며 그 밖에도 여러 번 그럴 뻔했다.)

5. 온몸으로 페달을 밟는 일.

6. 발로 페달을 힘주어 누르는 일.

7. 재료를 공구 속에 끼워 넣는 일.(공구를 망가뜨릴 위험이 있으며, 플라나주 작업을 할 때 특히 주의해야 한다.)

8. 재료를 잘못 올려놓는 일.(제동장치의 경우)

9. 제때 기름을 치지 않는 일.

10. 계속 두 개의 재료를 올려놓는 일.

11. 조정공의 손의 위치를 관찰하지 않는 일.

12. 기계에 무슨 이상이 있을 때 주의하지 않는 일.(비올과 함께 테두리 쇠를 만들 때)

13. 금속 밴드를 제동 장치 윗부분에 올려놓는 일.(3월 6일 목요일에는 이렇게 해서 기계가 부서져 버렸다.)

14. 재료를 올려놓기 전에 페달을 밟는 일.

15. 금속 밴드를 뒤집어 올려놓는 일.

16. 채 가공되지 않은 재료를 넘겨 주는 일.

그리고 전에는 눈에 잘 들어오지 않던 휴일 일기도 보였다.

　제15주 — 3월 8일부터 3월 18일까지 일을 쉬었다. 토요일과 일요일에 두통이 있어서 수요일 정오까지 극도의 쇠약 상태에서 헤맸다. 오후에는 봄 날씨가 너무도 멋져서 3시부터 7시까지 쥐베르의 집에 갔었다. 그다음 날은 마르티네 상회에 가서 『공업 도안 개론』이라는 책을 샀다. 금요일 오후에는 탈진 상태. 밤에는 두통 때문에 잠을 이루지 못하다가 다음 날 정오까지 늦잠을 자고 말았다. 일요일에는 특별한 일이 없었다.

　김 작가와 나는 새로 이사를 한 후에도 가끔 싸웠다. 그러나 뭔가를 던지거나 며칠간 말을 하지 않거나 하는 일은 더 이상 없었다. 김 작가는 병원에서 나온 뒤 더 건강해졌다. 야채 트럭에서 산 과일을 담은 비닐봉지를 들고 집 쪽으로 걸어오는 김 작가를 우연히 보게 되는 순간이면 너무 많이 늙었다는 생각을 하지 않은 건 아니었다. 하지만 그녀는 아직 살아서 두 다리로 걸어 다녔고 여전히 뭔가를 쓰고 읽었다.

　뉴저지의 네일 숍에서 일했다는 이유로 일자리는 쉽게 얻을 수 있었다. 면접을 할 때마다 셸리 네일 숍의 N과 L,

그리고 사장님이 함께 찍은 사진을 증거로 보여 주었다. 셀리 네일 숍 사장님이 해 줬던 할리우드 여배우들 얘기를 내 얘기인 것처럼 했다. 사진 속의 내 얼굴은 붉으락푸르락 무슨 귀신 같았고 모든 게 잘 어울리지 않았다. 그러나 가게 앞 유리창에 '뉴욕 출신 수석 네일 아티스트 아무개'라는 이름이 나붙기까지 할 정도로 반응은 좋았다.

나는 두 식구의 생계를 위해 여전히 돈을 벌었고 『노동일기』를 읽었다. 그러나 소설은 쓰지 못했다.

내가 '뮤즈의 사원'이라고 이름 붙였던 그 집에서 그렇게 1년이 흘렀다. 음식 배달을 하러 오는 사람들이 늘 나갈 때 한마디씩 했다. "여기 뭐 하는 데예요?" 그럴 때마다 나는 대답했다. "라이팅 클럽요." 우리는 건물 내부에서 자라는 싱싱한 이끼들처럼 늘 그 집 안에서 시간을 보냈다. 모처럼 평화로웠고 즐거웠다. 여전히 나라는 사람에게 사계절의 중심은 겨울이었고 계동의 겨울은 지구상에서 제일 춥고 길었다고 말하고 싶다. 그해에 눈이 많이 내려 좁은 골목길에는 사람들이 지나다니기도 어려울 정도로 얼음판이 많았다.

크리스마스 오후, 김 작가와 나는 차를 마시며 오크 색 탁자를 지키고 앉아 책을 읽고 있었다. 그리고 걸려 온 전화 한 통. 광화문 어디쯤에서부터 지하의 회선을 따라 눈 내리는 계동 골목까지 단 몇 초 만에 당도한 그 전화는 김 작가와 내 인생에 있어서 가장 놀라운 소식을 전해 주었다.

그해 겨울 김 작가는, 신문사에서 주최한 문예 공모에 소설이 당선되었다. 다른 당선자들에 비해 고령자이고 변변한 학력도 없는 사람이라는 사실이 화제가 되어 방송국 문화 프로그램의 인터뷰까지 했다. 장례식 때 쓰려고 했던 말러의 가곡은 당선 축하 겸 계동 라이팅 클럽을 시작하는 파티 내내 틀었다.

그날 아침부터 엄청난 황사가 몰려왔다. 북촌길에 있는 재동초등학교로 등교하는 꼬맹이들이 만화 캐릭터가 그려진 마스크를 입에 붙이고 있었다. 저녁 7시가 파티 시작 시간이었는데 5시 30분경부터 '글쓰기를 사랑하는 계동 여성들의 모임' 오비 멤버들이 찾아오기 시작했다. 선물과 꽃다발을 들고 온 오비 멤버들을 본 김 작가는 얼굴을 환하게 밝히면서 일일이 포옹을 하고 손을 잡고 대통령 영부인 못지않은 환영의 몸짓을 보여 주었다. 김 작가와 오빠동생 하며 술을 마시던 노시인 군단이 들어오면서 뮤즈의 성전은 금세 쿰쿰한 영감님들 냄새가 나는 노인정으로 변했다.

중국집에서 주문한 음식이 오고 각자 집에서 만들어 온 음식을 꺼내 놓고 먹기 시작했다. 우리의 김 작가님, 건배 제의를 하라는 말에 당황해서는 의자에서 일어나려다가 자빠질 뻔하기도 했다. "오늘 이 자리에 와 주신 여러 선배

시인, 동료, 또 후배들에게 정말 감사드립니다. 비록 황사가 심한 날이기는 하지만 금요일 저녁에 이렇게 맛있는 음식을 앞에 놓고 옛 친구들의 얼굴을 보고 있으려니 마치 꿈만 같습니다. 저는 술을 마시지 못하지만 고량주를 앞에 놓고 바라보는 것만으로도 참 행복합니다."

성질 급한 시인 아저씨들, 누가 시키지도 않는데 벌떡 일어나 자기소개 겸 소감을 말하기 시작했다. 자기소개에 꼭 따라붙는 것은 지병을 포함해 현재 앓고 있는 병명, 아니면 치료가 끝난 병명이었다. 그럼에도 불구하고 자신이 얼마나 건강하고 멋진 사나이인가를 강조하는 뻥, 김 작가에 대한 격려와 축하의 인사가 자연스럽게 이어졌다.

그 후로 두 명의 젊은 여자들이 왔는데 그중에 한 명이 옛날의 내 모습과 완전히 똑같았다. 검정색 바지에 몸매를 감추는 통이 넓은 셔츠를 입고 그 위에 용감하게 허리를 묶는 가디건을 입고 있었다. 형형한 눈빛, 도전적인 말투는 보기만 해도 웃음이 났고 노동에 찌든 얼굴은 보기에도 안쓰러웠다. 맥주잔이 돌고 담배를 피우는 사람들은 수시로 복도로 들락날락했다. 터틀넥을 입고 온 에디터라는 남자들은 김 작가 옆에 의자를 놓고 모여 앉아 글쓰기에 관한 꽤나 전문적인 질문들을 했다.

10시쯤 되었을 때 누군가가 소리를 질렀다. "자, 그럼 딸내미가 한마디 해라. 너 한마디 하고 집에 가자. 졸려 죽겠다." 나는 할 수 없이 앞으로 나갔는데 해컨색의 라이팅 클럽에서만큼 떨리지는 않았다. "네, 저는 성신여대 앞에서 네일 아티스트로 일하고 있습니다. 여기 계신 김 작가님의 딸입니다. 오늘 하루 휴가 내 주신 네일 숍 사장님께 감사드립니다. 그리고 어디선가 소식을 듣고 와 주신 분들께도 정말 감사드립니다. 제가 앞으로 계동 라이팅 클럽에서 여러분들이 글 쓰는 일에 부족함이 없도록 도와드리겠습니다. 아, 그리고 제가 이렇게 또 얘기를 하는 김에 오늘날 예술이 왜 필요한가 하는 얘기를 해 보고 싶은데요." 이 대목에서 들려오는 잡음들. "쟤는 여전하네." "말은 더 잘하네." "쟤 시집 갔어?" "갔다 왔잖아!" "미국 가더니 이상해졌네." "아니에요. 쟤는 원래 이상했어." 금세 일어서서 나갈 것 같았던 오비 멤버들, 자기가 가지고 온 한두 개의 소지품을 챙기고 코트를 입고 나가는 데만 15분 이상 걸렸다. 멤버들이 다 나가고 탁자 주변과 소파 주변을 정리한 후에도 흘리고 간 장갑, 안경집, 손수건 따위의 물건들이 남아 있었다.

미쳤던 사람이 멀쩡한 정신으로 돌아오면 죽는다는 말은 사실이 아니었다. 돈키호테도 미쳤고 김 작가도 미쳤지만 김 작가는 제정신으로 돌아왔다. 김 작가는 너무나 글이 쓰고 싶어서 죽을 수 없었는지도 모르겠다. 그러니까 어느 면으로 보나 김 작가는 나보다 한 수 위였다. 내가 미국으로 갈 때 김 작가가 나에게 편지를 줬다. 그 편지가 내 인생에 큰 힘을 주었다는 것을 인정한다.

너는 오후 3시에 태어났어. 오후 3시는 누구나 후줄근 해지는 시간이지. 매일 오후 3시가 되면 진한 커피를 한 잔 마셔. 그리고 '난 지금 막 세상에 태어난 신뻥이다.' 생각하며 살아. 뭘 하든 우울해하지 말고. 너는 오후 3시에 태어났어. 그걸 어떻게 아냐고? 내가 널 낳았으니까. 하루에 한 번씩 그걸 생각해야 한다.

그해 봄, 나는 오랜만에 R과 전화 통화를 했다. "그래서 너 지금 뭘 한다구?" 그녀의 목소리는 정말이지 우렁차고 당당했다. 애들 셋을 키우며 지금은 혼자 살고 있지만 아직도 멋지고 정신 똑바로 박힌 남자를 찾고 있다고 했다. "네일 아트! 네일 아트!" R은 정말 경박스러울 정도로 깔깔거리고 웃었다. "야 너 진짜 웃긴다. 아트 좋아하더니 결국 아트를 하긴 하는구나." 그녀는 계속해서 깔깔거리고 웃었고 나는 또 나답지 않게 변명을 늘어놓았다. 어디서 뭘 하는지 R의 주변에는 계속해서 소란스러운 노이즈가 깔렸다. 그 소란함이 여전히 활기찼고 나는 그 소란함을 따라 거리로 나갔던 것 같다.

■ 소제목 '처음 다섯 페이지'와 110~111쪽에 인용된 '출판사의 거절 편지'는 노아 루크만(Noah Lukeman)의 *The First Five Pages*에서 제목과 편지 내용을 빌려 온 것이다.

■ 작품 제목이나 짧은 구절만 인용한 경우를 제외하고 본문을 많이 인용한 에세이나 소설은 다음의 책들에서 가져왔다. 시몬 베유의 『노동 일기』(이재형 옮김, 이삭신서, 1983년), 잭 런던의 『강철 군화』(차미례 옮김, 한울, 1989년), 시몬 드 보부아르의 『인간은 모두가 죽는다』(이영조 옮김, 풍림출판사, 1986년), 세르반테스의 『돈키호테』(민용태 옮김, 창비, 2005년).

■ 소설에 등장하는 북촌의 구체적인 길 이름, 건물 이름 등은 서울한옥포털(hanok.seoul.go.kr)의 홈페이지를 참고했다.

한번 써 봐, 인생이 얼마나 깊어지는데
—『라이팅 클럽』속 '쓰기의 공동체'에
관하여

이슬아(작가,《일간 이슬아》발행인)

　　2010년에 발표된 소설『라이팅 클럽』을 2020년에 펼쳐
들었다. 10년은 농담이 수명을 잃기에 충분한 시간이다.
더 이상 유효하지 않은 농담들이 이 책 곳곳에 있다. 그럼
에도 불구하고 몇 번을 포복절도하며 읽었다. 마지막 장을
덮은 지금, 나는 마치 계동에 사는 대단한 모녀와 사람들
을 오래전부터 알아 온 느낌이다. "그 아줌마 있잖아……"
혹은 "김 작가 딸 있잖아……"라며 수다를 시작할 수 있
을 것만 같다. 대부분 평범한 글을 쓰고 어쩌다 한 번 끝내
주는 글을 쓰는 그들의 역사를 지켜보며 나는 같은 마음
으로 한숨을 쉬거나 흥분한다. 나 역시 가뭄에 콩 나듯 어
쩌다 한 번 좋은 글을 쓰는 사람이어서가 아닐까.『라이팅
클럽』은 좋은 글이 쓰이는 과정뿐 아니라 후진 글이 쓰이

는 과정도 낱낱이 다루니 말이다. 이야기가 후져지는 과정을 읽을 때마다 나는 미간을 찌푸린 채로 웃는다. 웃기긴 한데 남 얘기가 아니라서다.

남 얘기가 아닌 건 그뿐만이 아니다. 지푸라기라도 잡고 싶은 심정으로 글쓰기 모임에 찾아가는 마음, 무명작가인 채로 글쓰기 모임을 진행하는 마음, 예측할 수 없는 엄마와 우여곡절 끝에 친구가 되는 마음, 실패하면서도 계속 쓰는 마음…… 그 다양한 마음들의 세부 정보가 이 책에 죄다 적혀 있다. 이 디테일은 책을 손에서 내려놓고 나서도 김 작가와 딸을 결코 잊을 수 없게 만든다.

라이팅(writing)을 통한 파이팅(fighting)

"거기가 파이팅 클럽 맞나요?"

(……) "파이팅요? 아뇨, 죄송합니다만 라이팅 클럽입니다."

(265~266쪽)

평생 대단한 아트를 하고 싶었으나 결국 네일 아트를 하게 된 여자가 있다. 그의 이름은 영인이다. 잉게보르크 바흐만의 『삼십 세』를 들고 다니면서 서른이 되면 자살할 거라고 떠들던 열아홉 살 때부터 세르반테스의 『돈키호테』를 읽으면서 점심을 먹는 30대가 되기까지, 영인은 글로 돈을 벌어 본 적이 없다. 계속 읽고 계속 쓰고 계속 열망하여도 글쓰기는 마음처럼 잘되지 않았다. 삶처럼 말이다.

영인에게는 엄마가 있다. 영인은 엄마를 엄마라고 부르는 대신 '김 작가'라고 부른다. 약간의 비아냥거림이 들어간 호명이다. 김 작가와 영인은 웬만해선 서로를 상냥하게 봐주지 않는다. 신랄함 없이는 대화가 이어지지 않을 정도다. 이들 모녀는 계동이 전혀 뜨지 않았던 시절부터 다섯 평짜리 허름한 한옥에 세 들어 살았다. 그 집에서 떡볶이집이나 옷 가게를 열 수도 있었건만 김 작가는 뜬금없이 글짓기 교실을 연다. 경력이라곤 무명 문학잡지에 산문 한 편을 발표한 경력이 다인데 아랑곳하지 않는다. 집 앞에 뻣뻣하게 얼어 죽은 쥐 사체와 치워도 치워도 가시지 않는 먼지와 벽과 천장에 낀 얼룩을 대충 무시한 채, 그는 한옥 유리창에 번쩍거리는 비닐 색지를 덧붙여 글짓기 교실을 꾸민다. 영인의 눈에 그곳은 "입술만 짙게 바른 여자"처럼 보인다. 김 작가는 주눅 든 기색 하나 없이 슬렁슬렁 사람들을 모으고 뻔뻔하게 수업을 하며 글쓰기로 돈을 번다. 정확히는 글쓰기에 대한 사람들의 열망을 최대한 활용하여 돈을 번다. 나는 김 작가를 보며 소설 『그들의 노동에』의 한 대목을 떠올린다.

내가 세상을 보는 법을 설명해 줄게요, 수쿠스가 말했

다. 듣고 나면 다시 이전으로 돌아갈 수는 없을 거예요. 사람들은 모두 뭔가를 필요로 해요, 그렇죠? 누구나 조금 더 행복해지고 조금 덜 슬퍼지게 만들어 주는 작은 일들을 필요로 한다고요. 그게 뭔지 말은 안 하죠. 그리고 보통 스스로는 그걸 얻을 수가 없어요. 누군가 진짜로 필요로 하는 것을 알아내려면, 그게 아주 작은 거라고 해도, 재능이 필요한 거예요. (……) 스무 명쯤 되는 사람들이 어떤 작은 일들을 필요로 하는지 알 수 있다면, 그리고 그들을 만족시킬 방법을 알고 있다면, 그걸로 충분히 먹고살 수 있다고요. 사람들은 아무리 가난해도 돈을 낼 테니까, 꼭 돈이 아니라도 어떻게든 대가를 지불하거든요. 그 사람들은 나한테 의존하게 되는 거예요.[1]

김 작가의 재능 중 하나는 이것이다. 사람들이 어떤 작은 일을 필요로 하는지 안다는 것. 또한 그 일이 벌어질 자리를 준비할 수 있다는 것. 영인이 보기에 그저 "종이컵을 든 동네 아줌마들의 결연한 수다방"일 뿐이지만 김 작가는 이렇게 이름 붙인다. '글쓰기를 사랑하는 계동 여성들의 모임.' 한 끗이 다르다. 이렇게 정체성을 부여해서 사람들을 계속 모이게 하고 이야기하게 만드는 건 아무나 흉내

1 존 버거, 김현우 옮김, 『라일락과 깃발: 그들의 노동에 3』(열화당, 2019), 30~31쪽.

낼 수 없는 김 작가의 생존 방식이다. 계동 여성들은 김 작가와 함께 더 이상 쥐어짜 낼 수 없을 때까지 자기 인생 이야기를 풀어놓는다.

깔깔거리고 박수를 치고 또 갑자기 진지해졌다가 또 갑자기 음담패설로 빠지는 계동 여자들의 대화는 다이내믹함, 발랄함, 그리고 수준 낮음 그 자체였다. 아이 키우고 남편 뒷바라지하느라 힘도 들 텐데 그 여자들은 도대체 뭘 먹고 그렇게 씩씩했던 걸까, 지금도 궁금하다. (170쪽)

계동 여자들에게 김 작가의 글짓기 교실은 느슨하면서도 생기 넘치는 공동체이자 경박해지고 정직해질 자유다. 테라피의 시간이기도 하다. 영인은 20대 내내 그곳을 무시하며 살다가 30대의 어느 날 낯선 땅에서 라이팅 클럽을 연다. 삶의 변곡점마다 계동의 그 교실이 떠올랐기 때문이다. 계동과 해컨색의 라이팅 클럽 사이에 영인의 청년기가 있다. 영인은 김 작가가 진작 터득했던 단순한 진실을 새삼 실감한다. 누구나 이야기를 하며 살아가야 한다는 것. 그중에서도 유독 쓰면서 힘을 내는 이들이 있다는 것. 주먹다짐만큼이나 치열한 글쓰기에 대해서라면 영인은 잘 알고 있다. 쓰면서 싸우는 감각도 익숙하다. 자신을 도둑으로 단정한 친구에게 길고 구체적인 욕을 적어 가며 뜨거운 글쓰기를 시작했기 때문이다. 뿐만 아니라 자신에게 관심이 없는 바람둥이 남자랑도 싸우고 악덕 업주와도 싸우고 엄마랑도 싸우고 무엇보다 자기 자신과도 싸우며 글을 썼다. 어느 날부터는 싸우면서 쓰는 글뿐 아니라 화해하면서 쓰는 글 또한 이해하게 된다.

새롭게 쓰려면 새롭게 살아야 한다

소설과 일기를 구분하지 못한 채 그날그날의 감상을 적어 가던 20대의 영인은 J 작가를 만난다. J 작가는 '설명하기와 묘사하기'의 커다란 차이를 이야기한다. 그러자 영인은 좋은 묘사를 쓰기 위해 눈을 씻고 세상을 다시 보게 된다.

와이셔츠 다림질에 열심인 세탁소 사람들의 손놀림도, 미장원 바깥 창문에 붙여 놓은 팔랑거리는 미용 잡지 한 페이지도 그냥 넘길 수가 없었다. 하물며 골목을 지나가는 개의 뒷발질, 허공으로 치솟아 오르는 검은 비닐봉지의 움직임조차도 그냥 지나칠 수 없어 멈춰 섰다 가곤 했다.

해 질 녘에 계동의 현대건설 사옥에서 양복을 입은 남자들이 우르르 몰려 나오는 모습도 묘사해야겠다고 마음먹었던 것이 기억난다. (104쪽)

사람들이 거기 다 모여 서 있었다. 시장 장면을 촬영하러 나온 생활 연기 전문 배우들처럼 콩나물값, 갈칫값을 깎아 달라며 한 얘기 또 하고, 한 얘기 또 하고. 구질구질하고 치사했다. 자기가 먹은 술값도 못 내면서 소리를 질러 대고 가래침을 뱉고 세상 탓을 해 댔다. (159쪽)

다시 보는 세상 속에서 사람들은 한층 더 입체적이고 복잡한 모습을 하고 있다. 그럴수록 어떤 문장도 점점 더 쓰기 어려워진다. 뭐든 간단하지 않기 때문이다. 영인은 "난 모든 문장을 다 쓸 수 있어."라고 말한 스무 살의 어느 날로부터 계속해서 멀어지며 점점 작가에 가까워진다. 잘 안다고 생각했던 주변을 새삼 다시 보며 부지런히 관찰한다.

나에게도 글쓰기는 '다시 보는 일'에 가깝다. 쓰지 않았다면 한 번 보고 지나쳤을 무수한 장면들을 돌아서서 다시 보고 훗날에 다시 떠올려 보는 작업이다. 원고 마감은 내 마음을 부지런하게 만든다. 게으른 마음으로는 고작 한두 편의 이야기만을 완성할 수 있을 것이다. 소설을 쓴다는 건 내 속에 내가 너무도 많아, 당신의 쉴 곳 없다고 더 이상 말하지 않는 것이다. 내 속을 열심히 겸허하게 비우고 더 많은 타자를 초대하려고 노력하는 일이다. 그러지 않고선 나 아닌 주어로 도저히 옮겨 갈 수가 없다. 다른 이로 살아 보는 불가능한 경험을 계속해서 상상하는 건 내가 글쓰기에서 가장 어려워하고 좋아하는 부분이다. 다른 이를 주어로 한 문장을 만들며 숙고하는 동안 나는 헤아리지 않았던 것들을 어쩔 수 없이 헤아리게 된다. 그러면서 잠시 나를 잊게 된다. 이러한 자아의 해방과 자아의 이동을 나도 모르게 경험하기를 소망하며 나는 계속 글을 쓴다.

영인도 마찬가지일 것이다. 복수심과 허영심 같은 동기는 점점 옅어졌을 것이다. 뉴저지에서 네일 아티스트로 일하며 주말마다 글을 쓰게 된 30대의 영인은 자신을 놀리는 N에게 말한다.

"한번 써 봐. 인생이 얼마나 깊어지는데."(255쪽)

짧고도 단순한 이 대사에 나는 오래 멈춰 선다. '깊음'이 무엇일까. 아마도 내 속에 당신이 너무나 많아지는 경험 아닐까. 자신만을 생각하다가 깊어진 사람의 이야기 같은 건 단 한 번도 들어 보지 못했다.

그런 점에서 『라이팅 클럽』은 몹시 시끌벅적하고도 깊은 소설이다. 별별 사람들의 목소리가 귓가에 맴돈다. 영인의 주변에는 한 번 읽고 잊을 수 없는 주변인들이 가득하다. 그 사람들에 대한 찰진 묘사만으로도 이 소설은 광채가 난다. 젊고 대책 없는 K와 R과 B에 대한 문장들과, 김 작가를 떠난 젊은 남자 장에 대한 문장들과, 그 모든 것을 관조하는 안채 할머니, 할아버지에 대한 문장들은 절망 속에서 피어나는 탁월한 코미디 그 자체다. 이를테면 이런 장면.

그러던 어느 날 저녁, 장이 글짓기 교실로 찾아왔다. 여전히 핸섬하고 깔끔한 모습 그대로였다. 김 작가가 팔짱을 끼고 일어나더니 신경질적으로 말했다. "나가 있어." 흐르는 기류가 심상치 않았다.

(……) 나는 조용히 안채로 갔다. 시금치를 다듬고 있는 할머니 옆으로 가 앉았다. "할아버지는요?" "바둑 두러 부동산에 가셨지." "네." 나는 할머니가 잘 다듬어 놓은 시금치를 괜히 이쪽저쪽으로 자리만 옮겨 놓으며 온통 글짓기 교실 쪽으로 신경을 곤두세우고 있었다.

잠시 후, 글짓기 교실에서 와장창 하고 폭음을 능가하는 소리가 들려왔다. "가만있어라, 넌." 할머니가 얼굴을 들어 내 눈을 쳐다보며 말했다. "넌 가만있어." 할머니가 또 한 번 말했다. "네." 그리고 난 정말 가만히 있었다. (93~94쪽)

시금치를 다듬으며 셋방 사는 딸을 챙기고 꼭 필요한 말만 하는 안채 할머니는 이 소설을 통틀어 내가 가장 사랑하는 조연이다. 할머니는 영인이 결혼을 하며 미국으로 가

던 날 꼬깃꼬깃하게 접은 만 원짜리 세 장과 함께 이렇게
시작하는 편지를 주었다.

영인아. 나는 1924년 갑자생. 우리 어머니 최 씨는 나를
낳고 일 년 만에 돌아가셨다. 우리 어머니가 지금 살아 있
다면 102세, 아버지는 105세다. (223쪽)

그러니까 "말을 안 해서 그렇지 내 인생도 쓰기 시작하
면 소설 몇 권인" 그런 사람들이 『라이팅 클럽』에는 무수
하다. 그들은 김 작가와 영인을 통해 이따금씩 이야기의
공동체로 만난다.

당연하지 않은 우정

엄마라면 으레 해 줄 듯한 많은 것들을 김 작가는 영인
에게 하지 않는다. 집안일이랄지 거나하게 취해 친구들과
유흥을 즐기는 모습을 숨기는 것이랄지 연애를 감추는 것
이랄지…… 그는 꼭 집에 딸이 없는 것처럼 만나고 싶은 사
람을 다 만나며 지낸다.

그 잡지사에서 하는 시상식인가에 다녀온 뒤로는 전화도
많이 걸려 오고 낯선 사람이 더 많이 찾아왔다. 그럴수록

청소며 빨래며 집안일은 모두 다 내 차지가 되었다. (29쪽)

김 작가는 모성 이데올로기에 갇히지 않은 희귀한 여자다. 영인의 미덕 중 어떤 것은 김 작가가 하지 않은 일들 때문에 생겨났다. 그러니까 김 작가가 영인을 내버려 두었기 때문에, 좋은 엄마 노릇 따위를 고정시키지 않았기 때문에, 어떤 밤과 낮을 보내다가 돌아오든 참견하지 않았기 때문에 영인의 마음에 자라난 강하고 귀한 무언가가 있다.

김 작가는 내가 거짓말을 하고 있다는 걸 눈치챘다고 해도 찾아오거나 사실대로 밝히라고 들이댈 사람이 아니었다. 처음에는 무관심이라고 생각했지만 그건 아니었던 것 같다. 김 작가는 늘 그랬다. 내가 어떤 강 하나를 건널 때는 늘 손을 놓고 뒤로 물러나 있었다. 어차피 강은 흐를 수밖에 없다는 듯이. (152쪽)

김 작가의 투박한 존중으로 영인은 다른 아이들보다 더 빨리 자란다. 친구들이 징징대는 문제에 그는 징징대지 않는다. 세상 탓보다 자기 탓이 더 잦다. 영인은 애증의 친구처럼 엄마와 눈을 마주친다. 눈을 맞추고 뱃살을 떨어 가며 싸운다.

아무도 글짓기 교실에 찾아오지 않았다.

(……) 오죽하면 김 작가 입에서 K의 안부를 묻는 말이 나오기까지 했을까. "그 귀여운 애는 왜 안 오니?" 김 작가의 말을 듣자 머리를 양쪽으로 땋아 내린 K의 얼굴이 잠깐 떠오르고 소식이 궁금하기도 했지만 거기까지였다. K가 입을 열어 말하는 순간을 상상하는 것만으로도 머리끝이 쭈뼛거리며 온몸이 죄어 오는 기분이 들었다. "그러는 그 사람은 왜 안 올까!"

해서는 안 되는 말을 하고 만 것이었다. 김 작가의 머리 위로 불길이 타올랐다. 읽고 있던 책, 두루마리 휴지, 머리빗, 볼펜, 감자칩 봉지 등을 손에 잡히는 대로 집어 나한테 던졌다. 나도 뭔가를 던지고 싶었지만 던질 것도 없었다.

(……) 화가 난 나는 김 작가의 얼굴을 한참 동안 노려봤다. 김 작가도 나를 노려봤다. 김 작가의 얼굴에서 눈물이 흐를까 봐 내심 조마조마했다. 그때 교실 바닥에서 플라스틱 물병이 저 혼자 퉁퉁거리며 튀어올랐다. 김 작가와 나는 누가 먼저랄 것도 없이 킥킥 웃기 시작했다. 우리는 머리를 뒤로 넘겨 가면서 한참을 웃었다. (105~107쪽)

이 장면이 너무나 속시원하지 않은가. 이글거리는 눈빛으로 물건을 던져 가며 싸우다가 아무것도 아닌 것에 빵 터지고 시원하게 웃는 두 사람과 함께 나도 깔깔댄다. 서

로의 치부를 아는 사이가 이렇게나 짜증 나고 소중한 것이
다. 김 작가와 영인은 일찌감치, 서로가 강을 건너는 모습
을 그저 바라봐 주는 친구가 되어 있었다. 영인이 미국으
로 떠나기 전 김 작가는 이런 편지를 쓴다.

　너는 오후 3시에 태어났어. 오후 3시는 누구나 후줄근해지
는 시간이지. 매일 오후 3시가 되면 진한 커피를 한 잔 마셔.
그리고 '난 지금 막 세상에 태어난 신삥이다.' 생각하며 살아.
(336쪽)

　이것은 김 작가만이 할 수 있는 응원이다. 나는 이런 문
장을 쓸 수 있는 엄마를 김 작가 말고는 상상하기 어렵다.
오직 그 사람만 할 수 있는 일을 알게 된다는 것, 그의 보
편성 속에서 놀라운 고유함을 보게 된다는 것, 유일무이
한 누군가를 직접 만나지 않고도 내 마음에 간직한다는
것, 그 모든 건 소설이 내게 주는 선물이다. 『라이팅 클럽』
에서 그런 선물을 듬뿍 받은 느낌이다.

이 소설은 10년 전에 썼다. 그때는 직장 일 때문에 소설 쓸 시간이 많지 않아 지하철에서 쓰다가 내릴 역을 지나쳐 버린 적이 한두 번이 아니었다. 이게 내가 쓴 소설이라니, 이렇게 웃기게 썼다니, 그리고 이렇게 아무렇게나 썼다니! 천천히 다시 읽으면서 난감해졌다.

처음에 난 아마 '영인' 편이었을 것이다. 그런데 지금은 약간은 '김 작가' 편이 된 것 같다. 영인이 볼 때 김 작가는 삼류였지만 지금 보니 김 작가는 꽤 괜찮은 사람이다. 김 작가는 착하고 의리도 있는 좋은 사람이다.

개정판을 내느라 흘러간 시간을 되돌아보게 되었다. 반성은 하지 않기로 했다. 눈에 거슬리는 부분들도 삭제하지 않기로 했다. 약간의 자전적인 요소에서 가져온 에피소드도 그대로 두기로 했다. 사실 이제는 자전적인 게 먼저였는지, 소설에서 만들어 낸 이야기가 먼저였는지 자주 헷갈린다.

어쩌면 글쓰기는 자기만족적인 행위에 불과할지도 모른다. 좋은 글을 읽으면 또 쓰고 싶어지고 쓸 때는 쓰지 않을 때에 비해 마음이 그나마 덜 흐트러진다. 소설이 잘 써지지 않을 때 『일간 이슬아 수필집』을 펼쳐 들고 아무 데나 읽었다. 그런 이슬아가 이 소설을 읽는 마법이 일어났다. "우리는 모두 게으르거나 쓸쓸하거나 나약하기도 하여서 뭔가를 혼자서는 시작하지 못하"지만 "적어도 그 시작을 서로에게 기댈 수는 있단 걸 알겠다."라는 그 문장. 정말 힘들 때, 얘기 나눌 사람이 없을 때 이슬아의 문장에 기댔다.

이슬아 작가, 또 이 소설의 개정판을 출간해 주신 민음사에 감사드린다. 또 그동안 『라이팅 클럽』을 사랑해 준 독자들에게도 감사드린다. 다시 결성되는 이 라이팅 클럽의 일원이 되어 주시기를 바라며.

2020년 5월
강영숙

　이 글은 아주 나중에 쓰고 싶었고, 나중에 쓰여야 했다
고 지금도 믿고 있다. 앞에 쓰인 것들 뒤에 쓸 장편을 두
편 정도 구상했거나 이미 쓰고 있었기 때문이었고 이 글
은 그 두 편의 훨씬 뒤에 와야 했다. 그런데 어느 날 나는
이 글을 쓰기 시작했다. 쓰고 있는 나에게 그만두라는 말
을 할 수 없었다. 눈이 많이 내리던 지난겨울의 일이었다.

　이 글은 문화웹진 《나비》에 2010년 1월부터 5월까지 연
재되었다. 연재하는 기간 내내 함께해 주신 독자들의 격려
에 큰 힘을 얻었다. 신기하게도 연재하는 동안에는 감기에
걸리지 않았다. 많은 사람들이 자기 얘기를 글로 쓰고 싶어
한다. 나도 그런 사람들 중의 하나로 출발했기 때문에 쓰기
를 멈추지 않을 수 있었던 것 같다. 연재하는 동안 이 글을

함께 읽었던 독자들은 눈치챌 것이다. 연재가 끝난 후 몇 개월 동안 이 글이 또 변했다는 사실을. 그럼에도 불구하고 이 글이 독자들의 마음에 가닿을지는 알 수가 없다.

이 글에 스민 많은 분들의 도움에 감사를 드린다.

2010년 9월
강영숙

오늘의 작가 총서 32

라이팅 클럽

강영숙 소설

1판 1쇄 펴냄	2010년 10월 5일
2판 1쇄 펴냄	2020년 5월 19일
2판 2쇄 펴냄	2021년 6월 3일

지은이	강영숙
발행인	박근섭·박상준
펴낸곳	(주)민음사

출판등록	1966. 5. 19 제16-490호
주소	서울시 강남구 도산대로1길 62(신사동)
	강남출판문화센터 5층(06027)
대표전화	02-515-2000
팩시밀리	02-515-2007
홈페이지	www.minumsa.com

ⓒ강영숙, 2020. Printed in Seoul, Korea

ISBN 978-89-374-2053-5(04810)
ISBN 978-89-374-2050-4(세트)

새로 잇고 다시 읽는 한국문학의 정수, 오늘의 작가 총서 시리즈